古典詩歌研究彙刊

第十六輯

龔鵬程 主編

第 **18** 冊

金元詠梅詞研究（上）

鄭琇文 著

國家圖書館出版品預行編目資料

金元詠梅詞研究（上）／鄭琇文 著 -- 初版 -- 新北市：花木蘭
文化出版社，2014〔民 103〕
目 2+198 面；17×24 公分
（古典詩歌研究彙刊 第十六輯；第 18 冊）
ISBN 978-986-322-836-3（精裝）
1.金代文學　2.元代　3.詞論
820.91　　　　　　　　　　　　　　　　　　103013525

ISBN-978-986-322-836-3

古典詩歌研究彙刊
第十六輯　第十八冊　　　　ISBN：978-986-322-836-3

金元詠梅詞研究（上）

作　　　者	鄭琇文
主　　　編	龔鵬程
總 編 輯	杜潔祥
副總編輯	楊嘉樂
編　　　輯	許郁翎
出　　　版	花木蘭文化出版社
社　　　長	高小娟
聯絡地址	235 新北市中和區中安街七二號十三樓
	電話：02-2923-1455／傳真：02-2923-1452
網　　　址	http://www.huamulan.tw 信箱 hml810518@gmail.com
印　　　刷	普羅文化出版廣告事業
初　　　版	2014 年 9 月
定　　　價	第十六輯 21 冊（精裝）新台幣 32,000 元

金元詠梅詞研究(上)

鄭琇文 著

作者簡介

鄭琇文，生於台南鹽水小鎮，後舉家遷居至嘉義北回歸線 23.5 度旁。畢業於靜宜大學中國文學系，又分別於成功大學中國文學系碩士班、彰化師範大學國文學系博士班，獲得碩士與博士學位。曾發表〈宋詞與酒——以歐陽修酒詞為例〉、〈《稼軒詞》中有關「親屬」作品之探析〉等期刊論文；與王偉勇師合撰〈高旭論〈十大家詞〉絕句探析〉、〈清‧江昱〈論詞十八首〉探析〉。96 年 9 月至 101 年 1 月，任職於敏惠醫護管理專科學校通識科兼任講師，現為台灣首府大學通識教育中心兼任助理教授。

提　　要

　　本論文依據相關選詞原則，檢索唐圭璋《全金元詞》，共得 101 首詠梅詞。於附錄中附有金元詠梅詞一覽表，以及金元詠梅詞箋注。共分六章。第一章緒論，首先說明研究動機、研究方法、研究現況。第二章金元詠梅詞的發展背景，共分兩節，一是詠物文學的延續；二是花卉藝術的薰染，在於了解促使金元詠梅詞發展的原因。第三章金元詠梅詞的思想內容，共分兩節，一是詠物抒情；二是託物言志。具體分析詞人藉由詠物所寄託的情志，以及梅花足以成為詞人詠物寄託的因素。

　　第四章金元詠梅詞的藝術表現，共分三節，一是修辭技巧的運用；二是梅花意象的呈現；三是詞篇風格的表現。藝術表現方面的探討，不僅論述金元詠梅詞的修辭、意象、風格的表現情形，同時對構成詠梅詞此類表現的原因也一併探討。第五章金元與兩宋的詠梅詞比較，共分三節，一是一般基本的比較，二是思想內容的比較，三是藝術表現的比較。本章以廖雅婷《宋代梅花詞研究》與賴慶芳《南宋詠梅詞研究》為本，視為目前對兩宋梅花詞研究的總結，進而與個人研究的金元詠梅詞，進行相關比較；同時採用表格方式呈現，以明兩宋與金元詠梅詞之間的異同。第六章為總結本論文的結論。

目

次

第一章　緒　論

一、研究動機

　　黃兆漢《金元詞史》曰：「大凡一種文學，不論是盛是衰，在其本身的發展史上都有它不可或缺的地位，可是後人往往卻不注意這一點，而只著眼於它的興盛階段，而漠視它的衰退時期，甚至更有不遺餘力的攻擊它的末流，以至衰退的更加衰退，末流的更加末流。」〔註1〕換言之，導致金元詞常常被忽略於詞學發展史或文學發展史上，不僅在於金元詞總是被視為末流，同時也是缺乏更多人在這方面投入心力，也就使得金元詞的文學評價始終處於末流。因此，只有透過更深入、細部的研究，方能具體明瞭金元詞的優劣。並且透過近來學者的相關研究成果，已經足以證明不能全然以負面的角度看待金元詞。

　　在撰寫本論文之前，尚未決定以金元的詠梅詞為研究範圍。最先根據馬寶蓮《兩宋詠物詞研究》既定的詠物分類，包括天象、地理、動物、植物、器物、建築、其他七類，〔註2〕初步翻閱唐圭璋《全金元詞》，〔註3〕發現以詠植物詞最多，其中又以詠梅詞為最多；同時宋

〔註1〕黃兆漢《金元詞史》（臺北：臺灣學生書局，1992年12月），頁2。
〔註2〕王熙元指導，馬寶蓮《兩宋詠物詞研究》（臺北：國立臺灣師範大學中國文學研究所碩士論文，1983年），頁88～89。
〔註3〕唐圭璋《全金元詞》北京：中華書局，1979年10月。

代詠物詞中，詠梅詞也是其中的大類，因此，不同的時代的詠梅詞，究竟有何差異？值得探討。然而要比較差異之前，必須全面了解金元詠梅詞的發展背景、思想內容、藝術表現，方能進行相關的比較，於是，產生了研究的動機。

二、研究方法

　　本論文所引用的詠梅詞，係依據唐圭璋《全金元詞》為底本。選詞原則為凡是題序清楚標明以梅花為這首詞吟詠的對象，如元好問〈鵲橋仙〉(同欽叔欽用賦梅)(頁93)、〔註4〕長筌子〈天香慢〉(梅)(頁582)、張之翰〈江城子〉(瓶梅)(頁708)、盧摯〈蝶戀花〉(春正月八日，借榻劉氏樓居，翌日早起，賦瓶中紅梅，以蝶戀花歌之)(頁726)；或是詞人於題序中表明這首詞寫作的緣由，係出自任何與梅有關之活動，包括酬謝贈梅、題詠梅花圖、踏雪尋梅等，都歸類為詠梅詞，如李俊民〈洞仙歌〉(謝楊成之寄梅)(頁59)、王結〈蝶戀花〉(戲題梅圖)(頁876)、張翥〈六州歌頭〉(孤山尋梅)(頁997)。此外，題序雖然未標明與梅花有關，然而閱讀詞作內容，確實是詠梅，無論內容是純粹詠物、或是藉詠梅以抒情言志等，也都歸之於本論文探討範圍內；不過此類詞作較為少見，因為依據選詞原則檢索唐圭璋《全金元詞》之後，發現金元詞人詠梅幾乎都會寫作題序。至於詞篇中單句出現梅字，並且全首詞意並非以詠梅為主者，則捨之不論。如張弘範〈太常引〉：「晚涼庭院鑠黃昏。鼓角靜譙門。酒興戀詩魂。清**繞斷、梅梢月痕**。　　胸中豪氣，壺中春光，醉眼小乾坤。今古不須論。且更盡、花前幾尊。」(頁731)、邵亨貞〈太常引〉：「玉梅花底舊青燈。照我鬢星星。寒透遠山屏。無夢到、春壚酒鎗。　　江空歲晏，路迷人遠，消得幾沈凝。一夜玉壺冰。又惱得、文園病成。」(頁1103)

〔註4〕凡是本論文所引的詠梅詞，皆出自唐圭璋《全金元詞》，在引用論述時，直接標明頁碼，不再以註腳方式附註，以免出現過多的註腳顯得累贅。

寫的是個人的閒愁情懷。梅花只是當下賞景的景物之一，詞人並不是因爲「梅」而觸發個人情志。又如張翥〈行香子〉（山水便面）：「佛寺雲邊。茅舍山前。樹蔭中、酒旆低懸。峰巒空翠，溪水清漣。只欠**梅花**，欠沙鳥、欠魚船。　　無限風煙。景趣天然。最宜他、隱者盤旋。何人村墅，若箇林泉。恰似敧湖，似枋口，似斜川。」（頁1016）上片提到山水扇子上畫有佛寺、茅舍、山水景物等，詞人以爲應該還要畫梅花、野鳥、魚船。梅花只是單純作爲詞人舉例的例子，既沒有著眼對梅花外在物象的描寫，或是抒寫個人因爲梅花而有所感發。凡此種種，皆不在本論文探討範圍內。

　　根據上述選詞原則，檢索唐圭璋《全金元詞》，共得詠梅詞一百零一首。繼之，再利用《漢語大辭典》、《中文大辭典》、《詞律詞典》、《全宋詞典故辭典》、《詞話叢編》、《元人傳記資料索引》等書，一一箋注詠梅詞，以求能盡力明瞭詞人所欲表達者，以及相關典故使用的情形、後人對金元詠梅詞的評價等。箋注是撰寫本論文所下的基本工夫，卻不是能在短時間內完成，因此在寫作論文各章章節時，凡是閱讀或搜集到相關資料，就繼續補充箋注內容，以求金元詠梅詞箋注的完整及充足性。

　　接著，著手將擬撰寫的論文，分出章節：第一章緒論，首先說明研究動機、研究方法、研究現況。第二章金元詠梅詞的發展背景，共分兩節，一是詠物文學的延續；二是花卉藝術的薰染，在於了解促使金元詠梅詞發展的原因。主要以文學、藝術環境爲探討的重點，包括詠梅詩詞、花鳥繪畫、文藝評論、盆栽園林等方面，除了探討當代的發展，並上溯兩宋，甚至更早的時代，以明金元的承襲或改變。因此本章也可視爲金元詠梅詞的探源，故不再另立探源一章。第三章金元詠梅詞的思想內容，共分兩節，一是詠物抒情；二是託物言志。具體分析詞人藉由詠物所寄託的情志，以及梅花足以成爲詞人詠物寄託的因素。並且發現不同詞人間所寄託的情志即使相同，表達的方式也不會全然一致，無論是常見或是特殊，都予以詳細論述。第四章金元詠

梅詞的藝術表現，共分三節，一是修辭技巧的運用；二是梅花意象的呈現；三是詞篇風格的表現。藝術表現方面的探討，不僅論述金元詠梅詞的修辭、意象、風格的表現情形，同時對構成詠梅詞此類表現的原因也一併探討；無論是從梅花生長的自然特性、詞人身處的社會環境、詞人的師承交遊等，都屬探究範圍。第五章金元與兩宋的詠梅詞比較，共分三節，一是一般基本的比較；二是思想內容的比較；三是藝術表現的比較。本章以廖雅婷《宋代梅花詞研究》與賴慶芳《南宋詠梅詞研究》為本，視為目前對兩宋梅花詞研究的總結，進而與個人研究的金元詠梅詞，進行相關比較；同時採用表格方式呈現，以明兩宋與金元詠梅詞之間的異同。

三、研究現況

就詞學研究而言，宋詞向來是備受重視的文學研究領域；而相較於宋詞研究風氣的興盛，金元詞的研究就顯得薄弱。羅忼烈以為主要是因為以詞話形式出現的歷代詞評，很少涉及金元作家；其次，金元詞文獻在唐圭璋《全金元詞》出版前，資料並不完備。〔註5〕換言之，後人受限於金元詞可供參考的文獻資料不夠充足，因此造成較少人涉及金元詞的研究。唐圭璋《全金元詞》於一九七九年出版，與這個時期相近的金元詞研究，如張子良《金元詞述評》〔註6〕分期探討金元詞發展的背景，對個別詞家的詞作、詞集進行評論、並附有金元詞人簡譜等；黃兆漢《金元詞史》，更有專章研究道釋、婦女與外國華化詞人。

而近來研究金元詞，出版專書或發表期刊論文，有逐漸增加的趨勢，並且開展各種研究方向。如探討金元詞的總體特徵、詞人群體的詞作風格、詞人的詞學理論、個別詞家的生平考述；或是對金元文學價值的重新考辨、拓展分析詞與曲兩者之間的相互影響；甚至是不再

〔註5〕黃兆漢《金元詞史》，頁Ⅰ。
〔註6〕張子良《金元詞述評》臺北：華正書局，1979年7月。

專對詞學，轉而從宏觀的角度全面探究金元文學；或是相關學術研究資料的彙整等，都有豐富的研究成果。如丁放《金元詞學研究》、〔註7〕李修生等《20世紀中國文學研究・遼金元文學研究》、〔註8〕陶然《金元詞通論》、〔註9〕趙維江《金元詞論稿》、〔註10〕周惠泉《金代文學研究》、〔註11〕黃天驥、李恆義〈元明詞平議〉、〔註12〕王兆鵬、劉尊明〈風雲豪氣，慷慨高歌——簡說金詞〉〔註13〕等，足以顯示金元詞研究逐漸受到重視，但是對於單一主題文學的探討，如詠物詞、詠史詞、詠梅詞的研究，則頗為少見。

　　上述為目前學者研究金元詞的情況，此中尚缺乏對金元詠梅詞從事專門研究，誠然可視為後人研究的新方向。再者，詠物詞的研究，如許伯卿、賀慧宇〈試論宋代詠物詞的發展脈絡〉、〔註14〕方曉紅〈論詠物詞的歷史流程及藝術特色〉、〔註15〕朱德才〈試論宋代的詠物詞〉、〔註16〕馬寶蓮《兩宋詠物詞研究》、〔註17〕楊麗玲《蘇東坡詠物詞研究》〔註18〕等，無論是對單一時代的詠物詞，或是單一詞家的詠物詞，或是從詠物詞一貫發展脈絡的的角度進行探討，都是以兩宋為

〔註7〕丁放《金元詞學研究》北京：中國社會科學出版社，2002年5月。

〔註8〕李修生等編《20世紀中國文學研究・遼金元文學研究》北京：北京出版社，2001年12月。

〔註9〕陶然《金元詞通論》上海：上海古籍出版社，2001年7月。

〔註10〕趙維江《金元詞論稿》北京：中國社會科學出版社，2001年1月。

〔註11〕周惠泉《金代文學研究》臺北：文津出版社，2000年4月。

〔註12〕黃天驥、李恆義〈元明詞平議〉，《文學遺產》，第4期，1994年。

〔註13〕王兆鵬、劉尊明〈風雲豪氣，慷慨高歌——簡說金詞〉，《古典文學知識》，第5期總第74期，1997年。

〔註14〕許伯卿、賀慧宇〈試論宋代詠物詞的發展脈絡〉，《青海社會科學》，第4期，2001年。

〔註15〕方曉紅：〈論詠物詞的歷史流程及藝術特色〉，《武漢大學學報 哲學社會科學版》第5期，1994年。

〔註16〕朱德才〈試論宋代的詠物詩〉，《齊魯學刊》，第2期，1984年。

〔註17〕王熙元指導，馬寶蓮《兩宋詠物詞研究》臺北：國立臺灣師範大學中國文學研究所碩士論文，1983年。

〔註18〕陳滿銘指導，楊麗玲《蘇東坡詠物詞研究》臺北：國立臺灣師範大學中國文學研究所碩士論文，1998年。

主。兩宋的詠物詞所以最受關注，在於詠物詞到宋代才稱得上是眞正發展。〔註19〕

　　至於詠梅詞的研究，更是以宋代爲主，這是因爲宋人特別喜愛吟詠梅花的原故。程杰可說是研究兩宋詠梅詞的大家，發表了許多論文，如〈梅花的習性、色香、枝幹、品格與德性：魏晉南北朝隋唐兩宋詠梅文學對梅花美的掘發與演繹〉、〔註20〕〈梅與水、月——一個詠梅範式的發展〉、〔註21〕〈歲寒三友緣起考〉、〔註22〕〈梅花意象及其象徵意義的發生〉〔註23〕等，他如廖雅婷《宋代梅花詞研究》、〔註24〕賴慶芳《南宋詠梅詞研究》、〔註25〕顏崑陽《古典詩文論叢・試論宋詞中三個梅花意象》〔註26〕等。此外也有針對詠物詩做研究，如蕭翠霞《南宋四大家詠花詩研究》、〔註27〕歐純純《陸游與楊萬里詠梅詩比較研究》〔註28〕，也都以宋代詠梅爲研究重點。總之，宋代詠梅詩詞的探究，已經相當完善，後人很難再有新的突破。

〔註19〕王兆鵬曰：「詠物詞，在唐五代文人詞中很少，到北宋初、中葉，柳永、張先、晏殊、歐陽修崛起詞壇後，詠物詞才漸次興起。」參見王兆鵬《宋南渡詞人羣體研究》（臺北：文津出版社，1992 年 3 月），頁 7。

〔註20〕程杰〈梅花的習性、色香、枝幹、品格與德性〉，《成大中文學報》，第 9 期，2001 年 9 月。

〔註21〕程杰〈梅與水、月一個詠梅範式的發展〉，《江蘇社會科學》總 191 期，2000 年 4 月。

〔註22〕程杰〈「歲寒三友」緣起考〉，《中國典籍與文化》第 3 期，2000 年 3 月。

〔註23〕程杰〈梅花意象及其象徵意義的發生〉，《南京師大學報》（社會科學版），第 3 期 1998 年。

〔註24〕蔡榮婷指導，廖雅婷《宋代梅花詞研究》嘉義：國立中正大學中國文學研究所碩士論文，2003 年。

〔註25〕賴慶芳《南宋詠梅詞研究》臺北：臺灣學生書局，2003 年 8 月。

〔註26〕顏崑陽《古典詩文論叢・試論宋詞中三個梅花意象》臺北：漢光文化事業，1983 年 4 月。

〔註27〕蕭翠霞《南宋四大家詠花詩研究》臺北，文津出版社，1994 年 5 月。

〔註28〕謝海平指導，歐純純《陸游與楊萬里詠梅詩比較研究》嘉義：國立中正大學中國文學研究所博士論文，2003 年。

　　綜上所述，可知關於金元詞或詠梅詞研究中，都未見金元詠梅詞
方面的研究，因此這一主題實在值得仔細探究；不僅可以填補金元詞
研究的空缺，也可以了解詠梅詞在兩宋之後的發展，甚至可以下探明
清詞壇，為相關主題之研究，建立新的里程碑。

第二章　金元詠梅詞的發展背景

　　本章分別就詠物文學的延續、花卉藝術的薰染兩方面，探討金元詠梅詞的發展背景。任何一種主題文學，無論是詠梅文學、詠史文學、山水文學等，都有著各自形成的因素。詠梅詞並不單單是詞人藉以抒發情志的一種表達方式，也不只是顯現個人才華創作的一種表現。在詞人創作詠梅詞的當下，必然也會受到文學、藝術，甚至於社會環境的影響。因此金元詠梅詞的發展背景，也就具有值得清楚明白的重要性。

第一節　詠物文學的延續

　　本節要探討的是金元詠梅詞發展的文學環境，分別上溯兩宋詠物詞，並旁及金元詠梅詩。兩宋詠物詞興盛，爲金元首先奠定詠物、詠梅的文學風氣。至於金元詠梅詩，主要針對有大量詠梅創作的詩人，爲論述的對象，正因爲金元詠梅詩就是以個人大量詠梅，爲常見的寫作形式。無論兩宋、金元，詠梅此一主題始終受到文人的重視，金元詠梅詞在這樣的文學環境下持續發展。

一、前代詠物詞的盛行

　　宋詞中重要的主題表現之一就是詠物詞。宋人詠物種類眾多，馬寶蓮《兩宋詠物詞研究》分成天象、地理、動物、植物等七種類別逐

一探討，就植物類而言，又細分為花類、草類、食用類、藥用類等。
〔註1〕詳盡的分類，足以證明宋代詠物詞的題材豐富。

　　關於兩宋詠物詞的發展背景與寫作特徵，許伯卿、賀慧宇〈試論宋代詠物詞的發展脈絡〉分成四個時期闡述，以為北宋初期，詞人詠物注重對象外在形式的描繪，講求形似，曲盡筆墨以求維妙維肖。詞篇如此表現，源於詞人是以佐雅興、助娛情的作用看待詠物詞，並且北宋初期的詞，仍是延續五代以來，趨於豔情的表現。北宋中後期，是詠物詞的拓展期，詞人的審美趣味已不侷限於對事物外在形態的描繪，而是賦予事物以生命和情感，真正開此風氣的是蘇軾。蘇軾對所詠之物傾注真摯的情感，把詠物與抒懷結合起來。並不像宋初詞人只是將一己情感加以凸現或附會，而是把事物自身的物性和作者所賦予的人性很好地結合起來。之後的賀鑄也是繼往開來的詠物詞家，他沿著蘇軾所開拓的方向繼續努力，除對所詠對象物中投入較多的主體情感外，還融入時代和社會的內容，為詠物詞的發現注入活力。〔註2〕其實純詠物象或切合物的形、神，藉以投入個人情志，兩者之間，孰優孰劣，並不是絕對二分。詞人創作旨意各自有別，也就影響詞篇表現。如蘇軾〈水龍吟〉（次韻章質夫楊花詞），〔註3〕由「無情有思」

〔註1〕王熙元指導，馬寶蓮《兩宋詠物詞研究》（臺北：國立臺灣師範大學中國文學研究所碩士論文，1983年），頁87～89。

〔註2〕許伯卿、賀慧宇〈試論宋代詠物詞的發展脈絡〉，《青海社會科學》，第4期（2001年），頁80～82。
　　按：〈試論宋代詠物詞的發展脈絡〉所稱的宋代分期，北宋初期，是從太祖到真宗；北宋中後期，是從仁宗到徽宗；南渡到南宋中期，是從北宋滅亡到南宋寧宗末年；南宋後期，是從理宗初年到南宋滅亡。

〔註3〕蘇軾〈水龍吟〉（次韻章質夫楊花詞）：「似花還似非花，也無人惜從教墜。拋家傍路，思量卻是，無情有思。縈損柔腸，困酣嬌眼，欲開還閉。夢隨風萬里，尋郎去處，又還被、鶯呼起。　　不恨此花飛盡，恨西園、落紅難綴。曉來雨過，遺蹤何在？一池萍碎。春色三分，二分塵土，一分流水。細看來，不是楊花點點，是離人淚。」參見鄒同慶、王宗堂《蘇軾詞編年校註》（北京：中華書局，2002年9月），頁314。

引出個人愁緒，詠物亦在寫人，向來得到極大的讚賞，王國維《人間詞話》卷上以爲：「詠物之詞，自以東坡〈水龍吟〉爲最工。」並且也比較章楶與蘇軾這二闋詞，曰：「東坡〈水龍吟〉詠楊花，和韻而似原唱；章質夫詞，原唱而似和韻。才之不可強也如是。」〔註4〕上述是以蘇詞爲高，然而也有其他不同見解者，如宋・魏慶之《詩人玉屑》卷二十一：「章質夫詠楊花詞，東坡和之。晁叔用以爲『東坡如毛嬙、西施，淨洗腳面，與天下婦人鬥好，質夫豈可比』，是則然矣。余以爲質夫詞中，所謂『傍珠簾散慢，垂垂欲下，依前被、風欲起』，亦可謂曲盡楊花妙處。東坡和雖高，恐未能及。詩人議論不公如此耳。」〔註5〕清・許昂霄《詞綜偶評》：「與原作均是絕唱，不容妄爲軒輊。」〔註6〕章楶原作純寫楊花，已經極盡形容之功，蘇軾詞更耐人尋味，則是由於物我交融，豐富詠物詞的內容，拓展詠物詞的境界。又如〈定風波〉（詠紅梅），其中「偶作小紅桃杏色，閑雅，尚餘孤瘦雪霜姿。」〔註7〕是梅格風標，也道出自身人格精神。蘇軾詠物開展、影響詠物詞之後的發展，後人自是給予更高的評價。

　　時至南渡到南宋中期，是詠物詞發展的第三期，爲詠物詞深化

〔註4〕王國維著、滕咸惠校注《人間詞話新注》（臺北：里仁書局，1994年11月），頁51、88。
　　　　章楶〈水龍吟〉（詠楊花）：「燕忙鶯懶花殘，正堤上、柳花飄墜。輕飛亂舞，點畫青林，全無才思。閑趁游斯絲，靜臨深院，日長門閉。傍珠簾散漫，垂垂欲下，依前被、風扶起。　　蘭帳玉人睡覺，怪春衣、雪霑瓊綴。繡牀旋滿，香毬無數，才圓卻碎。時見蜂兒，仰沾輕粉，魚吹池水。望章臺路杳，金鞍遊蕩，有盈盈淚。」唐圭璋《全宋詞》（臺北：明倫出版社，1970年12月），頁213～214。
〔註5〕宋・魏慶之《詩人玉屑》（臺北：臺灣商務印書館，1973年），頁386～387。
〔註6〕清・許昂霄《詞綜偶評》，引自唐圭璋《詞話叢編》（臺北：新文豐，1988年2月），頁1552。
〔註7〕蘇軾〈定風波〉（詠紅梅）：「好睡慵開莫厭遲。自憐冰臉不時宜。偶作小紅桃杏色，閑雅，尚餘孤瘦雪霜姿。休把閑心隨物態，何事，酒生微暈沁瑤肌，詩老不知梅格在，吟詠，更看綠葉與青枝。」參見鄒同慶、王宗堂《蘇軾詞編年校註》，頁462。

期。詞人或反映南渡後漂泊無依的孤寂際遇，或抒寫動盪時局中高標遠致的人格操守，或表達家國之痛。〔註8〕就詠梅詞而言，如辛稼軒吟詠的花卉中，就屬詠梅最多。〔註9〕如〈洞仙歌〉（紅梅），此闋詞為辛稼軒帶湖閒居時所寫，下片曰：「壽陽妝鑑裏，應是承恩，纖手重勻異香在。怕等閑春未到，雪裏先開，風流□，說與羣芳不解。更總做北人未識伊，據品調難作，杏花看待。」〔註10〕梅花被視作杏花，只是道出眼前梅花與杏花花色相同，然而為梅花抱屈這樣淺顯的語句，實際上也表達落職閒居的自己，孤芳自賞，未能獲得朝廷賞識。之後即使出仕福建，依舊是徒增感嘆。〈瑞鶴仙〉（賦梅），下片云：「寂寞。家山何在？雪後園林，水邊樓閣。瑤池舊約，鱗鴻更杖誰託？粉蝶兒只解，尋桃覓柳，開遍南枝未覺，但傷心冷落黃昏，數聲畫角。」〔註11〕在江南賞梅，更是容易引發家國之思。北宋江山已失，自己已經無法重回家鄉。福建任職，想要施展抱負，馳騁沙場，揮軍北上的希望就更加渺茫。自己節操高潔，猶如梅花般，朝廷卻徒知「尋桃覓柳」，未能明瞭臣子的忠貞之心，更是憑添感傷失意。

　　姜夔詠物詞中，也有不少詠花詞，其中以梅花與荷花最常見。這些詠物詞都不是從實際上描寫梅花與荷花的形態，乃是從空際攝取其神理，並將自己的感受融入其中。說他是寫梅與荷固然可以，說他是借梅與荷以寫自己的襟懷亦無不可，所以意境深遠，不同於泛泛詠物之作。姜夔所以獨借梅與荷以發抒，則是由於荷花出淤泥

〔註8〕許伯卿、賀慧宇〈試論宋代詠物詞的發展脈絡〉，頁83。

〔註9〕辛稼軒吟詠的花卉有十餘種，詠梅詞有十六首，詠牡丹有十一首，詠桂花的有七首，其他如詠荷花、海棠、荼蘼等不過各一、二首。參見鄧魁英〈辛稼軒的詠花詞〉，《文學遺產》，第3期（1996年），頁62。按：鄧魁英〈辛稼軒的詠花詞〉文中並沒有明列辛稼軒十六首詠梅詞。賴慶芳《南宋詠梅詞研究》統計的辛稼軒詠梅詞則有十五首。參見賴慶芳《南宋詠梅詞研究‧南宋詠梅詞統計》（臺北：臺灣學生書局，2003年8月），頁352～353。

〔註10〕鄧廣銘《稼軒詞編年箋注》（上海：上海古籍出版社，1998年12月），卷2，頁196。

〔註11〕鄧廣銘《稼軒詞編年箋注》，卷3，頁335。

而不染，其品最清；梅花凌冰雪而獨開，其格最勁，與自己的性情相合。〔註12〕姜夔詠物，繼承蘇軾詠物寄託個人情志的寫作方式。其中詠梅者，如〈暗香〉、〈疏影〉，〔註13〕葉嘉瑩分析姜夔這兩闋詞，包含了兩種感情，一是對過去感情的強烈懷念，一是對國事的悲慨。如〈暗香〉：「翠尊易泣，紅萼無言耿相憶。長記曾攜手處，千樹壓、西湖寒碧。又片片、吹盡也，幾時見得。」融合國家之慨與舊情的懷念。〈疏影〉中的「昭君不慣胡沙遠，但暗憶、江南江北。想佩環、月夜歸來，化作此花幽獨。」或指慨嘆徽欽二宗蒙塵、后妃淪陷胡地；也可說是思念貌美如昭君般的情人。〔註14〕足見姜夔詠物之用心用意。此外姜夔擅長自度曲，講求詞調聲律相協，詞風追求清空含蓄，也就與蘇軾詠物有別。到了南宋後期，詠物詞創作數量劇增，約占宋代詠物詞的三分之二，並且還出現了王沂孫、周密、張炎等為主的詠物詞創作群體。此時期詠物詞的創作特徵是更注重謀篇布局、造語運典、依律合韻之法，在藝術技巧上臻於圓熟。詠物內容繼續沿著身世、家國之感的方向發展。〔註15〕其中姜夔、張炎一派，

〔註12〕繆鉞、葉嘉瑩《靈谿詞說》（臺北：國文天地雜誌社，1989 年 12 月），頁 456～458。

〔註13〕姜夔〈暗香〉（辛亥之冬，予載雪詣石湖，止既月，授簡索句，且徵新聲，作此兩曲，石湖把玩不已，使工妓隸習之，音節諧婉，乃名之曰暗香、疏影。）〈暗香〉云：「舊時月色。算幾番照我，梅邊吹笛。喚起玉人，不管清寒與攀摘。何遜而今漸老，都忘卻、春風詞筆。但怪得、竹外疏花，香冷入瑤席。　江國。正寂寂。歎寄與路遠，夜雪初積。翠尊易泣，紅萼無言耿相憶。長記曾攜手處，千樹壓、西湖寒碧。又片片、吹盡也，幾時見得。」
〈疏影〉：「苔枝綴玉。有翠禽小小，枝上同宿。客裏相逢，籬角黃昏，無言自倚修竹。昭君不慣胡沙遠，但暗憶、江南江北。想佩環、月夜歸來，化作此花幽獨。　猶記深宮舊事，那人正睡裏，飛近蛾綠。莫似春風，不管盈盈，早與安排金屋。還教一片隨波去，又卻怨、玉龍哀曲。等恁時、重覓幽香，已入小窗橫幅。」唐圭璋《全宋詞》，頁 2182～2183。

〔註14〕葉嘉瑩分析姜夔〈暗香〉、〈疏影〉相當詳細透徹，相關論述參見《唐宋詞十七講》（臺北：桂冠圖書公司，1992 年 4 月），頁 523～533。

〔註15〕許伯卿、賀慧宇〈試論宋代詠物詞的發展脈絡〉，頁 84。

對元代後期詠梅詞有一定的影響。〔註16〕

宋詠物詞的盛行，為金元詠物詞以至於詠梅詞創作開拓新的方向，因此論述金元詠梅詞發展背景因素中，自然不可忽視近人對宋代詠物詞發展概況的探討。再者，馬寶蓮以為：「詠物詞由金元迄明清，仍製作不衰，然已因南北時勢、胡漢民情有所不同。」究竟有何不同？未見繼續論述。依此，就金元詠梅詞而言，詠梅詞人皆為漢人，並未因為改朝換代，而改變文學傳統上對梅花的喜愛。換言之，金元詞人，依舊持續宋代詞人，對梅花的關注。

二、當代詠梅詩的相成

關於同一作者寫作一系列的詠梅作品，金代李俊民有十二首詠梅組詞，分別是寄梅、探梅、賦梅、歎梅、慰梅、賞梅、畫梅、歲梅、別梅、望梅、憶梅、夢梅。同一作者寫作一系列詠梅、或是大量的詠梅唱和，也見於金元詠梅詩，此種寫作方式的普遍，可以證明金元以來，一直持續著像宋代一樣對梅花的喜愛與注意。

金代段克己、段成己兄弟，分別從憶、夢、尋、探、乞、折、嗅、浸、浴、惜十種角度詠梅，各自寫成〈梅花十詠〉。〔註17〕段成己另有〈紅梅〉二首，段克己也有〈紅梅用誠之弟韻〉二首。即使用韻相同，都是詠紅梅，欣賞的感受各有不同，試讀：

> 段成己〈紅梅〉二首之二：
>
> 淡掃胭脂碎玉團，天生異物著江干，月邊標格嬌增韻，
>
> 雪底精神巧耐寒。春意祇應容易見，人情還作等閒看。
>
> 可憐棄置蓬蒿外，倚仗東風鼻一酸。〔註18〕

〔註16〕本論文第五章《金元詠梅詞的藝術表現‧詞篇風格的表現》會再詳細探討。

〔註17〕段克己〈梅花十詠〉，參見薛瑞兆、郭明志編《全金詩》（天津：南開大學，1995年11月），頁405～406。
段成己〈梅花十詠〉實為九詠，與克己同題而少「折」，參見薛瑞兆、郭明志編《全金詩》，頁440～441。

〔註18〕薛瑞兆、郭明志編《全金詩》，頁427。

　　段克己〈紅梅用誠之弟韻〉二首之二：

　　小梅初破月團團，戲蝶遊蜂未敢干。醉臉不禁經宿雨，

　　芳心似欲訴朝寒。乍驚別後容革換，更與樽前仔細看。

　　便好栽培近東閣，免教風味一生酸。〔註19〕

段成己詠雪中紅梅，留意的是淡掃胭脂、耐得歲寒，並爲紅梅感嘆，
身處於野地，無人愛惜。段成己詠紅梅，驚人於紅梅的嬌豔動人，令
人不得不駐足觀賞。並且因爲眼前的紅梅是栽培於東閣，能獲得更多
的照顧、關愛，故一反段成己對紅梅的感嘆。

　　金代詩壇有詠梅相和詩，元代還有詠梅集句詩。元·郭豫亨《梅
花字字香》前後二集，集前人詩句而成，寫成百首詠梅詩，〔註20〕
也是屬於一系列詠梅，特別的是，是以集句的方式寫成。自序中已
經說道：「余愛梅花，自號梅巖野人，凡見古今詩人梅花傑作，必隨
手鈔錄而歌詠之，積以歲月，遂成巨編，熟之既久，若有所得。暇
日輒集其句，得百篇，目爲字字香，其間句鍛意練，璧合珠聯，亦
有天然之巧者。」〔註21〕每一首詠梅詩都沒有詩名，並且每一句都
是引用前人的詩句，大抵未經更改。經過重新排列組合，寫成詠梅
詩。每一首詠梅詩，都會標明原句作者，但是沒有標明原詩詩題。
一首詠梅詩，共有八句，因此會標明八個作者，但是有時在一首詠
梅詩中，甚至引用同一個作者二句或以上的詩句。如《梅花字字香·
前集》（一枝春近故山長），其中「憑仗幽人收艾納，不須長笛奏伊

〔註19〕薛瑞兆、郭明志編《全金詩》，頁400。

〔註20〕《欽定四庫全書提要》以爲前後二集，共有二百首七律，非也。清·
　　　　胡珽《梅花字字香校譌》已經校正，曰：「囊得五硯樓袁氏鈔本，末題
　　　　是書尊王所藏原刻本進內府矣，世少傳本，鈔胥譌字，異日正之，云
　　　　云。余核其前後兩集，止詩百首，《提要》則云二百首。因疑其未全，
　　　　客秋，託書友張仲聲，從文瀾閣手鈔一冊，歲暮寄來，今春擬將詩中
　　　　集之句，一一覆按原詩……就二本互勘，百首之數相同，殆《提要》
　　　　傳刻之譌也。」元·郭豫亨《梅花字字香》（附欽定四庫全書提要、校
　　　　譌、續校、補校）（北京：中華書局，1985年），頁1、23。

〔註21〕元·郭豫亨《梅花字字香》，頁1。

涼。」〔註22〕引自蘇軾〈再和楊公濟梅花十絕〉其二：「憑仗幽人收艾納，國香和雨入青苔。」，〔註23〕與〈子玉家宴，用前韻見寄，復答之〉：「自酌金樽勸孟光，更教長笛奏伊涼。」〔註24〕又如《梅花字字香‧後集》（貌枯神澤骨槎牙），其中「蕭索東風兩鬢華」與「醉看參月半橫斜」兩句〔註25〕引自蘇軾〈次韻曾仲錫元日見寄〉：「蕭索東風兩鬢華，年年幡勝剪宮花。」〔註26〕與〈再和楊公濟梅花十絕〉其十：「北客南來豈是家，醉看參月半橫斜。」〔註27〕雖然序言提到是鈔錄古今詩人的梅花傑作，但是藉由上述引用的蘇軾詩，可知蘇軾詩原本並非都是詠梅。

前後兩集，以引用唐、宋詩句為主。唐詩如《梅花字字香‧前集》（風滿虛廊月滿庭），〔註28〕其中「且作花間共醉人」引自元稹〈酬白樂天杏花園〉：「劉郎不用閒惆悵，且作花間共醉人。」〔註29〕又如《梅花字字香‧後集》（一樹玲瓏玉刻成），〔註30〕其中「老醉花間有能幾人」引自劉禹錫〈杏園花下酬樂天見贈〉：「遊人莫笑白頭醉，老醉花間有（一作能）幾人。」〔註31〕至於杜甫、杜牧詩等，也頗見引用。宋詩如《梅花字字香‧前集》（左手知頤引白雲），〔註32〕其中「花有清香月有陰」引自蘇軾〈春夜〉：「春宵一刻值千金，花有清香月有陰。」〔註33〕《梅花字字香‧前集》（只嫌清香飽殺儂），〔註34〕其中

〔註22〕元‧郭豫亨《梅花字字香》，頁8。

〔註23〕清‧王文誥輯註，孔凡禮點校《蘇軾詩集》（北京：中華書局，1992年4月），頁1746。

〔註24〕清‧王文誥輯註，孔凡禮點校《蘇軾詩集》，頁540。

〔註25〕元‧郭豫亨《梅花字字香》，頁14。

〔註26〕清‧王文誥輯註，孔凡禮點校《蘇軾詩集》，頁2014。

〔註27〕清‧王文誥輯註，孔凡禮點校《蘇軾詩集》，頁1749。

〔註28〕元‧郭豫亨《梅花字字香》，頁2。

〔註29〕清聖祖御定《全唐詩》（臺北：文史哲出版社，1987年12月），卷423，頁4649。

〔註30〕元‧郭豫亨《梅花字字香》，頁19。

〔註31〕清聖祖御定《全唐詩》，卷365，頁4122。

〔註32〕元‧郭豫亨《梅花字字香》，頁1。

〔註33〕清‧王文誥輯註，孔凡禮點校《蘇軾詩集》，頁2592。

「幾處酒旗山影下」引自林逋〈湖上初春偶作〉:「幾處酒旗山影下,細風時已弄繁絃。」〔註35〕他如引用朱淑眞、姜夔詩等,也常見引用。其中以集蘇軾詩句,尤爲常見。

詠梅集句詩並非始自郭豫亨,金・李俊民也有詠梅集句詩,〈七言絕句集古・梅〉:「我今移爾滿亭栽(韋莊),不向東風怨未開(雍陶)。回首看花花欲盡(高騈),北人初識越人梅(東坡)。」〈七言絕句集古・落梅〉:「每到花時把酒杯(韓偓),暮天何處笛聲哀(趙渭南)。縱然一夜風吹去(司空文明),不恨凋零卻恨開(杜牧之)。」〔註36〕不同的是,李俊民在每一句詩句下,都會註明原詩句作者。然而郭豫亨則是全本詩集都是集句詩,而非一、二首,此種寫作形式確實少見。因爲愛梅,對於有關前人詠梅的詩句,也就特別有興趣。郭豫亨將這些詩句,集句成自己的詠梅詩,也可說是屬於另一種創意的表現。

除了詠梅集句詩之外,元・馮子振、釋明本《梅花百詠》也是大量寫作詠梅詩。馮子振、釋明本《梅花百詠》主要分爲兩部份,《欽定四庫全書提要》曰:「馮子振,字海栗,攸州人,官承事郎集賢待制,以博學英詞有名於時。明本,號中峰,錢塘人,住鴈蕩村,姓孫氏,出家吳山聖水寺,得法於高峰原妙禪師,屢辭名山主席,屏跡自放。時趙孟頫與明本友善,子振意輕之。一日孟頫偕明本往訪子振。子振出示梅花百詠詩,明本一覽走筆和成……後有附春字韻七律一百首,則僅有明本和章,而子振原唱已不復可見矣。」〔註37〕先是馮子振作梅花百詠,爲七言絕句,釋明本唱和,今日尚有留傳。繼之,馮

〔註34〕元・郭豫亨《梅花字字香》,頁10。

〔註35〕北京大學古文獻出研究所編《全宋詩》(北京:北京大學出版社,1991年7月),頁1209。

〔註36〕薛瑞兆、郭明志編《全金詩》(天津:南開大學,1995年11月),頁311。

〔註37〕元・馮子振、釋明本《梅花百詠》,引自王雲五主編《四庫全書珍本》(附《欽定四庫全書提要》)(臺北:臺灣商務印書館,1978年),頁1。

子振又以春字韻作詠梅詩，爲七言律詩，釋明本也和之，今日僅見釋明本所作，馮子振所作已經不存。《欽定四庫全書提要》也對兩人的詠梅和詩有一番評價：「宋史藝文志，載李縝梅花百詠一卷，久佚弗傳。子振復創爲之，才思奔放，往往能出奇致勝，而明本所和，亦頗瑂鏤盡致，足稱合璧聯珪。」〔註38〕宋人已有梅花百詠，可惜不傳，馮子振與釋明本所作的詠梅和詩，正是相得益彰，獲得不錯的評價。

馮子振所作七言絕句的梅花百詠，都有詩題，不像郭豫亨所作的百首詠梅詩，並沒有標明詩題。藉由詩題分析，可知詩人是從各種角度詠梅，比如從梅花的品種，有鴛鴦梅、千葉梅、綠萼梅、蠟梅等；從梅花顏色，有紅梅、臙脂梅、粉梅、青梅、黃梅等；從梅花生長的狀態，有未開梅、乍開梅、半開梅、全開梅、落梅、老梅、瘦梅、、新梅等；從梅花生長的環境，有羅浮梅、庾嶺梅、孤山梅、西湖梅、東閣梅、漢宮梅、山中梅、清江梅、溪梅、庭梅、書窗梅、琴屋梅、僧舍梅、簷下梅、釣磯梅、樵逕梅、蔬圃梅等；其他又如憶梅、探梅、尋梅、問梅、索梅、水墨梅、畫紅梅、紙帳梅等，眞是極盡所能地詠梅。一個詩人能廣泛地從各種視角詠梅，實屬不易。《四庫全書提要》以爲馮子振詠梅才思奔放，出奇致勝，應該也是從這樣的寫作模式，所作出的評價。

就馮子振、釋明本詠梅百首的內容而言，並沒有因爲梅花凌霜傲雪、在山間水濱綻放等自然特徵，而特別藉以寄託個人的心志，如孤芳自賞、不慕富貴等。多是直詠物象，語句簡單自然，並未刻意雕飾。如馮子振〈浸梅〉：「旋汲溫泉養折枝，冰花寒玉淨相從。從今借得恩波力，會見青青結子時。」釋明本和：「插花貯水養天眞，瀟灑風標席上珍，清曉呼童換新汲，只愁凍合玉壺春。」〔註39〕「浸梅」這個詩題，令人覺得新鮮好奇，其實就是折枝插梅、清水養梅，以幾近直述的語句道出對梅花的細心愛護，並以天眞、席上珍形容梅花。又如

〔註38〕元·馮子振、釋明本《梅花百詠》，頁1～2。
〔註39〕元·馮子振、釋明本《梅花百詠》，頁19。

〈咀梅〉，馮子振曰：「旋摘冰英帶雪飡，清分齒頰不知寒。屈平若譜多風味，未必專心嗜菊蘭。」釋明本和：「細嚼冰蕤齒頰馨，詩脾冷沁有餘清。靈均可惜不知味，卻向秋風飡落英。」〔註40〕食梅本來就是一件雅興之事。形諸於文字，詩人說出食梅的好處，不但能齒頰留香，還能沁人心脾，引發詩興。兩人都嘆息屈原未能嚐嚐梅花，如果屈原也嚐嚐梅花，或許對梅花也會有一番喜愛。兩人詩作語句簡單淺顯，又能引發他人對食梅的嚮往。再者，馮子振〈評梅〉曰：「屈子騷經遺不錄，石湖芳譜漫俱收。試憑西掖攀花手，題向百花花上頭。」釋明本和：「月旦花前豈乏人，風霜齒頰帶陽春。江南野史餘芳論，絕世清如古逸民。」〔註41〕以梅花為群芳之首，並且想像以月旦評人改以評花，想必梅花當是節行清高的隱士，也可說是「出奇致勝」之處。至於馮子振〈盆梅〉曰：「新陶瓦罐勝瓊壺，分得春風玉一株。最愛寒窗閒讀處，夜深燈影雪模糊。」釋明本和曰：「月團香雪翠盆中，小枝能偷造化工。長伴玉山頹錦帳，不知門外有霜風。」〔註42〕以及馮子振〈接梅〉曰：「殘餘花踈可奈何，貞心空自抱陽和。與君試換冰霜骨，看取明年青子多。」釋明本和曰：「采玉金刀巧若神，好枝分得續孤根。待看夜雨蒼苔長，幻出春風不見痕。」〔註43〕簡單幾句，可得知盆栽藝術的普及，以及當時已經具有栽培梅花的技術。小小盆梅就是縮小的大自然，詩人以為足以顯現大地的造化工巧，並且透過金刀手裁，期盼能年年見得梅花結青子。從實用移植、盆景藝術的角度詠梅，也可說是詠梅「出奇致勝」的表現。

　　上述七言絕句的詠梅百首，今日仍可見馮子振原作，釋明本和作。至於釋明本以春字韻作詠梅百首的七言律詩，以和馮子振，今日已經不存馮子振原作。釋明本作的詠梅百首七言律詩，並無詩題，每一詠梅詩必以「春」字結束，如「一團清氣一團春」、「年年雪裏貯芳

〔註40〕同上註，頁19～20。
〔註41〕同上註，頁13～14。
〔註42〕同上註，頁31。
〔註43〕元・馮子振、釋明本《梅花百詠》，頁16～17。

春」、「暗香清透一腔春」等。﹝註44﹞釋明本的百首七律詠梅詩，彌漫著濃厚的「禪味」，試見下列幾首詠梅詩：

> 巖谷幽棲獨煉神，山靈有意共成眞。半枝殘雪定中衲，
> 一片野雲方外人，作如是觀清靜種，照無色界幾千塵。
> 天機尚有寒消息，未遣野猿啼破春。﹝註45﹞

> 曾約菩提一樹神，浣花深處共參眞。雪深林下維摩室，
> 月落岩前面壁人。七返九還觀色相，三空四諦悟根塵。
> 頭頭縱是華嚴界，野室孤雲自在春。﹝註46﹞

> 紫微垣裏一魁神，謫向蓬瀛領眾眞。十月具形分浩氣，
> 九靈司命註瓊人。危根必露應知妄，種智圓明不墮塵。
> 地位清高太孤潔，辮香拜盡世間春。﹝註47﹞

有別於多數人從梅花的形態，如花色、花香、或枝幹詠梅；或是從梅花衝寒吐豔、孤獨自處等精神詠梅。釋明本詠梅則是加入許多佛家語，如無色界、悟根塵、種智圓明等。將梅花與佛家結合，應該也是源於梅花的自然生長環境的聯想，梅花生長在遠離世俗的山間水濱，能夠契合佛家所謂的清淨無塵的世界，同時詩人本身就是佛門子弟，因此更容易增添許多個人主觀感受。

除了對梅花的十詠、百詠之外，王冕身兼畫家與詩人，本身擅長畫墨梅，也大量寫作詠梅詩。王冕詠梅詩計有七言絕句〈素梅〉五十八首、〈紅梅〉十九首、〈墨梅〉四首等；五言絕句〈梅花〉十五首；六言絕句〈梅花〉三首；七言長句〈梅〉四首等；甚至還為梅花作傳，寫成〈梅先生傳〉，﹝註48﹞並仿傚陶淵明〈五柳先生傳〉的形式，文

〔註44〕同上註，頁1、6、11。

〔註45〕同上註，頁3。

〔註46〕同上註，頁6～7。

〔註47〕同上註，頁13。

〔註48〕元・王冕著，壽勤澤點校《王冕集》（杭州：浙江古籍出版社，1999年9月），頁239～240。

按：王冕詩歌作品見諸於歷代典籍的有：清康熙中長州（今江蘇蘇

章開頭說道：「先生名華，字魁，不知何許人？」文末也有贊語，直稱太史公曰：「梅先生，翩翩濁世之高士也。觀其清標雅韻，有古君子之風焉。彼華腴綺麗烏能辱之哉！以故天下人士景愛慕仰，豈虛也耶！」並將歷史上與梅有關的人、事貫串其中，如鹽梅調羹，望梅止渴、何遜愛梅等，〔註49〕可見王冕相當嗜好梅花。

　　王冕身處於異族統治，選擇歸隱山林。大量寫作詠梅詩的用意，是想要藉由梅花身處環境的自然特徵，以表達對外族的不妥協。如〈素梅五十八首〉之二十六：「鵝州城東古梅樹，鱗甲滿身如老龍。冷霜極冷欺不得，春風吹作玉玲瓏。」〔註50〕冷霜，是自然氣候的霜雪，也代表著異族統治的人為環境；欺不得古梅樹，梅花依舊綻放，則是個人心志的展現，面對外在強勢也不會屈服。又如〈素梅〉五十八首之三十五：「千年萬年老梅樹，三花五花無限春。不比尋常野桃李，只將顏色媚時人。」〔註51〕〈素梅〉五十八首之五十六：「冰雪林中

州）顧式秀野堂刊本《元詩選・二集・竹齋集》一卷、《四庫全書・集部・別集類・竹齋集》上、中、下三卷及續集一卷、嘉慶三年（1798）邵武（今屬福建）徐氏刊本《竹齋詩集》四卷、清戴熙《戴鹿床手寫宋元四家詩・王元章詩》一卷。《四庫全書》中所收《竹齋集》三卷，為王冕兒子王周所編集，有明・劉基的《序》及宋濂的《傳》，後又經王冕曾孫婿駱居敬輯校，補入《續集》一卷，是收錄王冕詩歌最為完備的本子。本書以《四庫全書》文淵閣本為底本，以邵武本、《元詩選》及戴鈔本相參校。參見元・王冕著，壽勤澤點校《王冕集》前言，頁3～4。

〔註49〕〈梅先生傳〉曰：「先生名華，字魁，不知何許人？或謂出炎帝，其先有以滋味干商高宗，乃召與語，大悅曰：『若作和羹，爾為鹽梅，』因命食採於梅，賜以為氏。梅之有姓，自此始……漢末綠林盜起，避地大林。大將軍曹操行師失道，軍士渴甚，願見梅氏。梅聚族謀曰：『老瞞垂涎漢鼎，人不韙之，吾家世清白，慎勿與語。』竟匿不出……何遜為揚州法曹掾，虛東閣，待先生，先生遇之甚厚，相對移日，留數詩而歸。唐丞相宋璟平生鐵石心腸，不輕為人題品，獨為先生賦之。其見重如此。天寶大曆年間，杜甫客泰山，邂逅梅先生，巡簷索笑，遂為知心……錢塘林逋、眉山蘇軾，咸以詩歌美之。」參見王冕著，壽勤澤點校《王冕集》，頁230～240。

〔註50〕元・王冕著，壽勤澤點校《王冕集》，頁216。

〔註51〕同上註，頁218。

著此身，不同桃李混芳塵。忽然一夜清香發，散作乾坤萬里春。」
〔註52〕白梅與桃李不同，不以顏色吸引人們注意，但是一旦開花，足
以萬里飄香。猶如個人高風勁節，不需要與異族同道。又如〈梅花〉
十五首之十五：「明洁眾所忌，難與群芳時。懷貞歲華晚，只有天地
知。」〔註53〕〈梅花〉三首之二：「瀟灑托身溪谷，清高不染紅塵。
數點幽花的皪，包藏萬斛陽春。」〔註54〕〈梅花〉四首之三：「朔風
吹寒脱繁木，石溜潺潺出空谷。荒村野店少人行，獨有寒梅照寒淥。
玉質爛爛無纖埃，春風不來花自開。平生清苦能自守，焉肯改色趨樽
罍？我與梅花頗同調，相見相忘時索笑。冰霜歲晚愈精神，不比繁花
易凋耗。長安多少騎馬郎，尋芳竟集桃李場。東家賣酒西家嚐，引得
世間蜂蝶忙。」〔註55〕以五言、六言絕句詠梅的同時，也是訴說個人
東山之志，如同梅花托身溪谷，不染紅塵；節操高潔，如同繁花落盡，
獨有梅花綻放。及至七言長句，更是明白寫出自己與梅花同調，志同
道合，相逢自是索笑。

　　無論是王冕創作大量的詠梅詩、或馮子振、釋明本的詠梅唱和
詩、或郭豫亨梅花集句詩等，都足以顯現金元時期的文學環境，在詠
梅詞之外，就詩的文學領域而言，或緣於詩人自身愛好，或緣於詩人
彼此唱和，也都對梅花有很大的興趣。正可藉以說明金元以來，繼續
著宋代，對梅花的喜愛。

第二節　花卉藝術的薰染

　　詠梅詞發展的背景，並非僅是文學環境的感染，同時也是受到藝
術環境的觸發。本節分別就畫梅、論梅、賞梅的藝術環境，從花鳥繪
畫的興盛、花卉文藝的輯錄、盆栽園林的普及三點，展開論述金元詠

〔註52〕元・王冕著，壽勤澤點校《王冕集》，頁222。
〔註53〕同上註，頁231。
〔註54〕同上註，頁232。
〔註55〕同上註，頁235。

梅詞發展的藝術環境，同時推及前代，以求一系列完整說明梅花藝術的發展。

一、花鳥繪畫的興盛

　　金元的花鳥畫，主要是以水墨表現。根據元‧夏文彥《圖繪寶鑑》卷四與卷五，共記載二百二十四位金元畫家，其中有一百二十一位擅長花鳥畫，其中又以畫墨竹者最多，其次是墨梅。〔註56〕雖然畫梅者不及畫竹者，然而無論是竹、梅、蘭等，都是足以代表畫者的品格節操，也代表著當時的繪畫風氣。金元畫壇的此種傾向，正是受到異族統治所致。鄭昶《中國畫學全史‧元之畫學》云：「凡文人學士，無論仕與非仕，無不欲藉筆墨以自鳴高。故其從事於圖畫者，非以遣興，即以寫愁而寄恨。其寫愁者，多蒼鬱；寄恨者，多狂怪，以自鳴高者，多野逸，要皆各表其個性，而不競競以工整濃麗爲事，於是相習爲風。」〔註57〕面對異族統治，金元文人面對梅花的自然生長特徵，也就容易引發相應的個人寄託。無論是形之於文字的詠梅文學，或狀之於圖像的墨梅繪畫，皆導因於此。換言之，選擇梅、竹等入畫，除了增添野逸之趣，也是爲表達個人心志。

　　再者，金元朝廷繪畫機構設立的轉變，也是導致畫壇風氣有別於前代。金元之前，都設立翰林圖畫院，簡稱畫院，此類繪畫機構統一受制於皇室的審美意識。畫院之設始於五代十國。五代中原烽火不息，十國相對安定，經濟發展，畫家薈萃。爲滿足皇室審美的需要，

〔註56〕元‧夏文彥《圖繪寶鑑》卷四收錄金代四十六位畫家，其中有二十一位擅長花鳥畫；卷五收錄元代一百七十八位畫家，其中有一百零一位擅畫花鳥。並且金元兩代都是以畫墨竹者最多。此外，不僅是文人，還包括婦女、道士、僧人都對水墨花鳥畫有著相當的表現，足以想見當時風氣之盛。參見元‧夏文彥《圖繪寶鑑》（臺北：臺灣商務印書館，1956 年），頁 93～109。關於金元畫家的彙集整理，參見本論文頁 48。

〔註57〕鄭旭《中國畫學全史‧元之畫學》（臺北：臺灣中華書局，1982 年 4月），頁 329。

蜀主孟知祥執政之初，創設了中國美術史上最初的皇室繪畫機構，即
所謂的翰林圖畫院，設待詔、祇侯等職網羅畫家。南唐中主李璟亦仿
效西蜀畫院之制，設立了翰林圖畫院。翰林院在唐代本來主要是文辭
經學之士待詔之所，亦有卜醫技術之士供職其中，西蜀、南唐設立翰
林圖畫院，提高了畫家有別於工匠的地位。北宋也設立了翰林圖畫
院。翰林圖畫院隸屬於翰林院下，又稱翰林圖畫局，與書藝局、天文
局、醫官局並列，畫家職銜亦多至待詔、藝學、祇侯、學生數科。政
和中興畫學畫院，倣舊制設官六階，以藝進者，不得服緋紫，帶佩魚，
至政和宣和年間，於書畫院之官職，乃獨許之。把畫院畫家的地位幾
乎提升到文職官員的程度，並以古人詩句為題考試畫家，提高了畫院
畫家的素質，促進了創作的發展。靖康之變以後，高宗趙構恢復畫院，
畫院創作的興盛一直延續到南宋末。

金代無畫院之設，卻設有圖畫署，後又有祇應司行使圖畫署職
能，然而，畫家下降到工匠的地位。元代也是取消畫院，與宮廷繪畫
有關的機構約有二十餘個，大致可分為三類：一，宮廷秘書機構，即
翰林兼國史院和集賢院，這不是專職繪畫機構，但容納了許多文人畫
家。二，繪畫鑒賞、收藏機構，如奎章閣學士院、宣文閣、端本堂和
秘書監，前兩者相繼為宮中文人畫家的集結地，秘書監則以藝匠為
主。三，服務於皇室的宮廷專職性的繪畫機構，這類機構十分繁雜，
按皇室所需分別隸屬於將作院、工部和大都留守司等，在此供奉的畫
家以藝匠為主，留下畫名的極少。〔註58〕由五代至宋，再到金元，畫
院從備受重視轉而廢除不置，縱使有設立相關的繪畫機構，也沒有致
力於要培養優秀專職的畫院畫家。朝廷對繪畫藝術，不及前朝重視，
反而促使畫家可以隨個人喜愛作畫，不必受限於要迎合上位者的喜
愛，以謀得官職，因此金元畫風也就有所改變。

〔註58〕關於五代至宋元繪畫機構的發展概況，參見薛永年等《中國美術‧
五代至宋元》（北京：中國人民大學出版社，2004 年 10 月），頁 5；
鄭昶《中國畫學全史》，頁 239；余輝〈元代宮廷繪畫機構初探〉，《故
宮博物院院刊》，第 1 期總第 79 期（1998 年），頁 29～30。

　　上述為畫院機構的轉變，繼之，探討畫風的不同。金元之前的花鳥畫，以畫院畫風為尚，畫院畫家所見都是珍奇花鳥，主要以設色豔麗，工筆精細為尚。宋・趙希鵠〈洞天清錄集・古畫辨〉載：「徐熙乃南唐處士，腹飽經史，所作寒蘆荒草，水鳥野鳧，自得天趣。黃筌則孟蜀主畫師，目閱富貴，所以多綺園花錦，真似粉堆，而不作圈線。孔雀鸂鶒，豔麗之禽，動止生意。」〔註59〕宋・郭若虛《圖畫見聞志》卷一載：「諺云：『黃家富貴，徐熙野逸』，不惟各言其志，蓋亦耳目所習，得之於心而應於手也。何以明其然？黃筌與其子居寀，始並事蜀為待詔，筌後累遷如京副使，既歸朝，筌領真命為宮贊（或曰：『筌到闕未久物故，今之遺迹，多是在蜀中日作，故往往有廣政年號，宮贊之命，亦恐傳之誤也』）。居寀復以待詔錄之，皆給事禁中，多寫禁籞所有珍禽瑞鳥，奇花怪石，今傳世桃膺鶻、純白雉兔、金盆鵓鴿、孔雀龜鶴之類是也。又翎毛骨氣尚豐滿，而天水分色。……徐熙江南處士，志節高邁，放達不羈，多狀江湖所有汀花野竹，水鳥淵魚，今傳世鳧雁鷺鷥、蒲藻蝦魚、叢豔折枝、園蔬藥苗之類是也。又翎毛形骨貴輕秀，而天水通色。」〔註60〕藉由徐熙與黃筌的比較，可得知因為身處環境的不同，一是江南處士，一是院畫畫家，作畫的題材與畫風表現也隨之不同。並且「黃家富貴」持續影響至宋代畫院。

　　「黃家富貴」的畫法，在宋代更加受到推崇。宮廷裝飾務求華美，黃筌之子黃居寀在畫院舉足輕重，表現寧靜平和、細膩豔麗的「黃家富貴」，成為宮廷花鳥典範。〔註61〕《宣和畫譜》卷十七云：「黃居寀，字伯鸞，蜀人也，筌之季子，筌以畫得名，居寀遂能世其家，作花竹翎毛，妙得天真……初事西蜀偽主孟昶，為翰林待詔，遂圖畫牆壁屏

〔註59〕宋・趙希鵠《洞天清錄集・古畫辨》（北京：中華書局，1985年），頁25。
〔註60〕宋・郭若虛、鄧椿著、米田水譯注《圖畫見聞志・畫繼》（長沙：湖南美術出版社，2000年4月），頁45～46。
〔註61〕張朝輝、徐琛《中國繪畫史》（臺北：文津出版社，1996年10月），頁158～159。

障不可勝紀。既隨僞主埽，闕下藝祖知其名，尋賜眞命。太宗尤加眷遇，乃委之搜訪名畫，詮定品目，一時等輩莫不斂衽。筌、居寀畫法，自祖宗以來，圖畫院爲一時之標準，較藝者視黃氏體製爲優劣去取。」〔註62〕宋代對畫院畫家的重視，可見一斑。畫院進而主導宋代花鳥畫風趨勢，成爲一時的標準。

　　時至金元，朝廷廢除畫院，不再以黃家富貴畫法爲第一，使得許多文人創作獲得更大的發揮，並且受到異族統治的關係，更無心於用色，專以水墨表現，並且以竹、梅、蘭等爲題，成爲文人抒情寫意，寄寓心志的方式。花鳥畫以水墨表現，盛於金元，卻不是始於金元。在金元之前，宋代在黃家畫法一派之外，蘇軾提出「古來畫師非俗士，妙想實與詩同出」〔註63〕、「文以達吾心，畫以適吾意」〔註64〕主張詩畫一律，詩人以詩表達情感，畫家也理當如此，作畫並不是專以形似爲要，也不是爲了迎合他人喜好。並且蘇軾向文同學習墨竹畫，喜作墨竹。〔註65〕就詞而言，金代文人對於蘇軾接受度很高，相應於繪畫，金代墨竹畫蔚然成風，應當就是受到蘇軾影響所及。就墨梅畫而言，依據《圖繪寶鑑》記載，元代墨梅畫家多於金代，〔註66〕其中不乏畫梅名家，可證梅花受到喜愛的程度。墨梅畫在元代成爲當時的風尚，除了緣於上述時代環境因素外，同時是承襲宋代墨梅畫發展而來。北宋末年禪僧，花光（或作華光）釋仲仁，首先以水墨畫梅，爲四君子畫祖師之一。《圖繪寶鑑·宋》卷三曰：「釋仲仁，會稽人，住衡州花光山，以墨暈作梅，如花影然，別成一家，所謂寫意者也。」

〔註62〕宣和殿御製《宣和畫譜》（臺北：臺灣商務印書館，1966 年 6 月），頁 461～462。

〔註63〕引自蘇軾〈次韻吳傳正枯木歌〉。參見清·王文誥輯注，孔凡禮點校《蘇軾詩集》，卷 36，頁 1961。

〔註64〕引自蘇軾〈書朱象先畫〉。參見蘇軾著、孔凡禮點校《蘇軾文集》（北京：中華書局，1986 年 3 月），卷 70，頁 2211。

〔註65〕元·湯垕《古今畫鑑》云：「東坡先生文章翰墨，照耀千古，復能留心筆墨，戲作墨竹，師文與可。」（北京：中華書局，1985 年），頁 15。

〔註66〕參見本論文頁 48。

〔註67〕釋仲仁，以水墨畫梅，有別於唐代以來的畫梅法。歷來畫梅者，如五代‧滕昌祐，傅色繪圖有生意，有梅花圖、梅花鵝圖；〔註68〕唐‧**邊鸞**，以丹青馳譽，有梅花鵁鶄圖；〔註69〕宋‧趙昌，作折枝極有生意，傅色尤造其妙，有梅花雙鶤圖、梅雀圖、梅花山茶圖等，〔註70〕皆重設色用采。即使是南唐‧徐熙畫花，有梅竹雙禽圖、雪梅會禽圖等，以落墨寫枝、葉、蕊、萼，之後還是要傅色，〔註71〕因此釋仲仁的墨漬梅花，當然顯得特別。

　　墨梅畫傳至揚補之，有了不同的畫法。南宋揚補之，字無咎，號逃禪老人。〔註72〕畫梅師法釋仲仁。宋‧曾敏行《獨醒雜志》卷

〔註67〕元‧夏文彥《圖繪寶鑑》，頁53；翁同文《藝術叢考‧花光仲仁的生平與墨梅初期的發展》（臺北：聯經出版社，1977年6月），頁105。
　　　　按：翁同文以為「花光仲仁或稱花光或稱仲仁，花光二字，或以為是衡州山名，或以為是衡州寺名。各書並不一致。據鄒浩《道鄉集‧天保松銘并序》等詩文，知既是山名又是寺名，即南嶽衡山南麓有花光山，山中有花光寺……又據陳垣《釋氏疑年錄》凡例云『：僧人同名者多，故名上悉冠地名寺名，此僧傳例也。』准此，花光既為山名兼寺名，則仲仁當即是名。」翁同文《藝術叢考‧花光仲仁的生平與墨梅初期的發展》，頁106。
　　　　按：文中所引鄒、陳二書見於宋‧鄒浩《道鄉集‧天保松銘並序》（臺北：漢華文化公司，1970年10月），頁930。陳援菴《釋氏疑年錄》（臺北：廣文書局，1975年4月），頁1。
　　　　且翁同文考定仲仁生卒年當為1051前後至1123春初。並以籍貫不同、年齡不同、專長不同，逐一分析超然與仲仁為不同的兩人，反駁莊申《中國畫史研究續集‧墨梅畫的創始與早期的發展》以為「就現有的文獻來判斷，墨梅畫的創始人，似乎是超然仲仁。」參見翁同文《藝術叢考‧花光仲仁的生平與墨梅初期的發展》，頁114～121。
　　　　按：文中所引莊申文，見莊申《中國畫史研究續集‧墨梅畫的創始與早期的發展》（臺北：正中書局，1974年10月），頁379。
〔註68〕《宣和畫譜》，卷16，頁441、444。
〔註69〕同上註，卷15，頁398、400。
〔註70〕同上註，卷17，頁501～502，506～507。
〔註71〕同上註，卷17，頁477、483、487。
〔註72〕楊補之或作揚補之，無論在古書或現代書籍皆不一致。翁同文根據清‧李慈銘《越縵堂讀書記》：「古人楊揚通用，揚州之揚本作楊，通作揚，亦作陽，揚雄之揚，本同楊。唐以前用雄事，無作楊者。」與元‧夏文彥《圖繪寶鑑》卷四：「揚補之，字無咎，號逃禪老人，

四載：「華光仁老作墨花，陳去非與義，題五絕句，其一云：『含章簷下春風面，造化工成秋兔毫。意足不求顏色似，前身相馬九方皋。』徽廟見而喜之，召對擢用，畫因詩重，人遂為此畫。紹興初，華光寺僧，來居清江慧力寺，士人揚補之、譚逢原與之往來，遂得其傳。補之所作，後益超出，格韻尤高。」〔註73〕宋·趙孟堅〈畫梅詩〉：「逃禪祖華光，得其韻度之清麗。」〔註74〕皆可證明揚補之在墨梅畫法上，與花光墨梅畫法有承襲之關係。並且揚補之又能加以改變墨梅畫法，《青在堂畫梅淺說·畫法源流》云：「圈白花頭，不用著色，創於揚補之。吳仲圭王元章推其法，真橫絕一世。」〔註75〕花光畫梅是墨梅，未著丹青，故稱墨暈梅，如同花影，揚補之不僅未著色，且花瓣留白，故稱圈白法，自是有別。至於花幹畫法，揚補之以飛白法畫花幹，〔註76〕一改釋仲仁的寒枝鱗皴。〔註77〕揚補之

南昌人也。祖漢子雲，其書姓從才不從木。」兩條資料，以為此辨亦贅。且就名從主人之例，翁同文以為應復其舊。

參見清李慈銘《越縵堂讀書記》（臺北：世界書局，1975 年 7 月），頁 1281；元·夏文彥《圖繪寶鑑》頁 71；翁同文《藝術叢考·畫人生卒年考》，頁 30。

按：本文為行文之係，一律作「揚」。庶免「楊、揚」摻雜，徒亂耳目。

〔註73〕宋·曾敏行《獨醒雜志》（北京：中華書局，1985 年），頁 25。

〔註74〕俞建華《中國古代畫論類編·第五編花鳥畜獸梅蘭竹菊·子固畫梅詩》（北京：人民美術出版社，2000 年 3 月），頁 1055。

〔註75〕清·王概等編《芥子園畫譜全集·青在堂畫梅淺說》（臺北：文化圖書公司，1986 年 11 月），頁 679～680。

〔註76〕飛白，寫字時，筆上沾的墨劃過紙上，所成的線條，墨並沒有全留下來，筆畫中絲絲露白，由於寫這種筆劃，運筆速度總是比較快，故曰「飛」，露白，故曰「白」。書法家有飛白法，始於漢末蔡邕，運筆快捷而黑中露白，虛實相間，代有傳人，唐初歐陽詢尤其擅長。揚補之學習歐陽詢飛白法，轉而運用於畫梅，趙希鵠《洞天清祿集》卷四云：「臨江揚無咎補之，學歐陽率更楷書殆逼真，以其筆勁利，故以之作梅，下筆便勝花光仁。」參見王耀庭《繪畫》（臺北：幼獅文化公司，1988 年 11 月），頁 71；翁同文《藝術叢考·花光仲仁的生平與墨梅初期的發展》，頁 127；宋·趙希鵠《洞天清祿集》（北京：中華書局，1985 年），頁 26。

將仲仁墨梅的枝幹與花朵技法推陳出新，儘量發揮筆的運用，以寫為畫，快捷簡易，揚補之又是頗著聲響的文人，他的新法遂為後來大多數墨梅畫家所沿襲。〔註78〕如南宋‧趙孟堅，擅長水墨，白描梅花，就是學習揚補之圈白花頭。〔註79〕元代吳鎮、王冕也多所推崇。

　　元代對於揚補之以飛白法畫梅，發揮以書入畫的方式能夠接受，除了緣於後人對前代墨梅畫法的承襲，同是也是當時的畫風趨勢。在揚補之以前，唐‧張彥遠已經提出書畫同源，以為繪畫與書法之間有密切關係，《歷代名畫記‧敘畫之源流》曰：「頡有四目，仰觀垂象。因儷鳥龜之迹，遂定書字之形。造化不能藏其祕，故天雨粟；靈怪不能遁其形，故鬼夜哭。是時也，書畫同體而未分，象制肇始而猶略。無以傳其意，故有書；無以見其形，故有畫，天地聖人之意也。」〔註80〕至於在元代，以山水、墨竹畫著名，並且也擅長墨梅畫的趙孟頫，也是主張要以書入畫。趙孟頫提出書畫同律：「石如飛白木如籀，寫竹還應八法通；若也有人能會此，須知書畫本來同。」〔註81〕柯九思更是細說：「寫竹幹用篆法，枝用草書法，寫葉用八分法或用魯公

〔註77〕宋‧華鎮《雲溪居士集‧南嶽僧仲仁墨畫梅花》：「世人畫梅賦丹粉，山僧畫梅匀水墨。淺籠深染起高低，烟膠翻在瑤華色。寒枝鱗皴節目老，似戰高風聲淅瀝。三苞兩朵筆不煩，全開半函如向日。」四庫全書珍本初集，（上海：商務印書館，1935年），第125函，頁3～4。

〔註78〕翁同文《藝術叢考‧花光仲仁的生平與墨梅初期的發展》，頁128。

〔註79〕元‧夏文彥《圖繪寶鑑‧宋南渡後》卷四曰：「趙孟堅，字子固，號彝齋居士……善水墨，白描水仙梅蘭山礬竹石，清而不凡，秀而雅淡，有《梅譜》傳世。」，頁69～70。
　　　　鄭旭《中國畫學全史‧宋之畫學》曰：「南宋揚無咎更創圈白花頭，不著色之一派，其姪季衡甥湯正仲，及趙孟堅、釋仁濟等，爭相效法，遂以卓然成一勢力之畫派焉。」，頁252～253。

〔註80〕唐‧張彥遠《歷代名畫記》（臺北：臺灣商務印書館，1966年3月），頁8。

〔註81〕俞崑《中國畫論類編‧松雪論畫竹》（臺北：華正書局，1984年10月），頁1063。

撮筆法，木石用折釵股屋漏痕之遺意。」。〔註82〕強調書畫同律，作畫也就趨於注重筆墨簡練寫意，而不是一味追求形似，因此趙孟頫反對作畫只知用筆纖細，敷色濃豔。〔註83〕趙孟頫爲元初畫壇大家，〔註84〕他所提出的繪畫主張，對畫壇能夠產生一定的作用，元・湯垕《畫論》就提到花卉至清，畫者當以意寫之，不在形似，故畫梅謂之寫梅，畫竹謂之寫竹，畫蘭謂之寫蘭。〔註85〕因此元代在墨梅畫的發展上，更易於接受揚補之以飛白法畫梅，以書入畫的方式；圈白花頭，寫意精簡的畫法。

元代有不少擅長畫梅者，比如吳鎮。吳鎮，字仲圭，嘉興人，性高介，隱居不仕，晚年愛梅，自稱梅花道人，未歿時嘗自題其墓曰梅花和尚之塔。工辭翰，尤善畫山水竹石，亦喜作墨花。〔註86〕吳鎮論畫，曰：「墨戲之作，蓋士大夫詞翰之餘，適一時之興趣，與夫談畫之流，有大寥廓……嘗觀陳簡齊墨梅詩云：『意足不求顏色似，前身相馬九方皋。』此真知畫者也。」〔註87〕可見吳鎮對墨梅畫不求顏色

〔註82〕元・柯九思《丹邱集・論畫》（臺北：學生書局，1971 年 8 月），頁 34。

〔註83〕趙孟頫自跋畫卷云：「作畫貴有古意，若無古意，雖工無益。今人但知用筆纖細，敷色濃豔，便自謂能手，殊不知古意既虧，百病橫生，豈可觀也？吾所作畫，似乎簡率，然識者知其近古，故以爲佳。此可爲知者道，不爲不知者說也。大德五年三月十日趙孟頫跋」明・張丑《清河書畫舫》（臺北：學海出版社，1975 年 5 月），冊 3，頁 52。

〔註84〕元初畫家的主要活動範圍可分爲兩大區域：一是宮廷，包括仕奉於朝中各類文職機構裡的文人士大夫畫家，和專職於繪畫機構中的各級御用匠師。二是江南杭州一帶，以南宋遺民畫家龔開、鄭思肖、錢選等爲主。趙孟頫是這一時期最重要的畫家，他既是北方宮廷士夫畫的領袖，又因爲來自南方，與錢選等一直保持著來往，對加強南北藝術的交流起到重要的地位。參見潘公凱等著《插圖本中國繪畫史》（上海：上海古籍出版社，2002 年 4 月），頁 244～245。

〔註85〕元・湯垕《畫論》，引自于安瀾《畫論叢刊》（臺北：華正書局，1984 年 10 月），頁 61～62。

〔註86〕清・邵遠平《元史類編》（臺北：廣文書局，1970 年 5 月），卷 36，頁 1979～1980。

〔註87〕吳鎮論畫，引自明・朱存理《鐵網珊瑚》（臺北：國立中央圖書館，1970 年 7 月），下冊，頁 905～906。

似的讚賞。管道昇、柯九思，也是畫梅名家，《圖繪寶鑑·元》卷五
曰：「柯九思，字敬仲，號丹邱生，台州人。官至奎章閣鑑書博士。
博學能文，喜寫墨竹，師文湖州，亦善墨花。」「管夫人道昇，字仲
姬，趙文敏室。贈魏國夫人，能書，善畫墨竹梅蘭。」〔註88〕其他又
如吳太素，有多件傳世的作品、〔註89〕鄒復雷承襲釋仲仁的墨漬花
等。眾多畫梅名家中，當屬王冕墨梅畫最被稱道，正因為畫梅構圖有
創新、有突破。王冕喜愛畫繁花千蕊，清·朱方靄〈畫梅題記〉曰：
「宋人畫梅，大都疏枝淺蕊，至元煮石山農，始易以繁花，千叢萬簇，
倍覺風神綽約，珠胎隱現，為此花別開生面。」〔註90〕以萬蕊千花表
現出春天生氣勃勃的景象，不也是代表對現實社會的期待，藉筆墨以
寓情，正如同鄭思肖畫無根蘭，也是有個人的寄寓，表達亡國的哀痛，
自己不願屈服於異族統治。又創新花瓣畫法。揚補之圈瓣花，是用「一
筆三頓挫」的三筆圈花，即所謂「三趯法」。書法中向上挑的筆法，
就是「趯」，三趯法是圈花時，左右兩筆由下向上畫成花瓣，以趯的
筆法在瓣尖畫一新月痕。王冕改為「一筆二頓挫」的二筆圈花，就是
將揚補之第三筆的趯省略，花瓣沒有新月痕，瓣尖露空。〔註91〕如此

〔註88〕元·夏文彥《圖繪寶鑑·元》，頁 97、109。

〔註89〕吳太素，著有《松齋梅譜》，詳述畫墨梅之法。此書現存日本，外界
　　　無流傳。傳世的作品，有雪梅圖、松梅圖等。鄒復雷現存作品是春
　　　消息圖，陳立善有溪梅圖、梅花水仙圖。其他又如史杠、王英孫、
　　　金汝霖等，都擅梅花，然作品未傳。
　　　參見嵇若昕〈王冕與墨梅畫的發展（上）〉，《故宮學術季刊》，第 2
　　　卷第 2 期（1984 年冬季），頁 41。
　　　高木森〈玉骨冰清——從王冕的畫看元代墨梅兼論中國畫之寫實、
　　　寫真與寫意〉，《國立台灣藝術教育館美育月刊》，第 52 期（1994 年
　　　10 月），頁 5。
　　　李福順《中國元代藝術史》（北京：人民出版社，1994 年 1 月），頁
　　　67～68。

〔註90〕清·朱方靄《畫梅題記·題畫》（北京：中華書局，1985 年），頁 6。

〔註91〕嵇若昕〈王冕與墨梅畫的發展（中）〉，《故宮學術季刊》，第 2 卷第 2
　　　期（1984 年冬季），頁 50。周士心《梅譜》（臺北：藝術圖書公司，
　　　1994 年 7 月），頁 43～47。

畫梅，更顯得筆墨率意，也表達出畫梅的目的，不是務求達到物象的處處形似，而是藉由選擇畫梅以寄託個人情感。並且王冕也喜於畫上賦梅，如南枝春早圖上題曰：「和靖門前雪作堆，多年積得滿身苔。疏花個個團冰雪，羌笛吹他不下來。」〔註92〕、墨梅圖上題曰：「我家洗硯池頭樹，個個花開洗墨痕。不要人誇好顏色，只留清氣滿乾坤。」〔註93〕詩畫相襯，同時透過詩、畫表達自身堅定不移的操守。此外，王冕與楊維楨有詩作往來，〔註94〕而楊維楨與張雨、陶宗儀等都有往來，常常舉行文人雅集。〔註95〕雖然未必都有墨梅作品，但是文人之

按：除了改一筆三趨爲一筆二趨外，王冕的畫梅可說是融合南宋揚補之的圈瓣法與李仲永的倒暈法。李仲永的倒暈花，是將畫面上花朵應佔的部份，預先留出空白，然後以水墨暈染梅樹以外的空間，使花朵爲水墨所包圍，襯托出花瓣的白，如此一來，既無墨漬花的墨痕，又無圈瓣的筆跡，異於釋仲仁與揚補之的畫法，成爲與之鼎足而三的倒暈法。倒暈花不易畫成，後世幾乎無傳，李仲永的倒暈梅也未傳世。不過以淡墨烘染花外空間，以襯托梅花的白，後人頻頻使用此種概念，王冕就是其一。此外，王冕畫梅幹，除了飛白法之外，也獨創抖動著筆，數筆約略平行地來回皴畫。總之，王冕畫梅，既有承襲也有創新。參見嵇若昕〈王冕與墨梅畫的發展（下）〉，《故宮學術季刊》，第2卷第3期（1985年春季），頁36～38。

〔註92〕圖見國立故宮博物院編輯委員會《故宮書畫圖錄》（臺北：國立故宮博物館，2002年5月），頁193。

〔註93〕圖見中國美術全集編輯委員會《中國美術全集・元代繪畫》（臺北：錦繡出版社，1985年8月），頁140。

〔註94〕包根弟指導，宋美灼《王冕七言古體詩歌研究》（臺北：臺北市立師範學院應用語言文學所，2002年6月），頁35。

〔註95〕隨著趙孟頫的去世（1322），北方不復有引領畫壇風氣的領袖人物，畫壇的中心從大都移到了江南。主要以荊州、蘇州、杭州、無錫爲主，包括了柯九思、張雨、黃公望、曹知白等都聚集在此處。到了至正十六年（1356），反元烽火的愈演愈烈，各地戰爭不停，張士誠占據蘇州後，實行了重用文士、廣羅人才的政策，並一度歸順元廷，使蘇州、松江、華亭一帶成爲文人避亂之地，自然也成了元末的文化中心。蘇州原有高啓、徐賁、趙原等名士，張士誠據吳後，禮賢下士，王蒙、張雨、蘇大年等人常來此活動。松江的富豪顧瑛、文學家陶宗儀以及移居來的文壇巨子楊維楨，都常常舉行文人雅集。參見潘公凱等《插圖本中國繪畫史》（上海：上海古籍出版社，2001年12月），頁258、269。

間意氣相投，並且張雨、陶宗儀都有詠梅詞，可見文人之間對同樣喜歡梅花。

金元盛行墨梅、墨竹畫，導因於異族統治，故畫家偏愛選擇此類足以表達個人品格的題材。並且在當時朝廷繪畫組織的轉變、趙孟頫等提出以書入畫的繪畫主張，也使得作畫強調純粹以筆墨表現，重視寫意勝於寫實。同時在承襲宋代墨梅畫的發展上，還能另闢蹊徑。總之，透過了解金元墨梅畫的發展，以及當時畫家、文人之間的交游情形，皆可證明金元文人對梅花的喜愛，因此金元詠物詞以詠梅類居多，也是想當然耳。

二、花卉文藝的輯錄

花卉文藝的輯錄，指的是關於評論、搜羅花卉文藝的專書。宋代以來，這些專書討論的花卉，或以梅花為其中一類，或專以梅花為主；討論的文藝，包含詠梅詩、詠梅詞、墨梅畫等，甚至是個人對梅花的評論。花卉文藝輯錄的普遍，代表著當代對梅花或詠梅文學的注意。

宋・張翊《花經》將七十一種花卉依照九品九命分級。並沒有說明依據的標準，取決於個人主觀的選擇，只稱是遊戲之作，曰：「翊好學多思致。世本長安，因亂南來。嘗戲造《花經》，以九品九命升降次第之，時服其允當。一品九命：蘭、牡丹、蠟梅、酴醿、紫風流（異名睡香）……四品六命：菊、杏、辛夷、豆蔻、後庭、忘憂、櫻桃、林禽、梅。」〔註96〕品、命原本是作為官吏的等級制度，張翊轉而運用在對各種花卉的評等。此番用意不僅是反映個人對不同花卉的喜惡情感，更可說是將自然植物世界假想成現實人文社會，以透顯出人與花卉有著更親切的關係。

專對梅花的評論，如宋・張鎡《梅品》。張鎡獨鍾梅花，著有《梅品》。《梅品・玉照堂梅說》敘述居住之地遍植梅花，名為玉照堂，曰：

〔註96〕宋・張翊《花經》，引自周光培編《歷代筆記小說集成》（石家莊：河北教育出版社，1995年2月）頁3～4。

「梅花爲天下神奇，而詩人尤所酷好。淳熙歲乙巳，予得曹氏荒圃於南湖之濱，有古梅樹數十，散輟地十畝，移種成列，增取西湖北山別圃紅梅，合三百餘本，築堂數間以臨之。又挾以兩室，東植千葉緗梅，西植紅梅，各一、二十章，前爲軒楹，如堂之數。花時居宿其中，環潔輝映，夜如對月，因名曰：『玉照』」〔註97〕玉照堂吸引眾人前來觀賞，張鎡還因此細心地爲梅花設想，曰：「值春凝寒，又能留花，過孟月始盛，名人、才士，題詠層委，亦可謂不負此花矣。但花豔並秀，非天時清美不宜。又標韻孤特，若三閭大夫、首陽二子，寧槁山澤，終不肯頫首屛氣，受世俗渧沸。間有身親貌悅，而此心落落，不相領會。甚至於污褻附近，略不自揆者，花雖眷客，然我輩胸中空洞，幾爲花呼叫稱怨，不特三歎、屢歎、不一歎而足也。因審其性情，思所以爲獎護之策，凡數月乃得之，今疏花宜稱、憎嫉、榮寵、屈辱四事，總五十八條。揭之堂上，使來者有所警省。且示人徒知梅花之貴，而不愛敬也，使與予之言，傳布流傳，亦將有媿色。」〔註98〕張鎡以爲梅花與人、或與外在環境，彼此之間是相互互動，梅花也會因爲賞花人的行爲，而有不同的感受，或覺得喜怒、或覺得受寵、或覺得受辱。故列出花宜稱二十六條、花憎嫉十四條、花榮寵六條、花屈辱十二條，使賞花人明白除了以梅花爲貴，也應該敬重對待，不得任意侮慢。舉例如下：

花宜稱凡二十六條：

爲澹陰、爲曉日、爲薄寒、爲細雨、爲清烟、爲佳月、
爲夕陽、爲微雪、爲晚霞、爲珍禽、爲孤鶴、爲清溪、
爲小橋、爲竹邊、爲松下、爲明牕、爲踈籬、爲蒼崖、
爲綠苔、爲銅瓶、爲紙帳、爲林間吹笛、爲膝上橫琴、
爲石枰下棋、爲掃雪煎茶、爲美人澹妝篸戴。

〔註97〕宋・張鎡《梅品》（臺北：臺灣商務印書館，1965 年 12 月），頁 3～4。

〔註98〕宋・張鎡《梅品》，頁 4～5。

花憎嫉凡十四條：

為狂風、為連雨、為烈日、為苦寒、為醜婦、為俗子、
為老鴇、為惡詩、為談時事、為論差除、為花徑喝道、
為對花張緋幙、為賞花動鼓板、為作詩用調羹驛使事。

〔註99〕

花下吹笛、鼓琴、下棋、煎茶等，都是雅致之事，正與高雅的梅花相稱；花下論時事是非、大聲呼喊喝道，鼓板演唱戲曲等，則會引起梅花的憎厭。張鎡出自對梅花的喜愛，將梅花擬人化，融入個人的評斷，以為梅花也會有喜怒情感。如此思量無外乎是為了要營造一個優美的賞花環境。

　　《花經》與《梅品》，是賞梅的評論，多出於個人聯想。至於宋‧宋伯仁《梅花喜神譜》則是墨梅圖的輯錄，全是個人創作。所謂「喜神」，就是寫生之意，〔註100〕宋伯仁也是極度愛梅，為梅花畫了一百幅墨梅圖，曰：「余於花放之時，滿肝清霜、滿艱寒月，不厭細徘徊。於竹籬茆屋邊，嗅蕊、吹英、捼香、嚼粉，諦玩梅花之低昂、俯仰、分合、卷舒。其態度冷冷然清奇俊古，紅塵事無一點相著……余於是考其自甲而芳、由榮而悴、圖寫花之狀貌，得二百餘品。久而刪其具體而微者，止留一百品。各名其所肖，併題以古律，以梅花譜目之。」〔註101〕《梅花喜神譜》的一百張墨梅圖，主要分成〈蓓蕾〉、〈小蕊〉、〈大蕊〉、〈欲開〉、〈大開〉、〈爛漫〉、〈欲謝〉、〈就實〉八個類別，每一個類別又有數量不一的墨梅圖，各自有名稱及題詩。如《梅花喜神譜‧蓓蕾四枝》卷上有麥眼、柳眼、椒眼、蠏眼；〔註102〕《梅花喜神譜‧欲開八枝》卷下有春甕浮香、寒缸吐燄、蝸角、馬耳、篦、瓚、

〔註99〕同上註，頁5～7。
〔註100〕《四庫全書未收目提要‧梅花喜神譜二卷提要》：「喜神者，殆寫生也。」，參見清‧永瑢《四庫全書總目》（北京：中華書局，1987年7月），頁1848。
〔註101〕宋‧宋伯仁《梅花喜神譜》（北京：中華書局，1985年），頁1～2。
〔註102〕同上註，頁1～4。

金印、玉斗。〔註 103〕題詩如《梅花喜神譜・蓓蕾四枝・柳眼》卷上，題曰：「靜看隋隄人，紛紛幾榮辱。蠻腰休逞妍，所見元非俗。」〔註 104〕《梅花喜神譜・欲開八枝・春甕浮香》卷下，題曰：「斗醉石亦醉，無量不及亂。獨醒誰得知，憔悴滄江畔。」〔註 105〕

　　《梅花喜神譜》主要是個人畫梅、題詩的收集，是個人詩畫藝術的表現。元代墨梅畫盛行，王冕是畫梅名家，《梅譜》則是敘述梅花畫法，分爲指法、論枝、論花、論梅、論梅之病等。如《梅譜・總論》：「初學畫時，以瓶置梅，以燈燭其影，脫其高古，求其新意，庶可知其寫之性也。疊花如品字，發枝若羽飛，蕊須分下上，花頭見偏側。副枝如丫，有其疏密，分其大小，一左一右，則成天理。」〔註 106〕《梅譜・論梅》：「花光之花，其蕊須丁點端楷，丁欲長而點欲小，須欲堅，萼欲偏，枝不可獨發，花不可亂生，多而不繁，少而不疏。枝槁則欲意潤，枝曲則欲意老。花必須相向，枝必須相依。其心欲緩，手欲速，墨育淡。筆欲潤。蕊欲圓而不類古，枝欲瘦而不類桃，似竹之清，如松之秀而成梅。」〔註 107〕可視爲個人經驗談，顯現出對墨梅藝術的深刻了解。

　　至於梅花文學類的專書，如宋・陳景沂《全芳備祖》前後二集。前集二十七卷，後集三十一卷。全書體例，每一種花卉或果木都收錄事實祖、賦詠祖二類。事實組中分碎錄、紀要、雜著三類；賦詠祖分五言散句、七言散句、五言散聯、七言散聯、五言古詩、七言古詩、五言八句、七言八句、五言絕句、七言絕句十類。北宋之前的記載寥寥，而於南宋尤詳。〔註 108〕與梅花有關者，爲《全芳備祖・花部・

〔註103〕同上註，頁 29～36。
〔註104〕同上註，頁 2。
〔註105〕同上註，頁 29。
〔註106〕王冕《梅譜》，參見明・姚廣孝等《永樂大典・墨梅》（臺北：世界書局，1962 年），卷 2812，頁 2。
〔註107〕明・姚廣孝等《永樂大典・墨梅》，卷 2812，頁 2～3。
〔註108〕宋・陳景沂《全芳備祖》，引自王雲五編《四庫全書珍本》（附《四庫全書提要》）（臺北：臺灣商務印書館，1970 年），頁 1～2。

梅花》前集卷一、《全芳備祖‧花部‧紅梅、蠟梅》前集卷四、《全芳備祖‧果部‧梅》後集卷五，凡是與梅有關者都廣泛搜羅。如《全芳備祖‧果部‧梅》後集卷五，〈事實祖‧紀要〉曰：「吳人謂梅子爲曹公，謂鵝爲右軍。有士人遺醋梅與燖鵝，作書曰：「醋浸曹公一瓺，湯燖右軍兩隻……夏至前，雨名黃梅。沾衣皆敗黦。又《埤雅》云：『江湘二浙，四五月間，梅欲黃落，則水潤土溽，柱礎皆汗出成雨，謂之梅雨。』故自江以南，三月雨謂之迎梅，五月雨謂之送梅。」〔註109〕無論市井小民間的幽默詼諧，或是天象氣候，只要與梅有關都一一收錄。

　　宋‧黃大輿《梅苑》則是專門收錄詠梅詞。《梅苑‧序》曰：「所居齋前，更植梅一株，晦朔未逾，略已粲然。於是錄唐以來詞人才士之作，以爲齋居之翫目之。曰《梅苑》，詩人之義，託物取興，屈原製騷，盛列方草，今之所錄，蓋同一揆，聊書卷目，以貽好事云。」〔註110〕共十卷，輯錄詠梅詞四百一十多首，收錄詞家近七十人，是宋代最早的詠物詞選集。集裡所詠梅花包括蠟梅、紅梅、墨梅、鴛鴦梅、野梅、雪梅、茶梅、岸梅、白梅、十月梅等；而與梅花有關的事項則有畫梅、賞梅、觀梅、催梅、獻梅、客答梅、梅贈客、題扇梅、別席探題等。〔註111〕有名者如《梅苑》卷九收錄張耒〈減字木蘭花〉：「箇人風味。只有江梅些子似。每到開時。滿眼清愁只自知。　　　霞

按：賦詠祖所收錄的詩句，並非全都標明作者。

所謂散句，表示僅收錄單句。如《全芳備祖‧花部‧梅花》前集卷1，所收的五言散句，如「江路野梅香」。參見宋‧陳景沂《全芳備祖》，頁6。

並且《四庫全書提要》以爲《全芳備祖》賦詠祖共分十類，實際翻閱，還包括樂府祖，也就是宋詞類。如《全芳備祖‧花部‧梅花》前集卷1，其中樂府祖，收錄有蘇軾、姜夔等人的詞。參見宋‧陳景沂《全芳備祖》，頁37～55。

〔註109〕　宋‧陳景沂《全芳備祖》，後集卷5，頁2。

〔註110〕　宋‧黃大輿《梅苑》，引自王雲五編《四庫全書珍本》（附《四庫全書提要》）（臺北：臺灣商務印書館，1976年），頁1。

〔註111〕　宋‧黃大輿《梅苑》，頁151～152。

裾仙佩。姑射神仙風露態。蜂蝶休忙。不與春風一點香。」〔註112〕
李清照〈漁家傲〉:「雪裏已知春信至。寒梅點綴瓊枝膩。香臉半開
嬌旖旎。當庭際。玉人浴出洗妝洗。　　造化可能偏有。故教明月
玲瓏地。共賞金尊沈綠蟻。莫辭醉。此花不與羣花比。」〔註113〕
等。其中也有不少是無名氏之作,因此沒有標明作者。如《梅苑》
卷七無名氏〈南鄉子〉:「莫作俗花看。珠有清香雪太寒。擬把千鍾
酬國豔,林間。醉倒猶嫌酒量慳。　　欲去更重攀。送盡斜陽未忍。
還爭得重城休上鑰。留連。借取冰輪照玉顏。」「醉撚一枝春。此
意誰人會得君。嫩白輕紅纔入手,盈盈。一似前時酒半醺。　　心
眼兩相親。絕代風流惱教人。粉蝶霜禽休悵望,叮嚀。只要揚州作
主盟。」〔註114〕

　　元・方回《瀛奎律髓》第二十卷則是專門以梅花為一類,收錄唐
宋以來的詠梅詩。前言就說:「唐及宋,則梅花詩殆不止千首,而一
聯一句之佳者無數矣。今摘其尤異者。」〔註115〕共收錄五言律詩六
十二首、七言律詩一百四十八首,並且同一作者並非僅選一首,評價
則是有褒有貶。讚賞者如杜牧〈梅〉:「輕盈照溪水,掩斂下瑤臺。妒
雪聊相比,欺春不逐來。偶同佳客見,似為凍醪開。若在秦樓畔,堪
為弄玉媒。」評曰:「牧之詩才高,此小詩若不介意,五六卻淡靚有
味。」〔註116〕蘇軾〈岐亭道上見梅花戲贈季常〉:「蕙死蘭枯菊亦摧,
返魂香隴頭梅。數枝殘綠風吹盡,一點芳心雀啅開。野店初嘗竹葉酒,
江雲欲開豆稭灰。行當更向叙頭見,病起烏雲正作堆。」評曰:「一
點芳心雀啅開」此句最佳。坡,天人也,作詩不拘法度,而自有生意。
雀之為物,嘗凍啅梅開,本無情於梅,下此語乃若不勝情。」〔註117〕

〔註112〕　同上註,頁2。
〔註113〕　同上註,頁8。
〔註114〕　同上註,頁7。
〔註115〕　元・方回《瀛奎律髓》卷20,參見王雲五主編《四庫全書珍本》(臺
　　　　　北:臺灣商務印書館,1978年),頁3。
〔註116〕　同上註,頁7～8。
〔註117〕　元・方回《瀛奎律髓》,頁39～40。

貶抑者如劉克莊〈梅花〉：「造化生尤物，居然冠眾芳。東家傳粉面，西域返魂香。眞可婿芍藥，未妨妃海棠。平生恨歐九，極口說姚黃。」評曰：「詩太富豔。以梅爲丈夫，而芍藥海棠以爲妻妾，亦不過一巧耳，乏自得趣味也。蓋梅詩不貴流麗，後村詩細味之極俗，亦頗冗。」〔註118〕又如陸游有七言律梅花詩三十餘首，方回選取中半，凡十五首。並總評曰：「放翁七言律三十餘首，其在蜀中所賦，尤多似若寓意於所愛者。詠梅當以神仙隱逸、古賢士君子比之，不然則以自況，若專以指婦人，過矣。」〔註119〕

　　就宋代而言，花卉文藝的專書是相當廣泛的，無論純粹的搜集詠梅詩、詠梅詞、墨梅畫等，或是加入個人評論，爲花卉分等級、設想花卉的受辱榮寵等。至於金元，相較之下，雖然花卉文藝專書的數量並不豐富，至少還是可以藉以了解當時對梅花文藝的關注、批評。

三、盆栽園林的普及

　　透過文獻典籍的相關記載，可知早期人們常常是出自食用的角度看待梅花，也就是注重梅子甚於梅花。如《書・說命下》曰：「若作和羹，爾惟鹽梅。」〔註120〕就原本字面意思而言，就是指利用鹽與梅，可以調味羹湯，強調梅實的實用性。進而引申爲大臣輔助君王處理國政。《召南・摽有梅》曰：「摽有梅，其實七兮。求我庶士，迨其吉兮。摽有梅，其實三兮，求我庶士，迨其今兮。摽有梅，頃筐暨兮，求我庶士，迨其謂之。」〔註121〕同樣也是著眼於對梅實的描寫。藉由強調梅子逐漸成熟而掉落，也代表著女子青春年華的逐漸老去。再者，今日的考古資料顯示，在古遺址中，發現炭化的梅核，年代最久

〔註118〕　同上註，頁22～23。
〔註119〕　同上註，頁51。
〔註120〕　清・阮元《十三經注疏附校勘記・尚書正義》（臺北：大化出版社，1989年10月），頁372。
〔註121〕　清・阮元《十三經注疏附校勘記・毛詩正義》（臺北：大化出版社，1989年10月），頁612。

遠者，可上溯距今 5200～5900 年。〔註122〕證明梅花此種植物出現的時代極早，並且的確有過食用的情形。

　　至於漢代上林苑出現栽植梅花，代表的是人們已經轉而從觀賞的角度看待梅花。〔註123〕劉歆《西京雜記》曰：「初修上林苑，羣臣遠方各獻名果異樹……梅七，朱梅、紫葉梅、紫蔕梅、同心梅、麗枝梅、燕梅、侯梅。」〔註124〕皇家園林種植名花異草，屬於人爲刻意營造的藝術表現，主要是爲了美化造景，供人觀賞。漢代之後，無論是皇家園林，或私家園林，都持續著爲園林裝點配置各種花卉林木，其中包括梅花，如同建造亭臺樓閣、假山流水般，成爲造園的必要設置。如著名的梅花妝，緣於壽陽公主臥於含章簷下，梅花落於公主額上；〔註125〕南朝梁‧簡文帝《梅花賦》提到宮苑之中，有奇木萬品，但是以梅花最先綻放：「層城之宮，靈苑之中，奇木萬品，庶草千叢。

〔註122〕　考古資料，如 1958 年至 1959 年，江蘇省文物工作隊與蘇州市文管會，在發掘江蘇省吳江縣梅堰鎮東北的新石器遺址上，發現八個梅的果核，距今已有 4000～5000 年歷史；1961 年至 1976 年，上海市文物保管委員會在挖掘上海浦崧澤遺址中，發展植物果核碎片，經浙江農業大學農學系初步鑑定，可能是野生型的杏梅。經中國科學院考古研究所等實驗室，對同一土層內其他標本進行科學測定，推論此梅核至今至少約 5200～5900；1975 年，在河南安陽殷墟馬王堆西漢鞍侯 1 號及 3 號墓陶罐中，發現了較多的梅核，至今已有 2150 年歷史。參見王行超等《梅花》（上海：上海科學技術出版社，1999 年 2 月），頁 2。

〔註123〕　就食用的情形而言，其實後代還是一直有保存。如宋‧林洪《山家清供》記有梅花湯餅、蜜漬梅花等；宋‧周密《武林舊事‧市食》卷五記有梅花酒、滷梅水等。然而漢代之後，開始重視觀賞的角度。參見宋‧林洪《山家清供》，引自陶宗儀《說郛三種》（宛委山堂本）（上海：上海古籍出版社，1989 年 1 月），頁 3432、3439。宋‧周密《武林舊事》（臺北：廣文書局，1995 年 6 月），卷 5，頁 6。

〔註124〕　漢‧劉歆《西京雜記》（臺北：臺灣商務印書館，1979 年），頁 3～4。

〔註125〕　《太平御覽》卷九七０引《宋書》：「武帝女壽陽公主，人日臥於含章簷下。梅花落公主額上，成五出之華，拂之不去。皇后留之。自後有梅花妝，後人多效之。」參見宋‧李昉等奉敕撰《太平御覽》（臺北：臺灣商務印書館，1992 年 1 月）頁 4431。

分影雜，條繁幹通，寒圭變節，冬天徙箭，並皆枯悴，色落摧風。年歸氣新，搖雲動塵，梅花特早，偏能識春，或承陽而發金；乍雜雪而披銀，吐豔四照之林；舒榮五衢之路。」梅花在一片枯萎之景中，最爲豔麗動人；〔註126〕又如唐·李白〈送友人遊梅湖〉、杜甫〈和裴迪登蜀州東亭送客逢早梅相憶見寄〉〔註127〕等，都因爲園林植梅，詩人得以賞梅遊興，所以有這些詠梅詩作。

　　兩宋對於梅花的喜愛，同樣在園林建築中有所表現。宋徽宗時，興建壽山艮嶽，歷經六年才完成，又稱作萬歲山，奇花美木、珍禽異獸，沒有不搜集於此處，梅花當然也是身處其中。宋·張淏《艮嶽記》曰：「其東則高峯峙立，其下植梅以萬數，綠萼承跗，芬芳馥郁，結構山根，號綠萼華堂……青松蔽密，布於前後，號萬松嶺。上下設兩關，出關下平地，有大方沼，中有二洲，東爲蘆渚，亭曰浮陽；西爲梅渚，亭曰雲浪。」〔註128〕中國古典園林均是「標題園」，園林的命名，即園林藝術作品的標題，或記事、或寫景、或言志、或抒情，分別如留園、煙雨樓、拙政園、怡園等等，凸出了園林的主題思想及主旨情趣。〔註129〕因此可以想見綠萼華堂、雲浪亭的命名，是爲了凸顯梅花環繞的景象。又如明·李濂《汴京遺蹟志》卷八記載瓊林苑：「宋時建苑，爲宴進士之所，與金明池南北相對。其中松柏森列，百花芬郁。苑東南隅，政和間創築華觜岡，高數丈。上有橫觀層樓，金碧相射，下有錦石纏道，寶砌池塘，椰鎖虹橋，花縈鳳舸，又有明池，

〔註126〕　明·張溥《漢魏六朝百三家集》（臺北：新興書局，1976 年 8 月），頁 2600。
〔註127〕　李白〈送友人遊梅湖〉：「送君遊梅湖，應見梅花發。」參見清聖祖御定《全唐詩》（臺北：文史哲出版社，1987 年 12 月初版），卷 175，頁 1790。杜甫〈和裴迪登蜀州東亭送客逢早梅相憶見寄〉：「東閣官梅動詩興，還如何遜在揚州。」參見清聖祖御定《全唐詩》，卷 226，頁 2437。
〔註128〕　宋·張淏《艮嶽記》（北京：中華書局，1985 年），頁 1～3。
〔註129〕　周武忠《園林美學》（北京：中國農業出版社，1996 年 9 月），頁 109。

梅亭、牡丹諸亭，不可勝數。」〔註130〕瓊林苑建造簡直是典麗喬皇，梅亭等百花樹木，更添自然風韻。同樣地，私家園林也不會割捨對梅花的喜好。宋・李格非《洛陽名園記》記載二十餘個名園，其中如富鄭公園建造的亭臺花木，如探春亭、四景堂、方流亭、紫築堂、蔭越亭、賞幽臺、叢玉亭、披風亭等，以及梅臺，個個都是匠心獨具；湖園，也是有梅臺的設置。洛陽人對此園給予高度的評價：「園圃之勝，不能相兼者六。務宏大者，少幽邃；人力勝者，少蒼古；多水泉者，艱眺望；兼此六者，惟湖園而已。」李格非自云嘗遊於此，以爲當地人的評價，所言甚是。李氏仁豐園，有桃、李、梅、杏、蓮、菊各數十種，牡丹、芍藥，至百餘種；大隱莊種植的梅花，花香郁烈，相傳是從大庾嶺移植此地，〔註131〕諸如此類的記載，都顯現出洛陽名園中的特別，以及對梅花喜愛的程度。

南宋園林，如宋・周密《吳興園林記》、清・朱彭《南宋古蹟考》都有記載，比如孝宗曾於臨安御內的梅坡、冷香亭觀看早梅、古梅；延祥園在孤山，鄰近瓊華小隱園，園中有瀛嶼六一泉，香月、香蓮二亭。香月亭環植梅花，理宗曾大書疏影橫斜一聯，刻於屏上；趙氏小隱園在蘇州太湖附近，有流杯亭，引澗泉爲之，植有梅樹，古意盎然。〔註132〕再者，范成大《梅譜》記載各種梅花的生長特徵，可視爲園林植梅的重要參考書籍。范成大具有實際栽種的經驗，自家園林中植有各類梅花。《梅譜・序》曰：「余於石湖玉雪坡，既有梅數百本，比年又於舍南買王氏僦舍七十楹，盡猜拆除之，治爲范村，以其地三分之一與梅。吳下栽梅特盛，其品不一，今始盡得之，隨所得爲之譜，

〔註130〕 明・李濂《汴京遺蹟志》（臺北：臺灣商務印書館，1981 年），頁 20。
〔註131〕 宋・李格非《洛陽名園記》（北京：中華書局，1985 年），頁 1～2、10、15～17。
〔註132〕 宋・周密《吳興園林記》引自陶宗儀《說郛三種》（宛委山堂本）（上海：上海古籍出版社，1989 年 1 月），頁 3181。
　　　　 清・朱彭《南宋古蹟考》（北京：中華書局，1985 年北京），頁 30、33、41。

以遺好事者。」〔註 133〕《梅譜》共評述江梅、官城梅、紅梅等十一種類別，梅花的生長樣態都記載得相當詳細。如官城梅，記載曰：「吳下圃人以直腳梅擇它本花肥實美者接之，花遂敷腴，實亦佳，可入煎造。唐人所稱官梅，止謂在官府園圃中，非此官城梅也。」〔註 134〕重葉梅，記載曰：「花頭甚豐，葉重數層，盛開如小白蓮，梅中之奇品。花房獨出，而結實多雙，尤爲瑰異。極梅之變，化工無餘巧矣。近年方見之。蜀海棠有重葉者，名蓮花海棠，爲天下第一，可與此梅作對。」〔註 135〕甚至還記錄個人栽種過程：「古梅。會稽最多，四明、吳興亦間有之。其枝樛曲萬狀，蒼蘚鱗皴，封滿花身。又有苔鬚垂於枝間，或長數寸，風至，綠絲飄飄可玩。初謂古木久歷風日致然。詳考會稽所產，雖小株亦有苔痕，蓋別是一種，非必古木。余嘗從會稽移植十本，一年後花雖盛發，苔皆剝落怠盡。其自湖之武康所得者，即不變移。風土不相宜，會稽隔一江，湖、蘇接壤，故土宜或異同也。」〔註 136〕總之，兩宋興建園林的風氣極爲興盛，並且多處園林皆可見著梅花，自是吸引文人雅士在此賞梅、賦梅，也就促使詠梅文學的蓬勃發展。元・俞宗本《種樹書》也是種植花卉果木的專書，記錄各類植物適宜栽種的時期、栽種禁忌等。書中所舉的植物繁多，或詳或略。對於梅花的記載極少，只有二、三條，如卷上以十二月月份爲類，分別敘述，其中二月記載曰：「移桃、李、梅……移諸般花果，以上忌南風火日。」九月記載曰：「移山茶、蠟梅、雜果木。」〔註 137〕雖然資料不多，仍然可視爲元代種植梅花的書籍記載。

〔註 133〕　宋・范成大撰，孔凡禮點校《范成大筆記六種》（北京：中華書局，2002 年），頁 253。
〔註 134〕　同上註，頁 254。
〔註 135〕　同上註，頁 255。
〔註 136〕　同上註，頁 255。
〔註 137〕　元・俞宗本《種樹書》，參見上海古籍出版社《生活與博物叢書・花卉果木編》（上海：上海古籍出版社，1993 年 6 月），頁 359、361。

　　根據孟亞男《中國園林史》論述金代與元代御苑，引述的相關史料中，未見栽植梅花的情形。〔註138〕但是這未必就表示金、元之際的園林，就是完全沒有種植梅花。李俊民〈平水八詠〉詠晉橋梅月，詩序就說道：「府西南二十五里，有縣曰襄陵，北門外有橋如虹，左右皆梅圃。」〔註139〕可證在私家園林中，也可見栽植梅花。又如李俊民〈沁園十二詠〉對沁園十二景作了一番吟詠，包括熙熙堂、翠蘭亭、暗香亭、七賢臺、漱玉池、江源亭、屏俗庵、清暉亭、富覽亭、桃園、意在亭、涌珠泉，足見沁園在園林設計上的用心，極欲廣納各種景致。其中暗香亭的命名，就知道此亭四周必定遍植梅花，同時藉由詩句所云：「三兩橫斜鶴膝枝，一朝須有返魂時。試看今後黃昏月，得似西湖七字詩。」也可想見此亭有梅花相襯，更能顯現景致優美。再者，以金元詠梅詞為例，如魏初〈太常引〉（黨氏園亭紅梅，次徐子方韻）（頁706）、張埜〈江城子〉（和元復初賦玄圃梅花）（頁902）、邵亨貞〈賀新郎〉（曹園紅梅數種十餘樹，雲西老人手植也。時殊事異，殘枝存者無幾。其孫幼文命客飲於其下。永嘉曹新民賦詞為詠，予適有出不與。越數日，幼文持卷來求次韻，席上口占以答。）（頁1113）邵亨貞〈角招〉（故園舊有老梅數樹，自庚午至庚辰，十載之間，六遭巨浸，無一存者。年來惟起步月前邨之嘆。辛巳正月廿四日，曹雲翁以紅萼一枝見予，風度絕韻，舊感橫生，念之不置，因綴此闋為解，併以謝翁焉。）（頁1119）上述諸例，可見詞人在詞序即明白寫著作詞緣由，就是為園林的梅花題詠。又如元好問〈點絳唇〉：「舊家花柳。誰得何郎瘦。」（頁122）、胡祗遹〈木蘭花慢〉（酬宋鍊師贈梅）：「稱月底溪橋，水邊籬落，雪後園林。」（頁696）、程文海〈玉樓春〉（次

〔註138〕孟亞男論述金、元御苑，未見有關種植梅花的記載，註解表示參考自《金史》、《元史》、《日下舊聞考》、《元故宮遺錄》、《輟耕錄》。筆者也實際翻閱這些參考書籍，也未見有關種植梅花的記載。參見孟亞男《中國園林史》（臺北：文津出版社，1993年8月），頁127～130、140～144。
〔註139〕薛瑞兆、郭明志編《全金詩》，頁274。

韻王彥博右丞詠梅）：「梁園賦客情無奈。嚼到梅花和蠟愛。」（頁 794）
也都是緣於園林賞梅，而有所感發。

　　詠梅詞中還可見詠瓶梅、盆梅之作，如張之翰〈江城子〉（瓶梅）
（頁 708）、盧摯〈蝶戀花〉（春正月八日，借榻劉氏樓居，翌日早起，
賦瓶中紅梅，以蝶戀花歌之）（頁 726）、程文海〈摸魚兒〉（以鴛鴦
梅一盆壽程靜山平章）（頁 789）朱晞顏〈一萼紅〉（盆梅）（頁 857）
等。藉由這類詞作，可知瓶花、盆花也是頗為流行，顯見當時人們注
重花卉藝術。元代賣折枝花、盆花是很普遍的花卉買賣，也包括梅花。
除了走街串戶的賣花小販之外，在城鎮、都會等還有花市進行花卉買
賣。〔註140〕元·何失〈老病〉：「不是賣花聲，曉夢誰驚破。」〔註141〕；
仇遠〈卜居白龜池上〉：「荒城雨滑難騎馬，小市天明已賣花。」〔註142〕
都說出賣花小販一早就開始每天的生意。何失〈燕都雜題〉：「花市東
邊柳市西，矮堂一笑百金揮。」〔註143〕道出燕都具有花市，以及所
處位置。瓶花、盆花融入日常生活，延續至明代更為盛行，明·屠隆
《考槃餘事》、袁宏道《瓶史》、張謙德《缾花譜》、王世懋《學圃雜
疏》〔註144〕都有相關記載。

〔註140〕張雪慧〈元代花卉與元人社會生活〉，《中國文化月刊》，第 203 期
　　　　（1997 年 2 月），頁 90～91。
〔註141〕何失《得之集》，引自清·顧嗣立《元詩選》（北京：中華書局，2002
　　　　年 11 月），頁 434。
〔註142〕仇遠《山村遺稿》，引自清·顧嗣立《元詩選》，頁 44。
〔註143〕何失《得之集》，引自清·顧嗣立《元詩選》，頁 437。
〔註144〕瓶花、盆栽的相關記載，如明·屠隆《考槃餘事·瓶花》卷三曰：
　　　　「堂供須高瓶大枝，方快人意。若山齋充玩，瓶宜短小。」《考槃
　　　　餘事·盆花》卷三曰：「盆景以几案可置者為佳，其次則列之庭榭
　　　　中物。」頁 65、64。明·袁宏道《瓶史》曰：「梅，折枝，不可太
　　　　繁，擇其有韻古怪、蒼蘚鮮皴者。宜古銅瓶貯之。甚寒時，則銅亦
　　　　綻裂，須用湯入鹽少許，將花折處火燎之，然後插瓶中，仍用紙塞
　　　　瓶口。」，頁 2。明·張謙德《缾花譜·事宜》曰：「梅花初折宜火
　　　　燒折處，固滲以泥。」，頁 5。明·王世懋《學圃雜疏·花疏》曰：
　　　　「曾於京師見許千戶家，見盆中一綠萼、玉牒梅，梅之極品。」，
　　　　頁 1。以上皆出自北京：中華書局，1985 年。

　　園林是大自然的濃縮，蒔花養卉，以求達到視覺享受。並且造園的理想，就是希望達到「鳥語花香」的境界。欣賞園林中的鳥語和花香，分別是運用聽覺和嗅覺。園林中的聽覺美，不僅僅是鳥語，還有風、雨、泉、水的聲音，例如松濤風聲、雨打芭蕉等。〔註145〕園林植梅，也是爲求達到上述的效果。白梅、紅梅、綠萼梅等各類品種，爲園林帶來豐富的色彩美感；月下梅影，則是鮮艷色彩之外的視覺美，梅花清香滿園，是嗅覺的享受。從漢代至金元，都可見栽植梅花用於園林造景，並且擴及至膽瓶插花，花卉盆栽此類花卉藝術，可見賞梅風尚一直保持。詞人透過這些園林、瓶梅、盆梅，賞花吟詠，更值得注意的是，詞人在形容眼前梅花之外，也寄託了個人的情志。

小　結

　　本章探討金元詠梅詞發展背景，主要以文學與藝術環境爲範圍。兩宋詠物、詠梅詞盛行，金元持續著這樣的文學風尚。本章先論述兩宋詠物詞盛行的情況，藉以說明金元詠梅詞發展的文學背景。至於兩宋對金元詠梅詞的實際影響，是建立在林逋、蘇軾、姜夔詞等的繼承與創新，在本論文第四、五章中會詳細論述。關於對當代詠梅詩的探討，可得知金元詠梅詩人喜於運用集句、唱和以及十詠、十詠以上、甚至到達百詠的寫作形式。各家詠梅特色各有不同，如馮子振、釋明本極盡所能地從各種角度詠梅、王冕詠梅詩則是稱得上寄寓深遠的佳作。探討金元詠梅詩的目的，是藉以證明金元文學環境，在詞之外，還有其他文學體裁也是表現對梅花的極度喜愛。

　　至於金元花卉藝術環境，分別從三方面探討，就花鳥繪畫而言，墨梅畫在繼承前人畫法上，還能求新求變。至於花卉文藝的輯錄，指

〔註145〕　周武忠《園林美學》（北京：中國農業出版社，1996 年 9 月），頁 118。

的是專門評論或搜羅梅詩、詠梅詞、墨梅畫的書籍，也包括個人緣於
愛花、惜花，對梅花出自於想像的專書評論。宋代有張翊《花經》、
張鎡《梅品》是個人主觀想像的論梅、評梅；宋伯仁《梅花喜神譜》
是個人畫梅、題詩的創作收集；陳景沂《全芳備祖》的前集卷一、卷
四與後集卷五，廣泛收集歷來各種對於梅花的記載，同時也包括詠梅
詩詞；黃大輿《梅苑》專門收錄詠梅詞。金元時期只有王冕《梅譜》
屬於梅花畫法的評論、方回《瀛奎律髓》為收集、評論唐宋以來的詠
梅詩。在專書數量上明顯不足兩宋，卻都以評論為主，並非僅有搜羅
的工夫。至於盆栽園林，漢代上林苑已經可見栽植梅花。宋代園林植
梅極為普遍，無論是皇家園林，或私家園林。亭臺樓閣常以梅花為名，
如梅亭、梅臺、香月亭等。並且范成大《梅譜》還記載各種梅花生長
的樣態，以及親身栽種的經驗。金元時期，根據孟亞男《中國園林史》
論述金代與元代御苑，引述的相關史料中，未見栽植梅花的情形。然
而藉由詩詞還是可見當時的私家園林有種植梅花，同時文人也因此賞
梅、詠梅。總之，金元花卉藝術環境充滿著對梅花的愛好。

　　此外，不可否認的是，梅花冰肌玉骨的形象，對受異族統治的金
元文人而言，無論是透過繪畫墨梅，或是寫作詠梅詩、詞，更容易藉
以表達個人心志。換言之，促使詠梅詞發展的文學、藝術背景之上，
並不能忽略屬於異族統治的社會環境因素，影響著金元詠梅詞。在本
章探討金元詠梅詩、花鳥繪畫的興盛，以及第三、四章要探討詠梅詞
的思想內容、藝術表現中都可見社會環境的影響。

元・夏文彥《圖繪寶鑑・金》卷四

	《圖繪寶鑑・元》卷五，頁 93～96 評析關鍵語
1. 顯宗	墨竹自成一家，雖未臻神妙，亦不流俗，章宗每題其籤
2. 海陵煬王	嘗作墨戲，多喜畫方竹
3. 完顏璹	喜作墨竹，自成規格，亦甚可觀
4. 王庭筠	善山水、土木、竹石，上逼古人，論者謂胸次不在米元章下
5. 王曼慶	善墨竹樹石
6. 王競	作墨竹，亦古怪
7. 虞仲文	墨竹，學文湖州
8. **趙秉文**	畫梅花竹石，筆力雄健，命意高古。
9. 蔡珪	畫墨竹，學文湖州
10. 張汝霖	畫墨竹，師黃華
11. 耶律履	墨竹尤工
12. 韓將軍	善墨竹
13. 張天騏	能畫小竹石，瀟灑可喜
14. 陳師道	好寫墨竹
15. 謝宜休妻，遺其姓氏	竹學王華，亦可觀
16. 喬夫人	工墨竹
17. 大簡之	工松石小景
18. 徐榮之	工花鳥
19. 僧元悟禪師	墨竹學樗軒
20. 龍門公	善墨竹

元・夏文彥《圖繪寶鑑・元》卷五

	《圖繪寶鑑・元》卷五，頁96～109 評析關鍵語
1. 李衎	善畫竹石
2. 李士行（李衎之子）	畫竹石得家學而妙過之
3. 商琦	墨竹自成一家，亦有妙處
4. 柯九思	喜寫墨竹，亦善墨花
5. 鄭思肖	工畫墨蘭
6. 錢選	善人物、山水、花木、翎毛
7. 沈孟堅	畫花鳥，師錢舜舉（錢選），往往逼真
8. 趙孟籲（趙孟頫之弟）	畫人物、花鳥頗佳
9. 陳琳	山水、人物、花鳥俱師古人，無不臻妙
10. 劉敏中	善畫墨竹
11. 史杠	花竹翎毛，咸精到
12. 郭敏	花卉墨竹，亦各精妙
13. 李有	善古木竹石，筆意高遠
14. 喬達	墨竹學王庭筠，後更學文同
15. 王英孫	墨竹蘭蕙，頗雅潔不凡
16. 李倜	喜作墨竹，宗文湖州
17. 田衍	畫墨竹，學王澹游，頗得雅趣
18. 顧正之	善墨竹
19. 范庭玉	善墨竹
20. 劉貫道	鳥獸花竹，一一師古
21. 信世昌	墨竹，別成一家
22. 李章	晚年畫墨竹，有高致
23. 胡瓚	善丹青墨竹
24. 韓公麟	喜寫竹，筆意簡當
25. 張德琪	畫墨竹梅花，竹學王澹游
26. 劉德淵	墨竹學劉自然
27. 韓紹暉	墨竹學樂善老人

28. 張敏夫	墨竹學顧正之
29. 高吉甫	喜畫竹石，宗劉自然
30. 趙淇	作墨竹，長竿勁節，風致甚佳
31. 周堯敏	畫竹，宗文同，頗有得處
32. 王鼎	好寫竹
33. 謝顯	畫墨竹，宗員（一作尹）大夫
34. 劉廣之	善寫墨竹
35. 宋敏	善墨竹
36. 沈雪坡	好寫墨竹
37. 姚雪心	畫墨竹，宗文湖州
38. 趙雲岩	善墨戲墨竹
39. 喬戚里	畫梅竹石
40. 王仲元	專門花鳥
41. 自然老人（姓劉遺其名）	畫墨竹禽鳥
42. 牛老	畫墨竹，得於巧性，不師古人，亦粗可觀
43. 朱淳甫	亦寫梅竹，有佳致
44. 焦善甫	畫花竹人物，尤長寫貌
45. 陳仲仁	善山水、人物、花鳥
46. 吳梅溪	工花鳥雜畫
47. 馮君道	畫花竹翎毛
48. 楊月澗	畫花鳥龍虎
49. 馬盧中	畫花鳥山水
50. 朱梅間	善畫花竹
51. 王淵	尤精墨花、鳥、竹、石，當代絕藝也
52. 吳鎮	亦能墨竹墨花
53. 盛懋	善畫山水、人物、花鳥
54. 孟玉澗	青綠山水花鳥，雖極精密，未免工氣
55. 姚彥卿	亦能畫山水花鳥
56. 賈策	畫花竹禽鳥
57. 顧安生	善畫墨竹

58. 陶復初	畫墨竹及著色竹甚工
59. 李簣嶠	善畫墨竹
60. 謝庭芝	善畫墨竹
61. 李升	善畫墨竹
62. 盛昭	竹石，師文湖州
63. 郭畀	畫竹石窠木
64. 蘇大年	竹石，師蘇東坡
65. 張遜	善畫竹
66. 邊魯	善畫墨戲花鳥
67. 鄭禧	畫墨竹禽鳥，全法趙文敏
68. 王冕	善畫墨梅，萬蕊千花，自成一家
69. 張文樞	亦善墨竹
70. 林伯英	工畫花鳥
71. 邊武	善墨戲花鳥
72. 王迪	善畫水仙
73. 謝佑	善畫折枝，傅色差厚，蓋欲做趙昌，而未能升堂
74. 劉夢良	畫梅花，宗揚補之
75. 朱邱	善畫竹木
76. 戈叔義	善畫墨竹
77. 臧良	畫花竹翎毛，師王若水
78. 夏迪	畫山水竹石
79. 趙天澤	畫梅、竹
80. 楊基	畫山水竹石
81. 赤盞君實	畫竹學劉自然，頗有意趣
82. 蕭鵬搏	亦喜寫梅竹
83. 宋嘉禾	亦能墨竹
84. 宋汝志	善畫人物、山水、花鳥
85. 天師張與材	畫竹與龍
86. 天師張嗣德	畫墨竹禽鳥

87. 道士方方遠	畫山水，極瀟灑，無俗氣
88. 道士趙元靖	以墨竹有名
89. 道士盧益修	善畫水仙
90. 宗師溥光	墨竹學文湖州，俱成趣
91. 頭陀溥圓	山水墨竹，俱學黃華
92. 僧海雲	墨竹，學樗軒
93. 僧妙遠	墨竹頗有法度
94. 僧智浩	墨竹，雖少蘊藉，灑脫簡略，得自然趣
95. 僧道隱	蘭石學趙子固，墨竹學王翠岩
96. 僧允才	墨、梅，似丁子卿
97. 僧時溥	亦畫墨竹，三梢五葉而已
98. 僧智海	喜畫墨竹
99. 管夫人道昇	善畫墨竹梅蘭
100. 劉氏	墨竹，效金顯宗，亦粗可觀
101. 蔣氏	好作墨
102. 張氏	善寫竹

第三章　金元詠梅詞的思想內容

施補華《峴傭詩說》：「詠物詩必須要有寄託，無寄託而詠物，試帖體也。」〔註1〕舉凡詠物文學皆當如此，詞人詠物若能投諸個人感情、思想，更能表現物我無間，使得詠物之作並非僅只於對客觀物象外在形式的描寫。故本章探討金元詠梅詞的思想內容擬就「詠物抒情」與「託物言志」兩方面，闡述金元詞人於詠梅詞中所寄託的情與志。

第一節　詠物抒情

本節探討詠物抒情，主要著重在闡明詞人藉由詠梅所發抒的情感，如相思之情、愛梅之情等，與託物言志有所不同。託物言志之作，詞人多藉以表達個人的志氣節操。以下分別從「折梅寄贈，睹物懷人」、「詠梅慶壽，借物詠人」、「愛梅護梅，別致有趣」、「題畫賦梅，相映成趣」四方面加以論述。

一、折梅寄贈　睹物懷人

以梅贈與之事，在南朝宋盛弘之《荊州記》之前已經有所記載。西漢劉向《說苑・奉使》卷十二云：「越使諸發執一枝梅遺梁王，梁王之臣曰韓子，顧謂左右曰：『惡有以一枝梅，以遺列國之君者乎？

〔註1〕清・王夫之等撰《清詩話》（臺北：西南書局，1979年11月），頁896。

請爲二三子慚之。』〔註2〕越使以梅進獻梁王，表示友好，只因各地民俗風情不同，導致雙方有所誤解。南朝宋盛弘之《荊州記》：「陸凱與范曄相善，自江南寄梅花一枝，詣長安與曄。並贈花詩曰：『折花逢驛使，寄與隴頭人。江南無所有，聊贈一枝春。』」〔註3〕陸凱與范曄交好，陸凱折梅寄與友人，不僅告知江南已是冬盡春來，亦隱含深深的思念友人之情。由上述記載可得知南方始終保持著以梅相贈的風俗。後人詠梅，在語句中雖然未必具體寫出「折花」二字，仍然可以看得出是承襲化用此一故實，以明個人思念之情。張埜〈鵲橋仙〉（詠梅贈人）：

> 瓊枝纖弱，瑤英嬌小。占得江南春早。前村雪裡欲開時，料未必、東君知道。　　芳心一點，幽香多少。幾度被花相惱。隴頭人去早歸來，莫直待、春殘鶯老。（頁901）〔註4〕

此詞上半闋首先描寫江南早春之際，梅花已經悄然綻放。「前村雪裡欲開時，料未必、東君知道」東君尚不知道早梅初綻，然而卻被筆下眼尖之人看到，詞意隱約中似乎與歐陽修〈生查子〉有類似的感嘆：「去年元夜時，花市燈如晝。月到柳梢頭，人約黃昏後。　　今年元夜時，月與燈依舊。不見去年人，淚滿春衫袖。」〔註5〕正因爲自己的思念情深，更容易觸景生情，因物感發，兩人或許曾經一起賞梅，如今卻只有自己獨自一人，一見到梅花開放，遂引發對友人的思念。下半闋「隴頭人去早歸來，莫直待、春殘鶯老」直接道出期盼身在遠方的友人早日歸來，以聊慰思念之情；相較於陸凱〈贈范曄〉詩，此詞所表達的思念之情，顯較直露。

〔註2〕漢・劉向撰《說苑》，引自王雲五主編《四部叢刊初編》（臺北：商務印書館，1967年），頁57。

〔註3〕南朝宋・盛弘之《荊州記》，引自宋・李昉等奉敕撰《太平御覽》（臺北：商務印書館，1992年1月），卷970，頁4432。

〔註4〕凡是本論文所引的詠梅詞，皆出自唐圭璋《全金元詞》，在引用論述時，直接標明頁碼，不再以註腳方式附註，以免出現過多的註腳顯得累贅。

〔註5〕唐圭璋《全宋詞》（臺北：明倫出版社，1970年12月），頁124。

又如長筌子〈天香慢〉（梅）亦化用折梅寄贈的典故，然而整闋詞卻能跳脫出濃濃的哀愁：

> 萬木歸根，三冬拔翠，曉來梅萼輕坼。妬雪精神，清人氣燄，不許等閑攀摘。百花未發，獨占得東君春色。庾嶺斜橫，秀孤芳，更妙機難測。　　西湖灑然至極。勝蠟黃愈增靈識。漏泄前村驛使，喜傳消息。解引詩人雅詠，對一枝蕾，興自適。月浸寒梢，天香可惜。（頁582）

詞中「萬木歸根，三冬拔翠，曉來梅萼輕坼。」「庾嶺斜橫，秀孤芳，更妙機難測。」「西湖灑然至極。勝蠟黃愈增靈識。」烘托出梅花初綻，生氣勃勃的自然之景。而欲與友人分享春回大地的欣喜，故道「漏泄前村驛使，喜傳消息」。此兩句化用五代齊己〈早梅〉：「前村深雪裡，昨夜一枝開。」〔註6〕與陸凱〈贈范曄〉：「折花逢驛使，寄與隴頭人。」兩詩句。不僅點出早梅初傳春信，並寄託對友人的問候與思念。如同其他詞人化用折梅寄贈之典，卻不強調哀愁的思念之情，增添的是欲分享春光漏泄的喜悅。

上述所舉，可見陸凱折梅寄贈爲慣用之典，梅成爲友情的象徵，借以表達思念之情。同樣地，李俊民〔註7〕〈洞仙歌〉（謝楊成之寄梅）亦是以梅表達思念之情，並且從接受友人贈梅的角度抒寫：

> 隴頭瀟灑，孤負尋芳眼。浪蕊浮花問名懶。縱看看驛使，帶得春來，祇恐怕、綠葉成陰子滿。　　暗香無恙否，月落參橫，惆悵羅浮夢痕短。賴故人情重，不減西湖，花上

〔註6〕清聖祖御定《全唐詩》（臺北：文史哲出版社，1987年12月），卷843，頁9528。

〔註7〕唐圭璋《全金元詞》，於第59頁敘李俊民小傳，以「李俊明」爲題，然《全金元詞》所附作者索引，則是寫「李俊民」。考之《元史‧列傳四十五》卷一五八，附傳實默曰：「李俊民字用章，澤州人，得河南程氏傳受之學。」又近代張子良《金元詞述評》、黃兆漢《金元詞史》等亦作「李俊民」。故當以「李俊民」爲是。參見明‧宋濂等撰，楊家駱編《新校本元史并附編二種》（臺北：鼎文書局，1981年3月），頁3733。

原作一，據張氏研古樓抄本改月，分我黃昏一半。更選甚、

南枝與北枝，是一種春風，待爭寒暖。（頁59）

此闋詞沒有著重在對梅花色香、枝幹等的描寫，然而一句「浪蕊浮花
問名懶」已經道出對梅花不變的喜愛。不問浪蕊浮花，只問暗香無恙
否？在故人尚未捎來梅花消息前，對梅花的思念只能在夢中暫得安
慰，可惜的是，那畢竟不過是一場夢。所幸故人並沒有忘記我這個老
朋友，折梅寄贈。不僅撫慰我對梅花的思念之情，也讓我感受到朋友
之間的深切情誼。

　　「我」清楚地貫穿著整闋詞，由我去尋芳開始，再到我問暗香，
直到分我黃昏一半，莫不藉以強烈表達出我對梅花思念之情，同時
潛藏著我對友人的思念。梅花作為友情的象徵，緣於陸凱〈贈范曄〉
詩。此闋詞除了承襲這個慣用的典故，並且化用宋‧林逋愛梅之事
與詩。林逋隱居於西湖，有梅妻鶴子之稱，見《宋詩鈔‧和靖詩鈔》
記載：「林逋字君復，杭之錢塘人。少孤，力學，刻志不仕，結廬西
湖孤山，真宗聞其名，賜粟帛，歲時勞問。臨終詩有曰『茂陵他日
求遺稿，猶喜曾無封禪書。』時人高其志識，賜諡和靖先生。逋不
娶，無子，所居多植梅，蓄鶴，泛舟湖中，客至則放鶴致之，因謂
梅妻鶴子。」〔註8〕林逋有多首詠梅詩，其中尤以〈山園小梅〉詩
中：「疏影橫斜水清淺，暗香浮動月黃昏。」〔註9〕兩句最為有名，
詞人加以鎔鑄為「賴故人情重，不減西湖，花上月，分我黃昏一半。」
使得詞句、詞意均為之一新。

　　綜上所述，「折梅寄贈，睹物懷人」主要分析詠梅詞所寄託的思
念之情。承襲陸凱折梅寄贈之典，詞人莫不藉以寄託思念友人之情，
然亦有獨特者，如李俊民〈洞仙歌〉（謝楊成之寄梅）整闋詞詞意亦
是表達朋友間的思念，在沿用陸凱折梅寄贈的典故之外，還化用林逋

〔註8〕清‧吳之振等輯《宋詩鈔》（上海：三聯書局，1988年4月），頁74。
〔註9〕北京大學古文獻研究所編《全宋詩》（北京：北京大學出版社，1991
　　　年7月），頁1218。

詩句，敘友人具有如林逋般愛梅之情，與之分享春信消息。此外，詠梅詞所寄託的思念之情，不只對朋友一類者，亦有閨怨之思，睹物懷人。如吳存〈水龍吟〉（落梅）此闋詞亦是睹物懷人，然而發抒的是女子閨怨之思，不同於折梅寄贈的思念友人：「無端夢醉西湖，楊花撲帳春雲熱。朝來問訊，牆陰玉樹，霏霏香屑。黏竹如斑，點衣如睡，穿簾如蝶。甚兒童驚怪，東風幾日，銷不盡，蒼苔雪。　　莫恨玉妃渾老，半面妝風流仍絕。多情應有，洛濱解佩，江中捐玦。銷得幾番，荒煙疏雨，冷雲殘月。倩何人報與廣平，渠不解心如鐵。」（頁830）女子見落梅之景，觸發內心對良人的思念。「莫恨玉妃渾老，半面妝風流仍絕」言徐妃，也是說自己風韻依舊。無奈良人依舊拋棄她；「多情應有，洛濱解佩，江中捐玦」「倩何人報與廣平，渠不解心如鐵」道盡多少閨怨愁思。

二、詠梅慶壽　借物擬人

《詩經》已經有祈求長壽的詩句，主要出現於祭祀中祈求神靈或祖先賜予長壽。如《周頌·雝》是武王祭祀父母，並祈求自己長壽：「有來雝雝，至止肅肅。相維辟公，天子穆穆。於薦廣牡，相予肆祀。假哉皇考，綏予孝子。宣哲維人，文武維后。燕及皇天，克昌厥後。綏我眉壽，介以繁祉。既右烈考，亦右文母。」〔註10〕另有人民讚美君王，並祝願君王長壽之詩。如《國風·終南》為秦人讚美君王之詩，並祝願君王長壽：「終南何有？有條有梅。君子至止，錦衣狐裘；顏如渥丹，其君也哉！終南何有？有紀有堂。君子至止，黻衣繡裳。佩玉將將，壽考不忘。」〔註11〕然而與特地為祝壽對方壽辰所寫的壽詞有所不同：場所不同，壽詞主要應用於對方壽辰，而非祭祀當中；對象不同，壽詞不再侷限於期望君王長壽，〔註12〕更拓展到其他人，不

〔註10〕清·阮元《十三經注疏附校勘記·毛詩正義》（臺北：大化出版社，1989年10月），頁1284～285。
〔註11〕清·阮元《十三經注疏附校勘記·毛詩正義》，頁792～793。
〔註12〕沈松勤分析兩宋是祝壽風氣相當興盛的時代，且就當時眾多的壽詞

一定要具有君王的身份。

　　壽詞主要是祝願對方長命、富貴，再者，選擇詠梅以慶壽，更具有特別的象徵意義，賴慶芳《南宋詠梅詞研究》以爲：「一、梅花本身是一種耐寒的品種，能在風霜凌厲的隆冬盛放，予人品格清高、擁有高尚情操的形象。它堅貞不屈、孤芳自賞的特質，成爲眾人歌頌的焦點，宋人以擁有梅花的特質爲榮。二、梅花凋謝後能結成梅子，作調鼎和羹之用，故藏著有輔君之才，能爲國效力之意，爲一般文人受落。三、梅枝蒼勁、花朵千百，花瓣重疊，予人長年不盡（千千百百）之意，在宋人心目中乃吉祥之花。」〔註13〕承上所述，賴慶芳分析宋人喜於詠梅詞中表達慶壽之因，蓋緣於梅花本身的自然屬性。金元詠梅詞亦是承襲同樣的觀點繼續發展。就長命而言，梅是長壽樹種，〔註14〕故能切合壽詞祝福對方長命百歲的用意；就富貴而言，梅實能調羹，《書‧說命下》：「若作和羹，爾惟鹽梅。」〔註15〕用以比喻大臣輔助君主綜理國政，故能切合壽詞祝福對方仕途順遂的用意。換言之，詞人選擇詠梅以慶壽，實是梅花本身自然屬性與人文社會價值取向的結合。〔註16〕並且梅花耐得冰雪，具有高標梅格，借物擬人，

中，概分爲兩類，一類是詞人用於自壽，一類是用於他壽。用於他壽者，既有壽帝皇、太后、宰執、長官，又有壽同僚、親人，親人包括父母、兄弟、叔伯、妻子、兒女，對象甚爲廣泛。參見沈松勤《唐宋詞社會文化學研究》（杭州：浙江大學出版社，2000 年 1 月），頁 271。

〔註13〕賴慶芳《南宋詠梅詞研究》（臺北：學生書局，2003 年 8 月），頁 243。（按，引文所言「受落」一詞，臆度或爲訛誤，原意應該是指梅子可以調羹，引申有輔助國君之意，爲文人「接受」、「使用」、「引用」。）

〔註14〕梅是長壽樹種，有存活千年的。如杭州超山原有 20 株宋梅，由蘇軾手植（1056 年），至最後一株枯死（1933 年），樹齡長達 877 年。現存最老的「壽星梅」，是昆明溫泉曹溪寺的元梅，已有 700 多年的高齡，仍每年開花結果。參見陳俊愉、程緒珂主編《中國花經》（上海：上海文化版社，1990 年 8 月），頁 113～114。

〔註15〕清‧阮元《十三經注疏附校勘記‧尚書正義》（臺北：大化出版社，1989 年 10 月），頁 372。

〔註16〕何小顏以爲中國人在觀賞花卉活動中，無論是人們所說的審美上的

更使得壽詞增添高潔脫俗、不同一般之感。首先以程文海〔註17〕〈摸
魚兒〉（以鴛鴦梅一盆壽程靜山平章）為例：

> 千歲蒼虯成玉樹，江南江北孤芳。平生何處最聞香。五更
> 江上路，幾度月中霜。　　休笑梅兄今老大，年年青子雙
> 雙。風流消得喚鴛鴦。和羹真箇也，莫忘水雲鄉。（頁789）

依詞題所言可知作者以鴛鴦梅贈與程靜山，作為祝壽之禮。首句即
形容此盆鴛鴦梅如同千歲蒼虯，隱含著希望程靜山同此盆鴛鴦梅一
樣長壽，雖未直接言說，卻可體會詞中所藏不盡之意。至於「休笑
梅兄今老大，年年青子雙雙。風流消得喚鴛鴦」則是以戲謔之語道
出鴛鴦梅的植物生長特徵。范成大《梅譜》品評鴛鴦梅云：「多葉紅
梅也。花輕盈，重葉數層。凡雙果必並蒂，惟此一蒂而結雙梅，亦
尤物。」〔註18〕一蒂結雙梅，故詞人稱其年年青子雙雙。這些青子
均堪用以和羹，承襲《書·說命下》：「若作和羹，爾惟鹽梅。」之義，
用以祝福對方前途似錦。無論千歲蒼虯抑或是青子雙雙，皆是梅花原
本的自然屬性，進而透過字詞的言外之意，表達祝福對方長壽富貴。
再以程文海〈千歲秋〉（壽劉中庵）為例：

> 報梅開處。又報君初度。冰雪種，瓊瑤樹。重逢仍嫵媚，
> 方發非遲暮。春滿面，廣平消得平生賦。　　觀裏桃應妒。

移情也好，社會價值取向上的投射也好，都尤其重視對象自身所蘊
含的本質屬性，只有當這些屬性與人文屬性構成一致時，人們才會
予以貫通而達到對象的彼岸，並由此而從對象返回自身，這一內在
的統一性正是人花貫串、人花交匯的橋樑，正是形貌上的比較以及
文學上種種比喻、比擬、象徵等創作手法上所賴以形成的真正基礎。
如果沒有這樣一個深層的基礎，比較只不過是通常我們所看到的那
種比較，是帶有偶然性的、浮淺的、今天可以這樣說而明天又可以
那樣說的東西。參見何小顏《花與中國文化》（北京：人民出版社，
1999 年 1 月），頁 17。

〔註17〕由於程文海《雪樓樂府》多以祝壽之詞為主，故本節第二點「詠梅
慶壽，借物擬人」在舉例證方面以程文海壽詞居多。

〔註18〕宋·范成大撰，孔凡禮點校《范成大筆記六種》（北京：中華書局，
2002 年），頁 257。

無奈冰霜沍。香不斷，清如許。從教吹笛裂，自有和羹具。

花會否，明年相見沙隄路。（頁 793）

此詞以「自有和羹具。花會否，明年相見沙隄路。」預祝對方明年能官位高升，亦不免存有壽詞中祝福對方能享有榮華富貴之意味。然而借由「冰雪種，瓊瑤樹。」「觀裏桃應妒。無奈冰霜沍。」等形容梅花冰肌玉骨之語，用以比擬壽星的品格清高，自是因此，才能獲得君長的欣賞。故此闋壽詞有別於一般徒唱富貴壽考之作，並能襯托出壽星的品格高潔。

上述是以男性爲祝壽對象，也有爲女性祝壽者，如沈禧〈鷓鴣天〉（詠紅梅壽守節婦）：

萼綠仙姝賀誕辰。酡顏暈酒粲朱脣。霞綃剪袂雲裁佩，絳雪爲肌玉作神。　　超俗態，斷凡塵。飄然風韻奪天眞。

能堅北嶺冰霜操，不競南園桃李春。（頁 1039）

「萼綠仙姝賀誕辰。酡顏暈酒粲朱脣。」將紅梅的花色，比喻爲萼綠仙子爲了祝壽，喝了些酒，以致於臉泛紅暈，可說是詞人巧妙的聯想。繼之，「霞綃剪袂雲裁佩，絳雪爲肌玉作神。」亦是以描寫紅梅外在形態爲主，然更著重精神標致，故下半闋以「超俗態，斷凡塵。」展開鋪寫。整闋詞不僅詠梅，更是藉物擬人。紅梅的顏色紅潤，藉以比擬婦人的青春不減，與壽詞內容強調的祝壽延年相符。同時，梅花冰肌玉骨之姿，不僅藉以形容女子的肌膚潔白，更是強調梅花能不畏冰雪，梅格崇高，故道「能堅北嶺冰霜操，不競南園桃李春。」以切合節婦的懿德高潔。總之，由於祝壽對象的不同，壽詞內容也略有差異。如爲男性祝壽，則會偏向祝福對方仕宦得意，如程文海〈蝶戀花〉（壽千奴監司十二月朔）：「見說和羹天已許。」（頁 790）程文海〈千歲秋〉（壽劉中庵）：「自有和羹具。花會否，明年相見沙隄路。」（頁 793）等。此外，爲梅慶壽，別見一番格調，如沈禧〈風入松〉（紅梅慶六十壽）：

陽回潛谷起頹虯。萬斛燦琳球。芳姿占得先春意，冰霜操、

甘抱清幽。野店溪橋託質，蒼松翠竹爲儔。　　壽筵開處

接瀛洲。彷彿見羅浮。朱幢絳節參差下，香風靄、共集南

樓。爲慶人間甲子，來添海屋仙籌。（頁 1040）

「陽回潛谷起頹虯。萬斛燦琳球。」是春回大地之景，紅梅占得東君

意，自是可賀，更值得慶賀的是此株梅樹已在人間六十載。詞人將它

比作羅浮仙子，[註19] 使得此株梅樹多了些仙人氣質；同時「朱幢絳

節參差下，香風靄、共集南樓。」彷彿仙人紛紛來爲紅梅祝壽，爲這

場壽筵增添許多不凡。

　　張炎《詞源》論壽詞云：「難莫難於壽詞，倘盡言富貴則塵俗，

盡言功名則諛佞，盡言神仙則迂闊虛誕，當總此三者而爲之，無俗忌

之辭，不失其壽可也。松椿龜壽，有所不免，卻要融化字面，語意新

奇。」[註20] 可見壽詞在固定的祝賀長壽富貴內容中，仍務求能有新

句、新意。詠梅詞思想內容之一「詠梅慶壽，借物擬人」是以長壽百

歲、調鼎和羹爲主要內容，卻不落於一般俗套。係因詠梅慶壽，亦著

重表達梅花本身超群脫俗之姿，以比擬壽星之高潔品格，使得詠梅慶

壽的詞境超脫不俗，自然勝過一般壽詞。

三、愛梅護梅　別致有趣

　　詞人寄託愛梅之情，在詠梅詞篇中表現無遺。如劉秉忠〈點絳脣〉

（梅）：

〔註19〕沈禧〈風入松〉（紅梅慶六十壽）：「彷彿見羅浮。」所指即羅浮仙子。
　　　　參見舊題唐柳宗元《龍城錄》：「隋開皇中，趙師雄遷羅浮。一日天寒
　　　　日暮，在醉醒間，因憩仆東於松林間。酒肆旁舍，見一女人淡妝素服，
　　　　出迓師雄。時已昏黑殘雪未消，月色微明，師雄喜之。與之語但覺芳
　　　　香襲人，語言極清麗。因與之扣酒家門，得數杯，相與共飲。少頃，
　　　　有一綠衣童子來，笑歌歡舞，亦自可觀。師雄醉寐，但覺風寒相襲，
　　　　久之東方已白。師雄起視，乃在大梅花樹下，上有翠羽啾嘈，相顧月
　　　　落參橫，但惆悵而已。」周光培編《歷代筆記小說集成·河東先生龍
　　　　城錄》（石家莊：河北教育出版社，1994 年 4 月），頁 218。
〔註20〕張炎撰、夏承燾校注《詞源注》（臺北：木鐸出版社，1987 年 7 月），
　　　　頁 28。

　　策杖尋芳，小溪深雪前村路。暗香時度。更在清幽處。

　　　　一見冰容，便有西湖趣。題新句。句成梅許。折得南

枝去。（頁620）

起句敘述作者策杖尋梅，見到梅花美好姿態，孤立於漫漫飛雪之中，
即欲效仿林逋，為梅寫些好詩好句。句成之後，經過梅花允許，才能
折梅，彷彿梅花也會品評欣賞詞人的賞梅之作；顯見作者是以擬人手
法，生動有趣地摹擬梅與人之間的互動。劉秉忠透過為梅題新句以表
達自己愛梅之情，張之翰所作甚至要為梅花辯駁、推翻前人定論。張
之翰〈賀新郎〉（余家古瓶蠟梅忽開，清香可愛，質之范石湖梅譜，
乃宿葉而佳者也。且云，素題難詠，山谷簡齋但作小詩而已，在簡齋
餘作且勿論，偶不及東坡長句，何耶。因以樂府〈賀新郎〉見意。）：

　　不受鉛朱污。問嬌黃、當初著甚，染成如許。便做采從眞

　　蠟國，特地朝勻　暮注。也無此、宮妝風度。長記方壺春半

　　貯。只蕭然、儘慰人情苦。誰更望、暗香吐。　　為渠細

　　檢梅花譜。以芳馨與梅相近，故梅名汝。底是石湖堪怪處，

　　說到涪翁曾賦。還忘卻、東坡佳句。從被二仙題評了，到

　　而今、傲然吟詩似。吾試與、下斯語。（頁721）

此詞下半闋化用宋范成大《梅譜》對蠟梅的品鑑之語，[註21] 有承襲
處，有反駁處。「以芳馨與梅相近，故梅名汝。」化用宋・范成大《梅
譜》云：「蠟梅，本非梅類。以其與梅同時，香又相近，色酷似蜜脾，
故名蠟梅。」至於宋・范成大《梅譜》云：「蠟梅香極清芳，殆過梅
香，初不以形狀貴也，故難題詠。山谷、簡齋但作五言小詩而已。」

────────────

〔註21〕范成大《梅譜》：「蠟梅，本非梅類。以其與梅同時，香又相近，色
　　酷似蜜脾，故名蠟梅。凡三種，以子種出，不經接，花小，香淡，
　　其品最下，俗謂之狗蠅梅。經接，花疏，雖盛，花常半含，名磬口
　　梅，言似僧磬之口也。最先開，色深黃，如紫檀，花密香穠，名檀
　　香梅，此品最佳。蠟梅香極清芳，殆過梅香，初不以形狀貴也，故
　　難題詠。山谷、簡齋但作五言小詩而已。此花多宿葉，結實如垂鈴，
　　尖長寸餘，又如大桃奴，子在其中。」參見宋・范成大撰，孔凡禮
　　點校：《范成大筆記六種》，頁257。

張之翰則加以反駁，「底是石湖堪怪處，說到涪翁曾賦。還忘卻、東坡佳句。」指出賦蠟梅者不只黃庭堅、陳與義，蘇軾亦有不少詠蠟梅的好詩。〔註22〕由近似於直述的語氣，吐露爲蠟梅不平之意，足見詞人愛梅心切。

繼之，劉敏中〈鵲橋仙〉（盆梅）與上述二首相比，更可見詞人對梅花的喜愛，已到了日夜不能相離的地步：

> 孤根如寄，高標自整。坐上西湖風景。幾回誤作杏花看，
> 被夢裏、香魂喚省。　　薰爐茶竈，春閑晝永。不似霜清
> 月冷。從今更愛短檠燈，夜夜看、江邊瘦影。（頁771）

薰香、品茗、賞梅，自是人間一大雅事，且此般春日閑情的興致，從白晝直至黑夜，故道「從今更愛短檠燈，夜夜看、江邊瘦影。」愛短檠燈，實是愛梅花，因爲能不分晝夜地欣賞盆梅之景。由坦率的語句中，不僅可見對梅花的喜愛，其中的閑情雅趣，也躍然於紙上。更有甚者，若是無法見著梅花，依舊對其戀戀難忘，試看李俊民〈謁金門〉（夢梅）：

> 隨健步。已過市橋江路。費盡西湖多少句。暗香留不住。
> 　　消得黃昏幾度。又是天寒日暮。枕上吟魂無著處。化
> 爲蝴蝶去。（頁64）

詞人走過市橋江路，遍尋各處，只爲再見梅花。即使曾經寫下再多的詠梅好詩，依舊留不住花兒。「枕上吟魂無著處。化爲蝴蝶去。」無

〔註22〕蘇軾詠蠟梅者如〈蠟梅一首贈趙景貺〉、〈和陳憲車蠟梅〉等。茲舉〈蠟梅一首贈趙景貺〉爲例：「天工點酥作梅花，此有蠟梅禪老家。蜜蜂采花作黃蠟，取蠟爲花亦其物。天工變化誰得知，我亦兒嬉作小詩。君不見萬松嶺上黃千葉，玉藥檀心兩奇絕。醉中不覺度千山，夜聞梅香失醉眠。歸來卻夢尋花去，夢裏花仙覓奇句。此間風物屬詩人，我老不飲當付君。君行適吳我適越，笑指西湖作衣鉢。」參見清・王文誥輯註，孔凡禮點校《蘇軾詩集》（北京：中華書局，1982年2月），頁1829。

按：黃庭堅、陳與義詠蠟梅者，可參見附錄金元詠梅詞箋注，張之翰〈賀新郎〉（不受鉛朱污）注（7）。

梅花可吟誦，夢中的我化爲蝴蝶，只願能飛到天涯海角追尋梅花。見不著梅花進而幻想自己能化爲蝴蝶，無邊無際地去尋梅，足見詞人對梅花的難以忘懷，愛梅至深；並可藉由想像化爲蝴蝶之舉，見其天眞爛漫之趣。又如劉秉忠〈點絳脣〉（梅）：「如相送。未忘珍重。以入幽人夢。」（頁 620）李俊民〈謁金門〉（憶梅）：「多少恨。不見舊時風韻。浪蕊浮花都懶問。江頭春有信。」（頁 63）等，皆可見詞人藉由詠梅抒發個人的愛梅之情。

　　花卉植物的可憐可愛，總是贏得人們憐惜，進而有著新奇有趣的護花方法。五代王仁裕撰《開元天寶遺事・花上金鈴》記載寧王愛花，而在花上繫鈴，以趕走鳥兒：「天寶初，寧王日侍好聲樂，風流蘊藉，諸王弗如也。至春時，於後園中紉紅絲爲繩，密綴金鈴，繫於花梢之上，每有鳥鵲翔集，則令園吏掣鈴索以驚之。蓋惜花之故，諸宮皆效之。」〔註 23〕又載覆油幕，以免嬌弱花兒爲雨所淋之事云：「長安貴家子弟，每至春時游宴，供帳於園圃中，隨行載以油幕，遇陰雨，以幕覆之，盡歡而歸。」〔註 24〕宋康駢《劇談錄・劉相國宅》亦記載值牡丹盛開，富貴人家以錦幃覆之，呵護備至，所謂：「屬牡丹盛開，因以賞花爲名。及期而往廳事，備陳飲饌，宴席之間，已非尋常。舉杯數巡，復引眾賓，歸內室宇，華麗楹柱皆設錦繡，列筵甚廣，器用悉是黃金，堦前有花數叢，覆以錦幃。」〔註 25〕由上所述，可證惜花、護花之法歷來有之，實出於人們民胞物與的關愛。試看白樸〈清平樂〉（李仁山檻中蟠桃梅），亦可見詞人護梅之情：

> 前村瀟灑。雪徑人回駕。一檻誰移春造化。鬱鬱香浮月下。
>
> 　青綾半護冰姿。宛然臨水開時。說與綠毛幺鳳，不妨
> 倒掛虬枝。（頁 646）

〔註 23〕五代・王仁裕撰《開元天寶遺事・花上金鈴》（北京：中華書局，1985年），頁 6。

〔註 24〕五代・王仁裕撰《開元天寶遺事・油幕》，頁 23。

〔註 25〕宋・康駢述《劇談錄・劉相國宅》（北京：中華書局，1991 年），頁77～78。

誠如楊海明言：「詞人的人文關懷廣泛地普射到本無生命的生命草木身上，這就形成了『灑向人間都是愛』的泛愛現象」〔註26〕以青綾護梅，惟恐不耐天寒冰霜。當梅花玉容初綻，詞人同邀綠毛幺鳳，一齊欣賞這兒美麗的梅花之景。此闋詞不但顯露詞人對梅花的呵護，並表達人與花、人與鳥之間和諧共處的自然之趣。

　　自宋以來，梅花最受文人喜愛。〔註27〕宋・林逋〈山園小梅〉詩二首之一云：「疏影橫斜水清淺，暗香浮動月黃昏。」〔註28〕是備受稱讚的詠梅詩，除了營造寫意詩境，亦點出梅花獨特的生長特性，幽香浮動、孤根疏影。詞人對梅花的喜愛並不僅止於對色、香、枝幹的描摹，故本節「詠物抒情」對於「愛梅護梅，別致有趣」的探討，主要著墨於分析詞人詠梅詞中所寄託的個人愛梅、護梅之情，並從「從今更愛短檠燈，夜夜看、江邊瘦影。」「枕上吟魂無著處，化為蝴蝶去。」等詞句中，探見所蘊含的閒情之趣、率真之趣等。

四、題畫賦梅，相映成趣

　　本論文第二章金元詠梅詞的發展，論述五代至金元花鳥畫風的改變，從講究設色豔麗，轉而崇尚水墨運筆。在題畫賦梅之作中，也可見詞人對畫家畫法的述說。如張雨〈柳梢青〉（題揚補之墨梅），此闋詞道出五代到兩宋花卉畫風之演變：

> 面目冰霜。逃禪正派，只讓花光。怪底徐卿，為渠描貌，縈損柔腸。　　有誰步屧長廊。更折竹、聲中細香。酒半醒時，雪晴寒夜，月上西窗。（頁917）

〔註26〕楊海明《唐宋詞與人生》（石家莊：河北教育出版社，2002年5月），頁449。

〔註27〕宋代是詠梅詞作的繁盛時期。唐圭璋《全宋詞》所載宋代詠梅詞約一千首，而詠梅句子則達二千九百多句。尤以南宋時期的詠梅之作為盛。參見賴慶芳《南宋詠梅詞研究》（臺北：學生書局，2003年8月），頁115。且筆者統計唐圭璋《全金元詞》詠花詞作中以詠梅者最多。

〔註28〕北京大學古文獻出研究所編《全宋詩》，頁1218。

花光仲仁首創墨梅畫法，揚補之承襲水墨畫梅，但是在畫法上又有突破，圈白花瓣。在本論文第二章曾論述徐熙與黃筌，因爲身處環境之不同，作畫的題材與畫風表現也隨之不同，徐熙較黃筌更多了野逸之趣、更有生意。然而與宋代花光仲仁、揚補之相比，徐熙則略顯華麗。元・夏文彥《圖繪寶鑑》卷三云：「今之畫花者，往往以色暈淡而成，獨熙落墨以寫其枝葉蕊萼，然後敷色，故骨氣風神，爲古今絕筆。」〔註29〕雖然徐熙畫作具有骨氣風神，尚不能免去用采，然而花光仲仁、揚補之作畫已經捨棄用采，故詞人以「怪底」稱徐熙之作；遑論徐熙的鋪殿花、裝堂花之作。〔註30〕上片簡短幾句，已經道出五代至兩宋花卉畫法的承襲與變化。「面目冰霜」說的是揚補之墨梅的形態，「逃禪正派，只讓花光」說的是北宋至南宋墨梅畫法的傳承，「怪底徐卿，爲渠描貌，縈損柔腸」道出畫風的改變，連帶影響欣賞繪畫的角度不同。至於下片則提到無論徐熙、花光或揚補之，雖然畫梅方法不同，相同的是不分時地賞梅，要爲梅花畫出最佳的姿態。

　　李重華《貞一齊詩說》云：「詠物詩有兩法，一是將自身放頓在裏面，一是將自身站立在旁邊」〔註31〕將自身放頓在裏面，意謂將個人情志投諸於物；將自身站立在旁邊，意謂極力表達物的外在形貌或內在神韻。兩種詠物作法各具特色，而題畫賦梅之作，讀者雖然無法

〔註29〕元・夏文彥《圖繪寶鑑》（臺北：臺灣商務印書館，1956年），頁41。按：落墨，爲中國畫技法名。始於南唐徐熙。即用筆墨把花卉的全部連勾帶染地描繪出來，然後略加顏色，使枝、葉、蕊、萼，既有生態，又有立體感。參見沈柔堅等編《中國美術辭典》（上海：上海辭書出版社，1988年12月），頁9。

〔註30〕除了野逸之作外，徐熙還有鋪殿花、裝堂花之作。宋郭若虛《圖畫見聞志》：「江南徐熙輩有於雙幅縑素上畫叢艷疊石，傍出藥苗，雜以禽鳥蜂蟬之妙，乃是供李主宮中掛設之具，謂之鋪殿花；次曰裝堂花。意在位置端莊，駢羅整肅，多不取生意自然之態，故觀者往往不甚采鑒。」郭若虛、鄧椿著，米田水譯注《圖畫見聞志・畫繼》（長沙：湖南美術出版社，2000年4月），頁252。

〔註31〕清・李重華《貞一齊詩說》，參見清・王夫之等撰《清詩話》，頁856。

親眼見到當時的梅花畫作，然而藉由詞人的文字表達，將「自身站立在旁邊」，彷彿使得一幅幅梅花畫作展現在讀者眼前，又透過詞人的文字表達，將「自身放頓在裏面」，亦可體會到當時詞人賞梅花圖的心境。上述張雨詞，屬於「自身站立在旁邊」，透過詞人的文字，可以再現梅花畫或是明瞭畫風的轉變。至於下列幾闋詠梅詞，也是題畫賦梅，還包含了詞人賞梅花圖的當下心境，是詠物抒情的表現，正是本節所要側重探討的。試看虞集〈題梅花寒雀圖〉〔註32〕：

> 殘雪晚。窗外幽禽小。春聲初動苔枝裊。花落知多少。　　春
> 起早。苦被東風惱。綠陰青子歸來早。滿徑生芳草。（頁861）

詞中「春聲」一句，包含著禽鳥幽雅的鳴叫聲、瓊英初綻的坼裂聲、東風裊裊的風動聲等，換言之，在這幅梅花圖上蘊含著大自然萬物的生機再現，顯然在詞人眼中，這幅梅花圖是靈活生動的。東風吹醒芳菲，〔註33〕雖然令人欣喜，詞人卻也埋怨起春天來得太早，不久之後，梅花亦會凋謝，憑添傷春惜春的感嘆。眾所皆知，畫中的梅是不會受限於花期的短暫，因此凋零枯萎，然而因爲詞人將「自身放頓在裏面」，觸景生情，故由畫中之梅進而觸動詞人預想將來的花落花殘。對畫中之梅，詞人已經如此動情，更何況面對眞正的梅花，如元好問〈鵲橋仙〉（同欽叔欽用賦梅）云：「東風容易莫吹殘，暫留與、何郎慰眼。」（頁93）張耒〈六州歌頭〉（孤山尋梅）云：「怕流芳不待，回首易風沙。吹斷城笳。」（頁997）皆可見詞人對花兒所投諸的純眞感情，在花兒尚未凋謝前，心中已充滿著傷春的愁緒。再者，王結〈蝶戀花〉（戲題梅圖）則是道出相思之情：

> 江上路，春意到橫枝。洛浦神仙臨水立，巫山處子入宮時。
> 皎皎澹豐姿。　　東閣興，幾度誤佳期。萬里盧龍今見畫，
> 玉容還似減些兒。無語慰相思。（頁876）

〔註32〕此闋詞的詞牌不明。
〔註33〕化用謝應芳〈一翦梅〉（三首寓意寄故人）之二：「東風吹醒老梅枝。南也芳菲。北也芳菲。」參見唐圭璋《全金元詞》，頁1070。

由此詞上闋所述，可見江岸旁盡是春意，梅花芳姿宛如洛浦神仙與巫山處子，不僅有著潔白肌膚，更是儀態綽約。東閣的梅花也綻放了，可惜詞人無暇觀賞，如今見著一幅梅花圖，卻說「玉容還似減些兒。」原本應是詞人愛梅，未見著梅花，才會對梅花產生相思之情，然而詞人語意一轉，卻說梅花因為思念詞人尚未前來欣賞她的風韻，因此玉容似乎消瘦了。對於梅花玉容消瘦、無語慰相思的形容，同樣也是詞人將「自身放頓在裏面」所投射的情感抒發。

上述二首題畫賦梅之作，所呈現的是詞人的多愁善感。再者，柯九思〈柳梢青〉（和揚無咎梅詞四首）是相當特別的組詞。原作宋‧揚補之〈柳梢青〉（題梅四首），係題於自己所畫的四梅圖之後，〔註34〕柯九思再和之。〔註35〕四梅圖畫出梅花未開、欲開、盛開、將殘四種樣態，無論是揚補之或柯九思都道出本身對梅花四種不同樣態所引發的情感變化。先是期待，再到見著梅花含苞待放，更是對之念念不忘，直到梅花盛開，還要折梅相伴、折梅插瓶，以時時刻刻都能欣賞梅花芳姿，最後，花期將盡，揚補之以為「賴有毫端，幻成水彩，長似芳時。」柯九思則寫道：「移別樹相期，漸老去、何須苦悲。」兩位詞人都擺脫面對花殘的傷悲情懷。

茲分別列舉下半闋，以明二者對於四梅圖的抒己之情：

〔註34〕揚無咎在〈柳梢青〉詞後云：「范瑞伯要余畫梅四枝，一未開、一欲開、一盛開、一將殘，仍各賦詞一首。畫可信筆，詞難命意，卻之不從，勉狗其請。余舊有〈柳梢青〉十首，亦因梅所作，今再用此聲調，蓋近時喜唱此曲故也。瑞伯奕世勳臣之家，了無膏粱氣味，而胸似瀟落，筆端敏捷，觀其好尚如許，不問可知其人也。要須亦作四篇，共誇此畫，庶幾衰朽之人，託以俱不泯耳，乾道元年七夕前一日癸丑，丁丑人揚無咎補之書於豫彰武寧僧舍。」參見唐圭璋《全宋詞》，頁1205～1206。

〔註35〕柯九思於四首詞後有云：「補之詞翰，稱妙一代，此卷尤佳。其〈柳梢青〉四詞，可以想像當年風致，勉強續貂，以貽好事。丹邱柯九思書於雲客閣，至正元年冬十有一月日南至也。」柯九思〈柳梢青〉（和揚無咎梅詞四首），參見唐圭璋《全金元詞》，頁1128～1129。

（一）未開梅

宋・揚無咎〈柳梢青〉（題梅四首）之一

為伊只欲顛狂，猶自把、芳心愛惜。傳與東君，乞憐愁寂，
不須要勒。

元・柯九思〈柳梢青〉（和揚無咎梅詞四首）之一

已堪索笑尋簷，早準備、憐憐惜惜。莫是溪橋，纔先開却，
試馳金勒。右和未開

（二）欲開梅

宋・揚無咎〈柳梢青〉（題梅四首）之二

休將春色包藏，抵死地、教人斷腸。莫待開殘，却隨明月，
走上回廊。

元・柯九思〈柳梢青〉（和揚無咎梅詞四首）之二

此情到底難藏。悄默默、相思寸腸。月轉更深，凌寒等待，
更倚西廊。右和欲開

（三）盛開梅

宋・揚無咎〈柳梢青〉（題梅四首）之三

曉來起看芳叢，只怕裏、危梢欲壓。折向膽瓶，移歸雲閣，
休薰金鴨。

元・柯九思〈柳梢青〉（和揚無咎梅詞四首）之三

玉堂無限風流，但只欠、些兒雪壓。任選一枝，折歸相伴，
繡屏花鴨。右和盛開

（四）將殘梅

宋・揚無咎〈柳梢青〉（題梅四首）之四

欲調商鼎如期，可耐向、騷人自悲。賴有毫端，幻成水彩，
長似芳時。

元・柯九思〈柳梢青〉（和揚無咎梅詞四首）之四

春移別樹相期，漸老去、何須苦悲。人日酣春，臉霞清曉，

復記當時。右和將殘

此外，詞人或藉以表達閒情逸趣。如蔡松年〈點絳脣〉（同浩然賞崔白梅竹圖）：

> 半幅生綃，便教風韻平生足，枕溪湖玉。數點梅橫竹。　　花露天香，香透金荷釀。明高燭。醉魂清淑。吸盡江山綠。
>
> （頁18）

半幅生綃就足以將梅、竹的風韻表現得淋漓盡致，此番風韻要如何訴說呢？「明高燭。醉魂清淑。吸盡江山綠。」即使我在夜晚裡，也要點亮高燭欣賞梅竹圖。不僅在夜晚要看梅竹圖，連在清美的醉夢中，也是江山自然之景，梅、竹亦潛入夢中。整闋詞未刻意摹寫梅竹圖的的設色安排、形象構置，轉而透過想象、誇張的手法敘寫對梅竹圖的喜愛。詞人攜友飲酒、共賞圖畫的閒雅之趣，亦從此而見。又如姚燧〈洞仙歌〉（對梅），以戲謔之語稱讚梅花圖的逼真，及與友人一同欣賞圖畫之趣：

> 疏枝冷蘂，臘前時初破。年後纔多玉妃墮。問梅軒白髮，寂對空株。期三百六十，誰同幽坐。　　孔方兄善幻，半幅溪藤，貌出緇塵素衣浣。當盛暑展圖看，遽失炎蒸，甚欲摘傾筐三簡。又卻被、旁人勸休休，怕他日鹽羹，鳳毛無和。（頁738）

溪藤紙上的梅花姿態有出淤泥而不染貌。盛夏展圖欣賞，看到畫中的梅花，立刻暑氣全消；甚至幻想著能摘梅，裝滿三個簍筐。以率真打趣的語氣道出梅花的栩栩如生，令人想要摘取。一旁觀畫的友人竟也附和聯想，笑稱梅花若被摘盡，他日就無梅實可調羹了。關於梅花的栩栩如生，張翥〈疏影〉（王元章墨梅圖）題詠王冕的墨梅圖，還有其他的聯想：

> 山陰賦客。怪幾番睡起，窗影生白。縹緲仙妹，飛下瑤臺，淡佇東風顏色。微霜恰護朦朧月，更漠漠、暝煙低隔。恨翠禽、啼處驚殘，一夜夢雲無迹。　　惟有龍煤解染，數

枝入畫裏，如印溪碧。老樹枯苔，玉暈冰圍，滿幅寒香狼
藉。墨池雪嶺春長好，悄不管、小樓橫笛。怕有人、誤認
真花，欲點曉來妝額。（頁 1004）

上片詞人設想畫家作畫的動機，原來是月夜賞梅，彷彿置身羅浮夢
中，怎奈拂晨鳥鳴，徒留悵恨。於是眼前的墨梅圖正是畫家畫梅，以
求當時賞梅美好境界的延續。下片惟有龍煤解染六句，寫出王冕畫梅
傳神逼真，並且是滿幅寒香，萬蕊千花，爲最特別。並且詞人以爲墨
梅不會凋落，年年依舊春色不變，王冕畫梅又是如此維妙維肖，恐怕
有人還會誤爲真花，學起壽陽公主的梅花妝。

　　張雨〈柳梢青〉（題揚補之墨梅）詞作內容著重評論畫風，與其
他詞人詠物抒情不同。誠如黃永武闡述「詠物詩積極的評價標準，基
本條件是『體物得神』，參化工之妙，使神態全出；詠物詩必須因小
見大，有所寄託，才能使筆有遠情；詠物詩最好有作者生命的投入，
使物質世界中喚起生命世界與心靈世界；詠物詩自然會觸及民族思想
與文化理想。」〔註36〕同理，詠梅詞亦強調要有所寄託，筆有遠情。
本節「題畫賦梅，相映成趣」，主要針對題畫賦梅的詞作進行探討，
並透過列舉的詞作以明詞人的託物之情。

第二節　託物言志

　　本論文第二章，在論述前代詠物詞的承襲中，已經提及北宋中後
期是詠物詞的拓展期，詞人的審美趣味已不只局限於對事物外在形態
的描繪，而是賦予事物內在的生命和情感。真正開此風氣的是蘇軾，
把事物自身的物性和作者所賦予的人性很好地結合起來。關於金元詠
梅詞託物言志之表現，同樣地，也在物與志之間作了恰當續密的結
合。詞人藉由梅花生長的自然特徵，以寄託個人心志。以下分別就「孤

〔註36〕黃永武《詩與美·詠物詩的評價標準》（臺北：洪範書店，1985 年 5
　　　月），頁 166～180。此篇文章雖名爲詠物詩的評價標準，關於詠物詞、
　　　甚至詠物文學的評價標準皆當是如出一轍。

芳自賞，以明高潔」、「歲寒冰心，不慕富貴」兩方面探討之：

一、孤芳自賞　以明高潔

託物言志，物與志之間，必有一定的關聯性。詞人選擇詠梅表達自己或他人如梅花般具有高潔品格，實與梅花本身的生長地點有關。宋・范成大《梅譜》品評江梅云：「江梅，遺核野生，不經栽接者。又名直腳梅，或謂之野梅。凡山間水濱，荒寒清絕之趣，皆此本也。花稍小而疏瘦有韻，香最清，實小而硬。」〔註37〕梅花生長在人煙罕至的山間水濱，未經栽接，具有一番孤立於世俗之外的風韻。當詞人見著梅花此番獨特的韻致，正與個人心志相仿，同樣也是不願受緇塵所染，故藉由詠梅寄託個人的心志。繼之，林逋〈山園小梅〉詩二首之一云：「疏影橫斜水清淺，暗香浮動月黃昏。」更是寫出梅花孤芳自賞的意境。香是幽香，而非一般野黛的濃烈香氣，卻能吸引賞梅人前來觀賞；月色昏暗，卻是黑暗中的一點微光，使得賞梅人見著梅花；水是清澈的，才能照映出梅花枝影。程杰以為林逋此首詠梅詩所營造的「語境」，使得梅花被賦予了清雅超逸的精神意蘊，從而上升為高逸人格的寫意符號。〔註38〕換言之，梅花孤影獨照，孤芳自賞，也是一旁賞梅人的寫照。因此林逋或此後的詞人，常藉由梅花、疏影、水清淺、暗香、月黃昏的景物組合以明心志。如元好問〈蝶戀花〉（同樂舜咨郎中夢梅）詞：

> 梅信初傳金點小。翠羽多情，儘耐風枝裊。乞與吟鞬□原作
> 共，從南塘本改。百繞。小窗月暗人聲悄。　枕上詩成還自

〔註37〕宋・范成大撰，孔凡禮點校《范成大筆記六種》，頁254。
〔註38〕程杰分析水、月，在中國文學中是兩個特殊的意象，在漫長的歷史過程中，尤其是入唐以來積澱了豐富的意蘊……已成為士大夫高雅閒靜、超塵脫俗精神追求之寫照的內涵。因此林逋詩中的「水」不只是一個植物生長環境，「月」的作用也遠不是一種光色氣氛的擬似詞，而是一個比雪、霜、冰、玉等都更具文化積澱的境象。參見程杰〈梅與水、月一個詠梅範式的發展〉，《江蘇社會科學》總 191 期（2000 年 4 月），頁 113。

笑。萬斛清愁，換得春多少。臨水幽姿空自照。羅浮山下
孤村繞。（頁110）

此詞上半寫月色昏暗，窗外萬籟俱寂，只有詞人獨自來回踱步，增添
孤獨之感。「臨水幽姿空自照，羅浮山下孤村繞」表達梅花也是獨自
照著花影，孤芳自賞，物與人兩相映照。

　　此外，詞人也運用與梅花本質不同的物類，以反襯出梅花孤芳自
賞的品格。以桃花與梅花相比，豔麗的桃花多被類比為爭寵者。如謝
應芳〈風入松〉（梅花）詞即寫道：

歲寒心事舊相知。相別去年時。如今重睹春風面，比年時、
消瘦些兒。天上玉堂何在，人間金鼎頻移。　　風塵不染
素羅衣。脈脈倚柴扉。桃根桃葉爭春媚，儘教他、濃抹臙
脂。老我揚州何遜，隴頭誰為題詩。（頁1063）

「如今重睹春風面，比年時、消瘦些兒」、「風塵不染素羅衣。脈脈倚
柴扉」、「桃根桃葉爭春媚，儘教他、濃抹臙脂」等句，將梅花擬人，
與唐・杜甫〈佳人〉：「天寒翠袖薄，日暮倚修竹。」〔註39〕有類似的
詞意表達。詠梅詞化用唐・杜甫〈佳人〉詩，本緣於梅花不怕風霜的
表現，進而聯想女子堅貞高潔的人品。此處則是著眼於梅花顏色素靜
淡雅，並身處於紛擾的世俗之外，自有獨立於世的風姿，不理會濃妝
豔抹的桃花徒向東君搔首弄姿；詞人也寄託自己有如梅花的孤芳自
賞，具有高潔之志，不同於桃花獻媚。又如邵亨貞〈賀新郎〉（曹園
紅梅數種十餘樹，雲西老人手植也。時殊事異，殘枝存者無幾。其孫
幼文命客飲於其下。永嘉曹新民賦詞為詠，予適有出不與。越數日，
幼文持卷來求次韻，席上口占以答。）云：

海底珊瑚樹。問鮫人、幾時擎出，碎為緜露。舊女捨來紉
成佩，妝點江南歲暮。便揜映、含章膤戶。更著絳綃籠玉
骨，怕黃昏、不向孤山路。銀燭暗，未歸去。　　夢中曾
被梨雲誤。最難忘、長沙形勝，水聲東注。若見何郎須相

─────────────

〔註39〕清聖祖御定《全唐詩》，卷218，頁2287。

報，不改揚州韻度。到穠豔、尚堪重賦。一點酸心渾不死，

笑桃根桃葉非吾故。空谷底，漫延佇。（頁 1113）

詞人比喻梅花樹如同海底珊瑚樹般珍貴，梅花花朵，是海底人魚的點點淚珠幻化而成；〔註40〕漫天的梅花花景，是經由蒨女紉佩巧妙妝點而成。「銀燭暗，未歸去。」更是道出詞人對梅花的喜愛，不忍離去。絳綃籠玉骨的紅梅受到人們深深的喜愛，是不孤單的。然而詞人更著重的是梅花的精神：「若見何郎須相報，不改揚州韻度。到穠豔、尚堪重賦。一點酸心渾不死，笑桃根桃葉非吾故。空谷底，漫延佇」紅梅外貌豔麗，不同於白梅顏色，卻不能將它歸類為桃花一般，無論濃妝淡抹，不變的是空谷佳人的風韻氣度。而此位空谷佳人的精神，同樣也是曹園紅梅的主人，雲西老人〔註41〕的人格風範。

再者，誠如黃永武分析中國詩人眼中的動物世界，蝶是春風中的得意者，有芬芳的花朵處，牠沒有不經過的。牠的一生就在花裏討活，是活著只有一件使命的探花使者。花香就是牠惟一的信仰，醒著牠的工作是偷香，睡著牠的夢寐也是飄香的。牠就是為香活著的。〔註42〕無論蜂蝶都是為了花香、花蜜而來，是有所求而來，並不是梅花的知音者。試看：

魏初〈太常引〉（黨氏園亭紅梅，次徐子方韻）：

亭亭清瘦阿誰鄰。合占了、百花春。蜂蝶漫成羣。只山月、

澹煙最親。（頁 706）

〔註40〕 「問鮫人、幾時擎出，碎為縣露。」蓋化用自《博物志》卷九所記：
「南海外有鮫人，水居如魚，不廢織績，其眼能泣珠。」參見晉·
張華《博物志》（北京：中華書局，1985 年），頁 57。

〔註41〕 曹知白（1272～1355）字又玄，號雲西，華亭人。大德中薦授崑山
教諭，旋棄去，北游京師，不受舉劾，歸隱長谷中，日與賓客故人
以詩酒相娛樂，學者尊之曰貞素先生。至元十五年卒，年八十四。
參見王德毅、李榮村、潘伯澄編《元人傳記資料索引》（臺北：新文
豐，1979 年 11 月），頁 1189。

〔註42〕 黃永武《中國詩學──思想篇·中國詩人眼中的動物世界》（臺北：
巨流圖書公司，1991 年 5 月），頁 65～66。

張之翰〈太常引〉（紅梅）：

> 幽香拍塞滿比鄰。問開到、幾層春。謝絕蝶蜂羣。祇么鳳、
> 和渠意親。（頁 720）

此二首詞上半闋詞意極爲相似。蜂蝶成群地圍繞在梅花花叢，梅花卻
不願與之爲伍，只與山月、澹煙或探花使么鳳最親近，藉以表達詞人
的心志，不願與碌碌庸才相親。

　　總括言之，同樣以詠梅表達孤芳自賞之感，人品之高潔，或可承
續宋・林逋所營造的相輔相成的意境，所謂：「疏影橫斜水清淺，暗
香浮動月黃昏」，或於詞中安排與梅花本身特質相反的物類，以造成
相反相成的效果；更能烘托出梅花的高標梅格，並藉以寄寓人格的超
凡脫俗。

二、歲寒冰心　不慕富貴

　　梅花喜歡溫暖氣候，一般不能抵抗攝氏零下 15 至 20 度以下的低
溫，但在江南的花木中，仍以梅較爲耐寒，且開花特早。〔註43〕詞人
詠梅，亦會針對梅花欺霜傲雪的特質有所抒發，如張翥〈摸魚兒〉（題
熊伯宣藏梅花卷子）形容梅花枝幹覆蓋在一片冰雪中，幾朵梅英初
綻，顯得格外亮眼：「計西湖、水邊曾見。查牙老樹如此。冰痕冷沁
苔枝雪，的皪數花纔試。」（頁 1000）沈禧〈風入松〉（紅梅慶六十
壽）寫道梅花具有玉潔冰清的操守，春回大地之際，最得東君喜愛，
首先綻放芳姿：「陽回潛谷起頰蚘，萬斛燦琳球。芳姿占得先春意，
冰霜操、甘抱清幽。」（頁 1040）繼之，詞人則將梅花此項有異於其
他花卉的特點，取之與松、竹類比，遂有「歲寒三友」之說。程杰以
爲中唐以來詩人詠梅開始著眼其凌寒開放、衝雪報春的特性，在與
桃、杏、李諸花比較中凸顯其精神格調，賦予其獨立、傲峭、堅貞的
人格意義。在這樣的情況下，梅花便逐步與松、竹這兩個傳統象徵形
象相聯系。最早把梅之物性與松、竹聯想一起加以讚頌的是中唐閩越

〔註43〕陳俊愉、程緒珂主編《中國花經》，頁 113。

詩人朱慶餘，其〈早梅詩〉云：「天然根性異，萬物盡誰陪。自古承春早，嚴冬鬥雪開。豔寒宜雨露，香冷隔塵埃。堪把松竹依，良途一處栽。」這首詩有兩點值得注意：一是讚美梅花的重點已不再是以往詩人常言的「承春早」，而是「鬥雪開」；不是爲了稱頌它先春開放、獻歲報春，而是著眼於梅花與嚴寒風雪的對立，由此提出了梅花堪與松竹媲美的觀點。二是設想了三者植於一途、相依相伴的形象。這兩個觀點正是宋代「歲寒三友」說的基本精神。〔註44〕誠如《論語・子罕》所言：「歲寒，然後知松柏之後凋也。」〔註45〕梅與松、竹同樣不畏冰雪，係構成歲寒三友的基本條件，中唐之際，已有詩人留意到此三者的共同性。

再者，程杰又論述從字面上而言，「歲寒三友」至少包含兩種意義，一是松、竹、梅相與成「三友」，目的是提升梅花的地位。另一種意思則是松、竹、梅三者爲人之友。〔註46〕松、竹、梅三者相與成友，已於前段提及，係緣於身處自然環境的相似。至於松、竹、梅三者爲人之友，則是由身處外在環境的相似引申而來，作者欲藉以表明自己如松、竹、梅般，不會因爲外在環境的壓迫，而更改自己的氣節，依舊是一片冰心，恬靜淡泊。試看許有壬〈清平樂〉（和可行梅竹韻三首）之一云 ：

> 平生愛竹。到處縈心田。一日相違人便俗。栽滿水邊茅屋。
>
> 誰知歲晚空山。佳人能慰荒寒。莫論和羹結實，且看
> 高節停鸞。（頁980）

「一日相違人便俗。栽滿水邊茅屋。」詞意近似於蘇軾〈於潛僧綠筠軒〉：「可使食無肉，不可使居無竹。無肉令人瘦，無竹令人俗。」〔註47〕皆是道出竹子的討人喜愛，爲使能夠處處可見，定要栽滿水

〔註44〕程杰〈「歲寒三友」緣起考〉，《中國典籍與文化》第3期（2000年3月），頁32～33。

〔註45〕清・阮元校勘《十三經注疏附校勘記・論語注疏》，頁5409。

〔註46〕程杰〈「歲寒三友」緣起考〉，頁35。

〔註47〕清・王文誥輯註，孔凡禮點校《蘇軾詩集》，卷9，頁448。

邊茅屋，居處之地不可無它。同時在天寒歲暮之際、在幽深少人的山林之中，不只有竹相伴，更有佳人慰荒寒。佳人者，即梅花。並且自己的清風高節，也惟有在歲寒中屹立不搖的竹、梅才能了解。許有壬〈清平樂〉（和可行梅竹韻三首）之二即如是云：

> 賞梅觀竹。不暇鑱黃獨。白玉吹香連碧玉。富殺山人林谷。
>
> 　幾年行路艱難。眼明今日重看。便結歲寒心友，休教
>
> 夢到槐安。（頁980）

整闋詞清楚明白地道出自己喜愛梅竹。白梅香氣飄散在竹林間，整個士人隱居的山谷，都繚繞著這股清香。詞人醉心於賞梅觀竹，無暇掘取黃獨以食之，足見詞人對梅、竹的愛好，正如「便結歲寒心友，休教夢到槐安。」闡明自身與梅、竹是歲寒之友，淡泊寡欲，不熱衷榮華富貴，早已看破名利權勢的無常。又如謝應芳〈沁園春〉（屋東老梅一株，鄰家有竹百餘箇，相近雪窗，撫玩復自和此曲。）詞：

> 竹與梅花，傲寒冰霜，堪稱二難。我依梅傍竹，借人茅舍，
>
> 吟風弄月，坐箇蒲團。梅樣精神，竹般標致，遮莫清臞未
>
> 是寒。柴門外，好一湖春水，似拍銀盤。　　昔人恨橘多
>
> 酸。我只笑青松也拜官。每醉時低唱，滄浪一曲，閒時高
>
> 臥，紅日三竿。兒輩前來，老夫說與，梅要新詩竹問安。
>
> 餘問事，只粗茶淡飯，儘有餘歡。（頁1062）

詞人因為屋外有老梅一株，與竹百餘箇，即景生情，託物言志。梅與竹面對霜雪，依舊泰然自若，佇立在窗前，堪稱二難，無論是梅樣精神或竹般標致都是令人讚揚。然而宋代以來，以歲寒三友相稱的松、竹、梅，如今只見著梅與竹，詞人笑稱青松拜官，所以不見蹤影，亦隱含吐露昔日與詞人以歲寒冰心結交的朋友，又有多少人能堅持澹泊明志？然而詞人依舊唱著滄浪曲：「滄浪之水清兮，可以濯我纓；滄浪之水濁兮，可以濯我足。」〔註48〕以表明自己不隨波逐流的心志，並以閒時高臥、粗茶淡飯的隱居之樂，悠然自適。

〔註48〕引自清・阮元《十三經注疏附校勘記・孟子注疏・離婁上》，頁5908。

上述三闋詞皆可見詞人與梅、竹相親，並藉以表明自己與之相似，具有歲寒不凋之志，並且淡泊名利。此外，檢索金元詠梅詞，較少出現松、竹、梅並置，如張之翰所作〈江城子〉（瓶梅），恐怕瓶梅無伴，乃爲梅選松、竹爲友，詞云：「幽姿芳意正盈盈。可憐生。欲卿卿。更取青松爲友竹爲朋。」（頁 708）其次，胡祗遹〈木蘭花慢〉（酬宋鍊師贈梅）寫友人爲贈梅而來，此次的朋友相聚，猶如松筠高會，任憑春至桃李爭發，清高志節也不因此動心，詞云：「謝攜酒扶花，敲門見過，一洗塵襟。揮毫徑酬雅意，拼醉來、忘卻雪盈簪。更結松筠高會，從渠桃李繁陰。」（頁 696）又如白樸〈木蘭花慢〉（復用前韻，代友人宋子治賦）誰能忍受霜雪，與玉骨冰肌的疏梅相伴？惟有勁質有節的翠竹與的老樹盤根的蒼松，詞云：「望丹東沁北，淡流水、繞孤村。對幾樹疏梅，十分素豔，一曲芳樽。誰堪歲寒爲友，伴仙姿、孤瘦雪霜痕。翠竹森森抱節，蒼松落落盤根。」（頁 638）可說是金元詠梅詞中將松、竹、梅並置，並將三者特徵一一點出並說得最爲清楚者。此外，多是梅、竹並稱，除上段論述所引用的三個例子外，又如李獻能〈江梅引〉（爲飛伯賦青梅）：「漢宮嬌額倦塗黃。試新妝。立昭陽。萼綠仙姿，高髻碧羅裳。翠袖捲紗閒倚竹，暝雲合，瓊枝薦暮涼。」（頁 51）陶宗儀〈一萼紅〉（賦紅梅，次郭南湖韻）：「水雲鄉。又南枝逗暖，綽約漢宮粧。春豔濃分，朱鉛淺試，翠袖獨倚修篁。想應道東風料峭，翦霞彩，零亂補綃裳。勾漏尊眞，丹丘授訣，傲睨冰霜。」（頁 1131）等。關於詞中常見梅、竹的現象，可援引程杰對於歲寒三友的探討，得到合宜的解釋。山間水濱、舍前屋後，無論園藝，還是野生，梅、竹都是習見之物。這爲它們聯袂進入詩詠騷賦提供了客觀條件。且「梅竹」組合的美感在於兩者色彩與形態的對比映襯。竹之蒼翠鬱茂的映襯，更見出梅花素靜清秀和明豔俏麗。至於松梅也有同植的情形，卻未如梅竹交映如此普遍。〔註49〕換言之，詞中常見梅與竹，主要緣於詞人生活中梅竹共植的實際現象。至

〔註49〕程杰〈「歲寒三友」緣起考〉，頁33～34。

於歲寒三友並置於詞中，則是透過松、竹、梅不畏冰雪的生長特徵，加以聯繫，進而與人格精神相關連，故無論詞中出現松、竹、梅，或只有鋪排梅與竹，皆是詞人託物言志，藉以發抒個人的歲寒冰心。

小　結

　　綜上所述，就詠物抒情而言，以「折梅寄贈，睹物懷人」、「詠梅慶壽，借物詠人」、「愛梅護梅，別致有趣」、「題畫賦梅，相映成趣」四方面加以論述，足見金元詠梅詞內蘊情感之豐富，即使同樣表達類似的情感，在安排詞意或組構詞句時又有獨特新穎之處。在「詠梅寄贈」中，李俊民〈洞仙歌〉（謝楊成之寄梅）化用林逋詩句以表達相思之情，而不承襲陸凱折梅之典；長筌子〈天香慢〉則只是表達早梅已開，欲邀對方同來共賞，然而思念之情亦在言內，不同於一般詞人在言及相思之情時，總是充滿著深刻的愁緒。在「詠梅慶壽」方面中，祝壽的對象不侷限於人，還包括為梅慶壽。「愛梅護梅」與「題畫賦梅」兩主題中，詞人可以為梅申訴、為梅擔憂等，所表達的情感亦是新奇有趣，如姚燧〈洞仙歌〉以為展開梅圖，就能消除暑氣，可說是想像獨特，卻又不失常理；畢竟梅花屬於冷蕊寒香，睹物消暑，理趣自在。

　　至於託物言志，分別從「孤芳自賞，以明高潔」與「歲寒冰心，不慕富貴」兩方面進行論述。區分的依據在於「孤芳自賞，以明高潔」，主要緣於梅花生長的地點，多在山間水濱，遠離塵俗，予人孤芳自賞、逸世超群的韻致，因此詞人藉由詠梅以表達個人的品格有如梅花般高潔。「歲寒冰心，不慕富貴」，則是針對梅花生長的氣候；冷蕊玉容綻放於皚皚白雪中，與松、竹並稱歲寒三友。故詞人恆藉以寄託自己一片冰心之志，歲寒不凋之節。此外，梅花生長特性之一是結實青子，可以調味，故後人多用以比喻臣子輔政。然而在金元詠梅詞中，少見詞人自言具有調鼎之志，多在他人的祝賀壽詞中，才有祝福對方調鼎和羹、官場得意之語，關於此一討論，詳參「詠梅慶壽，借物詠人」。

第四章　金元詠梅詞的藝術表現

　　方曉紅〈論詠物詞的歷史流程及藝術特色〉以為隋、唐、五代，是詞的萌芽及生長階段；宋代則高居詞峰之巔；金、元、明時期，因國運不昌，詞也極度地不景氣，清代則是老樹新芽，又成大觀。詞的潮漲潮落，同樣也體現在詠物詞的發展過程中。而且元、明詞，一因政治上的波及，二因「曲」的興起，造成作者與讀者兩失，從而形成詞史上一個最低的峰谷。〔註1〕換言之，方曉紅以為金元詠物詞並沒有多大的可觀性，因此綜觀全文，對於金元詠物詞的藝術特色，隻字未提。此外，並未說明何謂「國運不昌」、「政治波及」？以及為何因此就會影響詞的發展？就金元而言，推測所謂「國運不昌」、「政治波及」，應該就是指受外族統治一事。女真、蒙古人雖然在政治上取得最高權力，並沒有因此完全輕視漢文化，或抑制文學發展。就金代而言，攻北宋，謀南宋，以及為政治上的考量而舉用漢人，卻未因此全然排斥漢文化，如金熙宗尊孔、立孔廟、廣讀經書；〔註2〕海陵王嗜

〔註 1〕方曉紅〈論詠物詞的歷史流程及藝術特色〉,《武漢大學學報 哲學社會科學版》第 5 期（1994 年）,頁 108。

〔註 2〕《金史・孔璠傳》卷一百五云:「熙宗即位，興制度禮樂，立孔子廟於上京。天眷三年，詔求孔子後，加璠承奉郎，襲封衍聖公，奉祀事。是時，熙宗頗讀《論語》、《尚書》、《春秋左氏傳》及諸史、《通曆》、《唐律》乙夜乃罷。」參見元・脫脫等撰，楊家駱編《新校本金史并附編七種》（臺北：鼎文書局，1985 年 6 月）,頁 2311。

習經史，一閱終身不忘，喜愛江南文物；〔註3〕顯宗行中國禮樂，猶如北魏孝文帝。〔註4〕在詞的發展上，蔡松年、元好問等無非都是詞之名家，其他如趙秉文、李獻能、李俊民未嘗沒有佳作。至於元代，漢、蒙之間對立鮮明，〔註5〕並未因此限制文學發展，元曲、元詞、元詩各有特色，文學並沒有因為是異族統治就停止發展。換言之，如果以漢人參政的權力高低或朝代國祚的長短，去看朝代的盛衰，進而依此評斷詞的發展，實不公允。

再者，黃天驥、李恆義以為元明兩代，許多作家致力於曲的體裁，從而使曲壇進入黃金時代。這種情況，和宋代許多作家致力於詞作，使詞成為宋代文學的標誌一樣。然而卻不能因此肆意貶低宋詩。同理，元明兩代，詞壇呈現弱勢，這不是由於詞的墮落，而是由於別的文學體裁的發展，使它相形見絀。〔註6〕無論是政治演變或是曲文學發展，反而是促使金元詞某些藝術表現形成的原因。以下就修辭、意象、風格分別探討。

〔註3〕 《大金國志・海陵煬王》卷十三：「海陵煬王名亮……國主嗜習經史，一閱終身不復忘，見江南衣冠文物朝儀，位著而慕之。」參見宋・宇文懋昭《大金國志》（臺北：廣文書局，1968年5月），頁175。

〔註4〕 《歸潛志・辯亡》卷十二：「宣孝太子最高明絕人，讀書喜文，欲變夷狄風俗，行中國禮樂如魏孝文帝。」參見金・劉祁《歸潛志》（北京：中華書局，1997年12月），頁136。
按：《金史・世紀補・顯宗允恭》卷十九：「六月甲寅，帝不豫。庚申，崩於承華殿……七月壬午朔，賜諡宣孝太子。」參見元・脫脫等撰，楊家駱編《新校本金史并附編七種》，頁415。

〔註5〕 黃兆漢以為蒙古人並不想漢化，他們在某些程度上用漢制、漢法，只不過是權宜之計，而不是有心全盤吸收漢文化。參見黃兆漢《金元詞史》（臺北：臺灣學生書局，1992年12月），頁67。
按：明・葉子奇《草木子・雜俎》卷四下曰：「元朝天下，長官皆其國人是用，至於風紀之司，又杜絕不用漢人、南人。宥密之機，又絕不預聞矣。其海宇雖在混一之天，而肝膽實有胡越之間，不過視官爵為己私物。」參見明・葉子奇《草木子・雜俎》（北京：中華書局，1997年），頁81。

〔註6〕 黃天驥、李恆義〈元明詞平議〉，《文學遺產》，第4期（1994年），頁70。

第一節 修辭技巧的運用

本節探討金元詠梅詞修辭技巧的運用，主要針對「摹寫逼眞」、「譬喻貼切」、「擬人生動」、「用典廣博」、「借代變化」五方面進行論述。所以選擇這五種修辭技巧，並不代表詠梅詞所呈現的修辭技巧只有這五類，主要因爲此五種修辭技巧在詠梅詞中最被廣泛運用，其他如誇飾、設問、映襯等修辭技巧，詞人在創作時也會運用，只是在數量上不及上舉五種而已。同時詞人在運用其中一種修辭技巧時，也會巧妙並用其他修辭技巧，更可見詞人豐富且特別的修辭表現。

一、摹寫逼眞

陳望道《修辭學發凡》稱「摹寫」爲「摹狀」，有摹視覺的，有摹聽覺的，而以摹寫聽覺的最爲常見。〔註7〕黃慶萱《修辭學》以爲「摹狀」一詞容易使讀者誤會爲視覺所得各種形狀的摹繪，應該改爲「摹寫」，指對事物的各種感受的形容描述，並且摹寫的對象，不限視覺印象，同時也包括聽覺、嗅覺、味覺、觸覺，及綜合表現。〔註8〕繼之，黃麗貞《實用修辭學》又增添心覺與移覺，詳細的分類〔註9〕如下：

（一）視覺：描寫眼睛所看到的事物。

（二）聽覺：描寫耳朵所聽到的聲音。

（三）嗅覺：描寫鼻子所聞到的氣味。

（四）味覺：描寫口舌所品嘗的滋味。

（五）觸覺：描寫肢體肌膚接觸到事物的感受。

（六）心覺：描寫心靈對外在事物情況的感興。

〔註7〕陳望道《修辭學發凡》（臺北：文史哲出版社，1989年1月），頁98～99。

〔註8〕黃慶萱《修辭學》（臺北：三民書局，1986年12月），頁51～66。

〔註9〕此七種分類參見黃麗貞《實用修辭學》（臺北：國家出版社，1999年3月），頁164～165。

（七）移覺：將原本屬於某一器官的用詞，移用到另一個器官
　　　　上。〔註10〕

　　金元詠梅詞中未見描寫食用梅花。雖然有和羹調鼎之舉，也沒有
對味覺的直接摹寫，因此本論文共探討視覺、聽覺、嗅覺、觸覺、心
覺、移覺、綜合表現七類摹寫方式，分述如下：

（一）視覺摹寫

　　詞人題詠梅花，先是看見眼前的梅花，進而有所感觸，以抒發個
人的情志，因此在各種摹寫類型中，以視覺摹寫最為常見。然而視覺
摹寫的表現，並非僅止於平鋪直敘。茲舉例如下：

蔡松年〈點絳脣〉（同浩然賞崔白梅竹圖）：「數點梅橫竹。」（頁18）

趙秉文〈滿江紅〉（上清宮蠟梅）：「蠟蒂紫苞融燭淚，檀心淺暈團
金粟。」（頁48）

李俊民〈謁金門〉（賦梅）：「金的皪，猶帶枝頭寒色。」（頁62）

李俊民〈謁金門〉（歎梅）：「頻點檢，依舊雪肌清減。」（頁63）

長筌子〈天香慢〉（梅）：「萬木歸根，三冬拔翠，曉來梅萼輕坼。」
（頁582）

〔註10〕黃麗貞分析的「移覺」與黃慶萱所謂「綜合的摹寫」有所不同。「綜
合的摹寫」，指作者在摹寫時，不僅摹寫視覺，還有摹寫聽覺、觸覺
等。黃慶萱舉徐志摩〈渦堤孩新婚歌〉為例：「小溪兒一跳一跳的向
前飛行，流到了河，暖溶溶的流波，閃亮的銀波，陽光裏微酡，小
溪兒笑呵呵的跳入了河，鬧嚷嚷的合唱一曲新婚之歌。」包括視覺、
觸覺、聽覺的摹寫。「移覺」指的是將原本屬於某一器官的用詞，移
用到另一器官上，如摹寫味覺的用詞，轉用到摹寫觸覺。黃麗貞
舉魯迅《阿Q正傳》為例：「但他立刻轉敗為勝了。他擎起右手，用
力的在自己臉上連打了兩個嘴巴，熱辣辣的有些痛；打完之後，便
心平氣和起來，似乎打的是自己，被打的是別一個自己，不久也就
彷彿是自己打了別個一般，雖然還是有些熱辣辣，心滿意足的得勝
的躺下。」，並分析：「痛是一種『觸覺』，『熱』字是恰當的形容詞，
但『辣』字是用來寫『味覺』的，作者連成疊字放在熱字之後，來
強調觸覺的摹寫，不著痕跡地做了感覺的轉移。」參見黃慶萱《修
辭學》，頁65、黃麗貞《實用修辭學》，頁164～166。

魏初〈太常引〉（黨氏園亭紅梅，次徐子方韻）：「亭亭清瘦阿誰鄰。」
（頁 706）

蒲道源〈臨江仙〉（次解東庵學士詠梅韻）：「金衣相映玉肌膚。」
（頁 837）

程文海〈千歲秋〉（壽劉中庵）：「冰雪種，瓊瑤樹。」（頁 793）

程文海〈鵲橋仙〉（次中庵韻題解安卿盆梅）：「南枝春盛，斜斜整
整。」（頁 794）

洪希文〈洞仙歌〉（早梅）：「野亭驛路，盡是尋幽客。水曲山隈浩
無極。」（頁 944）

洪希文〈水調歌頭〉（雪梅）：「昔則寒林水墨，今則瑤臺琪樹，奇
妙孰能名。（頁 945）

張翥〈水龍吟〉（鄭蘭玉賦蠟梅，工甚，予拾其遺意補之）：「萼點
駝酥，口攢金罄，心凝檀粉。」（頁 1008）

上述諸例，趙秉文〈滿江紅〉（上清宮蠟梅）用心於設色安排，連用
蠟、紫、檀、金四種豐富顏色以顯現蠟梅的特別，並且集中在對花朵
本身的描繪，張翥〈水龍吟〉（鄭蘭玉賦蠟梅，工甚，予拾其遺意補
之）也是對花朵細心描摹，不同的是張翥選擇駝酥、金罄、檀粉代替
直指顏色，如此就能顯得與他人有別。除了描寫花朵本身之外，李俊
民〈謁金門〉（歎梅）、魏初〈太常引〉（黨氏園亭紅梅，次徐子方韻）
則是以清減、清瘦著眼於對枝幹的描寫。此外，又如程文海〈千歲秋〉
（壽劉中庵）以「種」字形容漫天霜雪飄落在梅花花樹上，可見詞人
鍛字鍊句的巧具匠心；洪希文〈洞仙歌〉（早梅）運用誇張的修辭，
以描寫到處都是探訪梅花花蹤的尋幽客；洪希文〈水調歌頭〉（雪梅）
利用映襯的修辭技巧，以描寫眼前大自然的變化。綜觀詠梅詞中視覺
摹寫的表現，的確是各具特色、豐富而有變化。

（二）聽覺摹寫

　　黃麗貞《實用修辭學》分析聽覺摹寫，除了直寫聲音之外，還有
「以物代聲」等。如李煜〈望江南〉：「千里江山寒山暮，蘆花深處泊

孤舟，笛在月明樓。」李煜只用了一個「笛」字，就是要讀者自己想像在靜夜裡，高樓上飄送出清幽的「笛聲」的情景。〔註11〕就金元詠梅詞而言，多見以物代聲，而不直接寫出物的聲音。茲舉例如下：

張弘範〈點絳唇〉（賦梅）：「青鳥啼芳樹。」（頁730）

姚燧〈江梅引〉（謝王子勉提刑送江梅二首）之二：「我已飄零君又老，正心碎，那堪聞，塞管吹。」（頁738）

張雨〈燭影搖紅〉（紅梅）：「休擊珊瑚，怕驚幺鳳枝頭睡。」（頁911）

張翥〈六州歌頭〉（孤山尋梅）：「怕流芳不待，回首易風沙。吹斷城笳。」（頁997）

青鳥啼與休擊珊瑚，都沒有明確寫出聲音，但是也已經足以表達鳥兒在樹上鳴叫，或是賞花人靜靜地在花下賞梅的景象。並且，以物代聲不僅要讀者自己想像聲音，更隱含作者的情思。如姚燧、張翥未言塞管、城笳是怎樣的聲音？引用這類的樂器，主要用意在於隱含著詞人內心的悲切。

（三）嗅覺摹寫

關於梅花的嗅覺摹寫，最多的是花香的摹寫。茲舉例如下：

蔡松年〈點絳唇〉（同浩然賞崔白梅竹圖）：「花露天香，香透金荷釀。」（頁18）

白樸〈清平樂〉（李仁山檻中蟠桃梅）：「鬱鬱香浮月下。」（頁646）

劉秉忠〈點絳唇〉（梅）：「馥郁添多種。」（頁620）

張之翰〈太常引〉（紅梅）：「幽香拍塞滿比鄰。」（頁720）

〔註11〕黃麗貞歸納聽覺摹寫有四種類型，或直寫聲音；或以物代聲；或以聲音襯托意境；或兼用其他辭格來摹聲。就「以物代聲」而言，又如唐・無名氏〈雜詩〉：「等是有家歸不得，杜鵑休向耳邊啼」、宋・辛棄疾〈醜奴兒〉：「江晚正愁予。山深聞鷓鴣」，黃麗貞以為：「『杜鵑』和『鷓鴣』，是中國文學裡兩種具有特殊功能的鳥。當文辭裡出現了『杜鵑』這兩個字，它便自然有了聲音的示意，而且這聲音叫的是：『不如歸去』；而鷓鴣的叫聲是：『行不得也哥哥』，，牠們的聲音，用以表示遊子『盼歸』的渴切心情。」參見黃麗貞《實用修辭學》，頁144。

許有壬〈清平樂〉（和可行梅竹韻三首）之三：「天寒日暮，百繞梅花樹。萬斛清香藏不住。」（頁980）

邵亨貞〈感皇恩〉（憶梅）：「如此清香，寒蟲應飽。」（頁1100）

或云「天香」，以強調梅花花香是其它花卉無法相比的；或云「馥郁」「鬱鬱」形容梅花花香芬芳撲鼻；或云「清香」、「幽香」以表達梅花的淡雅香氣。

（四）觸覺摹寫

觸覺摹寫，指肌膚接觸到外在事物的感受，舉例如下：

元好問〈鵲橋仙〉（同欽叔欽用賦梅）：「孤根漸煖。」（頁9）

煖，是觸覺，也是藉以形容春天將至，大地回暖。

李獻能〈江梅引〉（為飛伯賦青梅）：「瓊枝薦暮涼。」（頁51）

日暮黃昏的天氣漸涼，故以涼字摹寫。

（五）心覺摹寫

心覺摹寫，據黃麗貞分析是專指心靈對外在事物的感興，換言之，即喜、怒、哀、愁等。茲舉例如下：

元好問〈蝶戀花〉（同樂舜咨郎中夢梅）：「萬斛清愁，換得春多少。」（頁110）

長筌子〈天香慢〉（梅）：「月浸寒梢，天香可惜。」（頁582）

白樸〈木蘭花慢〉（覃懷北賞梅，同參政西庵楊丈，和奧敦周卿府判韻。）：「折得一枝在手，天涯幾度銷魂。」（頁638）

魏初〈木蘭花慢〉（宋漢臣墨梅並序嘉謨宋公於予為世契兄，向過洛陽，吾兄適宰是郡，尊酒留連者累日，邇後訃音至長安，予不勝驚悼。今年以事來京都，其弟義甫秘監會予於東溪，出示嘉議墨梅橫幅，因作長短句一章，兼致區區追挽之意云。）：「回頭水南水北，覺冰姿玉骨卻悽然。」（頁699）

或云清愁，指對眼前景物心起的愁悶情緒；或云可惜，指對梅花心起的愛惜。或云銷魂、悽然，以表達對事物的愁苦悲傷之情。

（六）移覺摹寫

將原本對於視覺、或嗅覺等摹寫的用詞，轉用到其它感官上，茲舉例如下：

邵亨貞〈賀新郎〉（曹園紅梅數種十餘樹，雲西老人手植也。時殊事異，殘枝存者無幾。其孫幼文命客飲於其下。永嘉曹新民賦詞爲詠，予適有出不與。越數日，幼文持卷來求次韻，席上口占以答。）：「一點酸心渾不死，咲桃根桃葉非吾故。」（頁 1113）

張之翰〈賀新郎〉（余家古瓶蠟梅忽開，清香可愛，質之范石湖梅譜，乃宿葉而佳者也。且云，素題難詠，山谷簡齋但作小詩而已，在簡齋餘作且勿論，偶不及東坡長句，何耶。因以樂府〈賀新郎〉見意。）：「長記方壺春半貯，只蕭然，儘慰人情苦。」（頁 721）

苦與酸本爲味覺，形容味道的苦澀與酸，上述詠梅詞則藉以表達人的感受。

（七）綜合表現

綜合表現，即融合二種或二種以上的摹寫類型，茲舉例如下：

李俊民〈謁金門〉（賦梅）：「惱人樓上笛。」（頁 62）

笛聲傳來，令人覺得心煩。融合心覺與聽覺，

張翥〈東風第一枝〉（憶梅）：「風細細，凍香又落。」（頁 1011）

梅花飄落，是視覺摹寫。以凍香稱梅花，又兼具觸覺、嗅覺

綜上所述，足見金元詞人摹寫修辭技巧的表現，是相當豐贍充足，其中以視覺摹寫最爲常見，並且兼用其他修辭技巧，以求詠梅能夠揣摩逼眞、形容盡致。

二、譬喻貼切

無論在詩、賦、詞等文學創作中，譬喻是常被運用的修辭技巧。譬喻的結構，包括四個部分：〔註12〕

〔註12〕黃麗貞《實用修辭學》，頁 36、37。

關於譬喻的結構，以往多區分爲喻體、喻詞、喻依。然而近來修辭

（1）本體：所要說明的事物。

（2）喻體：用來說明本體的事物。

（3）喻詞：用來連接本體和喻體的輔助詞。

（4）喻解：說明本體和喻體相似點的文字。作者或說話的人，常常在譬喻之前或之後，自行對所提出的譬喻加以解說，尤其是比較特殊、新穎的譬喻。〔註13〕

至於譬喻的種類，分爲四類，一是明喻，語句中出現本體、喻詞、喻體三個部分，且喻詞是以如、猶、似、彷彿、恰似、好等爲主；一是隱喻，語句中同樣具有本體、喻詞、喻體三個部分，然而喻詞則以是、爲、變成等替代：一是略喻，語句省略喻詞；一是借喻，語句只有喻依。〔註14〕金元詠梅詞常見的譬喻種類使用，主要是以明喻與借喻爲主，依此二類分別論述：

（一）明喻

金元詠梅詞的譬喻修辭技巧中，明喻是常見的類型，茲舉例如下：李俊民〈謁金門〉（寄梅）：「爲問花間能賦客，如何心似鐵。」（頁62）白樸〈木蘭花慢〉（復用前韻，代友人宋子治賦）：「傷心杜陵老眼，細看來，只似霧中昏。」（頁638）

學家多將喻體改稱爲本體，將喻依稱爲喻體，並提出喻解一詞。如黎運漢、張維狄《現代漢語修辭學》：「一個比喻，通常由被比喻的事物和用作比喻的事物，以及使兩者發生比喻關係的輔助詞構成。被比喻的事物叫做本體，用作比喻的事物叫做喻體，聯繫本體和喻體的輔助詞語，叫作喻詞，本體和喻體之間的相似點，叫做喻解。」又如黃慶萱《修辭學》在增訂三版中，在探討譬喻修辭時，也用本體、喻詞、喻體。參見黎運漢、張維狄《現代漢語修辭學》（臺北：書林出版有限公司，1991年9月），頁102。黃慶萱《修辭學》（臺北：三民書局，2004年1月），頁327。

〔註13〕黃麗貞舉李煜〈清平樂〉（別來春半）爲例：「離恨恰如春草，更行更遠還生。」其中「更行更遠還生」就是喻解，用以表達離恨的無限蔓延。參見黃麗貞《實用修辭學》，頁36、37。

〔註14〕沈謙《修辭學》（臺北：國立空中大學，1996年11月），頁5、12、24、34。

盧摯〈梅花引〉（和趙平原催梅）：「竟日含情何所似，似佳人。望夫君。」（頁 726）

王旭〈踏莎行〉（雪中看梅花）：「雪花全似梅花萼。」（頁 884）

張翥〈疏影〉（王元章墨梅圖）：「惟有龍煤解染，數枝入畫裏，如印溪碧。」（頁 1004）

謝應芳〈沁園春〉（屋東老梅一株，鄰家有竹百餘箇，相近雪窗，撫玩復自和此曲。）：「柴門外，好一湖春水，似拍銀盤。」（頁 1062）

張翥〈江城梅花引〉（九日杏梅同開，汪國才折以請賦）：「花似雪。」（頁 1015）

吳存〈水龍吟〉（落梅）：「霏霏香屑，黏竹如斑，點衣如睡，穿簾如蝶。」（頁 830）

以上所舉，或將梅花比喻為雪花；或將雪花比做梅花；或將湖水比做明月，皆由顏色的潔淨相似作比，可說是譬喻貼切。至於黏竹如斑，點衣如睡，穿簾如蝶三句，將梅花紛紛飄落比作附著於竹子上的斑點、輕點於衣服上的瑞香、穿簾飛舞的蝴蝶，更是譬喻特別且生動。至於竟日含情何所似一句，更是藉由具體的譬喻，以表達詞人自身期待梅花再開的心情。

（二）借喻

用美玉、瓊瑤等比作梅花的潔白無瑕，不僅在明喻中常見，在借喻中也常出現，如：

白樸〈木蘭花慢〉（覃懷北賞梅，同參政西庵楊丈，和奧敦周卿府判韻。）：「翠羽嘈嘈樹杪，玉鈿隱隱牆根。」（頁 638）

張埜〈鵲橋仙〉（詠梅贈人）：「瓊枝纖弱，瑤英嬌小。占得江南春早。」（頁 901）

柯九思〈柳梢青〉〈和揚無咎梅詞四首〉之四：「璚散殘枝，點窗欹欹，度竹遲遲。」（頁 1128）

陶宗儀〈月下笛〉（賦落梅）：「香消玉削，早孤標非昨。」（頁 1132）

　　再者，詠梅詞中借喻的修辭技巧，不僅只於對梅花的形容，也用於對他物的形容，茲舉例如下：

　　李俊民〈謁金門〉(慰梅)：「直待豆稭灰落後，初嘗山店酒。」(頁 63) 此句以白色的豆稭灰比喻紛飛的白雪。

　　胡祇遹〈木蘭花慢〉(酬宋鍊師贈梅)：「更結松筠高會，從渠桃李繁陰。」(頁 696)

此句松、竹皆用以比喻品格高潔，因此以松筠高會比喻清高之士的相會。

　　姚燧〈江梅引〉(謝王子勉提刑送江梅二首)之二：「暮霞散綺楚天外。」(頁 738)

以展開的綢緞，比喻美麗的彩霞。

　　許有壬〈清平樂〉(和可行梅竹韻三首)之二：「白玉吹香連碧玉。」(頁 980)

此句以白玉比作梅花；以碧玉比作綠竹。

　　張埜〈江城子〉(和元復初賦玄圃梅花)：「怕京塵，染芳魂。」(頁 902) 此句以京塵比作功名利祿等塵俗之事。

　　譬喻要用得好，最基本的要求是準確，[註15] 而藉由上述詞例，可見金元詠梅詞的譬喻修辭技巧，都運用得十分恰當，雖然使用的譬喻類型只以明喻與借喻兩類為主，且未見特別新穎的喻體，但是至少符合譬喻修辭的基本要求，即適切得當。

三、擬人生動

　　「轉化」，又稱為「比擬」是文學創作中常見的修辭技巧，主要有兩大類，一是擬物為人，把東西比作人，投射人的感情與特性，又可依題材再細分為有生物的擬人、無生物的擬人、抽象物的擬人。一

〔註15〕黎運漢、張維狄以為：「比喻要用得好，最基本的要求是準確。所謂準確，就是本體和喻體必須是實質上不相同的事物，但又必須有相同或相似之處。」黎運漢、張維狄《現代漢語修辭學》，頁108。

是擬人為物，把人比作東西，投射了外物的特質，依題材又可細分為擬有生物、擬無生物。〔註16〕綜觀金元詠梅詞轉化技巧的運用，以擬物為人為主，故以此為探討的範圍，至其表現方式，主要分為三種類型：

（一）梅花姿態擬人化

詞人運用擬人為物的修辭技巧，與自身情感的投射，使得梅花的花色、花香、開放的姿態顯得更為生動逼真，活靈活現。並舉例如下：

盧摯〈蝶戀花〉（春正月八日，借榻劉氏樓居，翌日早起，賦瓶中紅梅，以蝶戀花歌之）：「香透羅帷春睡醒。」（頁726）

盧摯〈天仙子〉：（用韻和趙平原折贈黃香梅作，並序致政宣慰平遠趙公園館，黃香梅始華，折枝走倅，乃賦樂府天仙子，藉以見餉，用韻和之，聊答盛意。）：「半額淡粧鶯影翠。約略玉人新病起。」（頁726）

許有壬〈清平樂〉（瓶梅）：「斗帳怯寒呼不起。嬌滴粉雲香裏。」（頁979）

上述三者，詞人將梅花含苞欲放的姿態比擬為美人怯寒、佳人睡醒、玉人病癒。

白樸〈秋色橫空〉（詠梅，順天張侯毛氏以太母命題索賦。）：「含章睡起宮妝褪，新妝淡淡半容。」（頁641）

張之翰〈賀新郎〉（余家古瓶蠟梅忽開，清香可愛，質之范石湖梅譜，乃宿葉而佳者也。且云，素題難詠，山谷簡齋但作小詩而已，在簡齋餘作且勿論，偶不及東坡長句，何耶。因以樂府賀新郎見意。）：「特地朝勻暮注。也無此，宮妝風度。」（頁721）

上述二例，皆將梅花盛開綻放的姿態比擬為絕色佳人的精心打扮。

李獻能〈江梅引〉（為飛伯賦青梅）：「漢宮嬌額倦塗黃。試新妝。立昭陽。」（頁276）

〔註16〕沈謙《修辭學》，頁276。

此句將青梅顏色比擬爲宮中婦女厭倦黃色的額妝，嘗試全新的妝扮。

　　元好問〈點絳脣〉：「韻香襟袖，別是閨房秀。」（頁 122）

此句將梅花的芬芳比擬爲韻香襟袖的女子

　　姚燧〈江梅引〉（謝王子勉提刑送江梅二首）之二：「疑是月宮，仙子下瑤臺。」（頁 738）

此句將梅花比作月宮仙女下凡。

　　張之翰〈太常引〉（紅梅）：「醉紅肌骨，豔紅妝束，能有許時新。」（頁 720）

此句將紅梅花色擬爲微醺酡顏的美人。

　　蒲道源〈臨江仙〉（次解東庵學士詠梅韻）：「冰蕤雪萼正敷腴。」（頁 837）

　　張翥〈江城梅花引〉（九日杏梅同開，汪國才折以請賦。）：「縞袂仙人，一笑豔明眸。」（頁 1015）

上述二例，詞人筆下的梅花還會歡心喜悅、嫣然一笑。

（二）梅花精神擬人化

　　詠梅詞對梅花外在形貌的描述，是詠物詞的基本特色之一；然而詞人也同樣會著重梅花精神的狀寫。所謂梅花精神，包括欺霜傲雪、超脫世俗等，透過擬物爲人修辭技巧的運用，使得梅花精神能夠化虛爲實，更加具體且鮮明，。茲舉例如下：

　　長筌子〈天香慢〉（梅）：「妒雪精神，清人氣燄，不許等閒攀摘。」（頁 582）

將梅花傲雪欺霜的精神，擬爲清高之士，不爲他人折腰

　　謝應芳〈滿江紅〉（送馬公振）：「喜見春風顏色好，縞衣不受緇塵涅。」（頁 1069）

將梅花具有冰清玉潔的梅格，擬爲梅花美人獨倚修竹

　　陶宗儀〈一萼紅〉（賦紅梅，次郭南湖韻）：「翠袖獨倚修篁。」（頁 1131）

將梅花超塵出俗的精神，擬爲縞衣不受緇塵所染

（三）其它

除了將梅花擬人化，詞人還有其他擬物為人的描寫，使得萬物顯得可親可愛，茲舉例如下：

張埜〈江城子〉（和元復初賦玄圃梅花）：「只恐東君偏愛惜，桃與李，卻生瞋。（頁 902）

早春之際，惟獨梅花綻放芳姿，詞人想像桃、李未得春神喜愛，因而生氣發怒。

謝應芳〈風入松〉（梅花）：「桃根桃葉爭春媚，儘教他，濃抹臙脂。」（頁 1063）

當梅花將要凋謝，其他花卉卻開始濃妝豔抹，對比出一番花開花落之景。

元好問〈點絳唇〉：「玉蕊輕明，洗妝偏費春風手。」（頁 122）

將春風擬人化。春風吹拂，恰似為梅花梳妝打扮，使得梅花綻放芳姿。

綜上所述，可見藉由擬物為人修辭技巧的妥善運用，更能展現梅花的萬種姿態，包括未開、已開，花色、花香等，以及將梅花精神化抽象為具體。此外，詞人在使用擬物為人的修辭技巧時，也並用其它修辭技巧，如陶宗儀〈一萼紅〉（賦紅梅，次郭南湖韻）：「綽約漢宮粧。春豔濃分，朱鉛淺試，翠袖獨倚修篁。」（頁 1131）不僅擬梅花為一位風姿綽約的女子，並化用唐杜甫〈佳人〉詩以形容女子的堅貞志節。又如白樸〈秋色橫空〉（詠梅，順天張侯毛氏以太母命題索賦。）：「含章睡起宮妝褪，新妝淡淡羞容。」（頁 641）將梅花綻放比擬為美人睡醒，同時也化用壽陽公主梅花妝的典故。又如姚燧〈江梅引〉（謝王子勉提刑送江梅二首）之二：「年年江上見寒梅。幾枝開。暗香來。疑是月宮，仙子下瑤臺。」（頁 738）為避免梅字的重覆使用，再次提到梅花時，則以「暗香」代之，為借代的修辭技巧。足見詠梅詞在藝術表現方面的豐富性，以及金元詞人在修辭技巧上的運用自如，而非刻意造作。

四、用典廣博

劉勰《文心雕龍‧事類第三十八》卷八分析用典的方式有二：「昔文王繇《易》，剖判爻位，〈既濟〉九三，遠引高宗之伐，〈明夷〉六五。近書箕子之貞；斯略舉人事，以徵義者也。至若〈胤征〉羲和，陳政典之訓；〈盤庚〉誥民，敘遲任之言；此全引成辭，以明理者也。」一是「略舉人事以徵義」，援引古事以證今情，一是「全引成辭以明理」，引用成辭以明此義，〔註17〕換言之，即化用事典或語典兩種方式。金元詠梅詞呈現的典故運用十分豐富，以下分別就事典及語典羅列之：

（一）詞人常用的事典

（1）藐姑真仙

《莊子‧逍遙遊》：「藐姑射之山，有神人居焉，肌膚若冰雪，綽約若處子。」〔註18〕金元詠梅詞常引用此一典故，形容皚皚白雪覆蓋在梅花枝幹的樣子，猶如女子白皙的肌膚。茲舉例如下：

洪希文〈洞仙歌〉（早梅）：「天寒雲淡，月弄黃昏色。綽約真仙藐姑射。」（頁944）

張雨〈燭影搖紅〉（紅梅）：「姑射肌膚，朝霞散入春風髓。」（頁911）

柯九思〈柳梢青〉（和揚無咎梅詞四首）之二：「姑射論量。漸消冰雪，重試新妝。」（頁1128）

（2）壽陽妝

《太平御覽》卷九七〇引《宋書》：「武帝女壽陽公主，人日臥於含章簷下。梅花落公主額上，成五出之華，拂之不去。皇后留之。自後有梅花妝，後人多效之。」〔註19〕壽陽公主臥於含章簷下，梅花落

〔註17〕梁‧劉勰著《文心雕龍》（臺北：臺灣商務印書館，1967年），頁42、沈謙《修辭學》，頁350。

〔註18〕清‧郭慶藩編，王孝魚整理《莊子集釋》上（臺北：萬卷樓，1993年3月），頁28。

〔註19〕宋‧李昉等奉敕撰《太平御覽》（臺北：臺灣商務印書館，1992年1月）頁4431。

於公主額頭上，竟拂之不去，成為美麗的梅花妝，兩者共同構成梅花美人的形象。茲舉例如下：

張檝失調名（贈梁梅）：「誰知幽谷裏，真有壽陽妝。」（頁 50）

李俊民〈謁金門〉（畫梅）：「偷造化。秀出含章簷下。」（頁 63）

李俊民〈謁金門〉（憶梅）：「誇甚壽陽妝鏡。」（頁 63）

張翥〈疏影〉（王元章墨梅圖）：「怕有人、誤認真花，欲點曉來妝額」（頁 1004）

（3）萼綠仙子

萼綠華之典，見於梁·陶弘景《真誥·運象》卷一：「萼綠華者，自云是南山人，不知是何山也？女子年可二十上下，上下青衣，顏色絕整。」[註20] 詠青梅者，援引萼綠華之典，不僅切合此一品種的梅花顏色特殊，不同於白梅、紅梅，並藉由仙子的特質，更增添綠萼梅的清高脫俗。再者，用典若能運用得當，更有出奇之妙。如沈禧〈鷓鴣天〉詞題為詠紅梅壽守節婦，詞人活用萼綠華典故，將紅梅顏色想像為萼綠仙子飲酒祝壽，以致臉色紅暈：「萼綠仙姝賀誕辰。酡顏暈酒粲朱脣。」詞意具有反常合道之妙。茲舉例如下：

李獻能〈江梅引〉（為飛伯賦青梅）：「萼綠仙姿，高髻碧羅裳。」（頁 51）

元好問〈梅花引〉（同張仲經楊飛卿賦青梅）：「綠華仙萼彩雲間。」（頁 115）

盧摯〈梅花引〉（和趙平原催梅）：「綠華縹緲玉無痕。」（頁 726）

張翥〈疏影〉（王元章墨梅圖）：「縹緲仙姝，飛下瑤臺，淡佇東風顏色。」（頁 1004）

沈禧〈鷓鴣天〉（詠紅梅壽守節婦）：「萼綠仙姝賀誕辰。酡顏暈酒粲朱脣。」（頁 1039）

[註20] 梁·陶宏景《真誥》（臺北：廣文書局，1989 年 12 月），頁 2。

（4）何遜愛梅

　　《古今圖書集成・草木典・梅部記事》卷二百二十二引仇兆鰲注
杜甫詩云：「何遜爲揚州法曹，廨舍有梅樹一株，時吟詠其下。後居
洛，思梅，請再往從之。抵揚，花方盛開，對花徬徨終日。」〔註21〕
足見南朝梁・何遜對梅花情有獨鍾。詞人化用此典以表達自身如同何
遜般喜愛梅花。茲舉例如下：

　　李俊民〈謁金門〉（憶梅）：「說甚揚州詩興。」（頁63）

　　元好問〈鵲橋仙〉（同欽叔欽用賦梅）：「東風容易莫吹殘，暫留與、
　　何郎慰眼。」（頁93）

　　元好問〈點絳脣〉：「西歸後，舊家花柳，誰得何郎瘦。」（頁122）

　　謝應芳〈風入松〉（梅花）：「老我揚州何遜，隴頭誰爲題詩。」（頁1063）

　　元好問〈梅花引〉（同張仲經楊飛卿賦青梅）：「才情似記何郎句，
　　清淚斑斑。寂寞孤村籬落小溪灣。」（頁115）

〔註21〕清・陳夢雷撰《古今圖書集成・草木典》（臺北：文星書店，1964年，
　　　卷222，頁31。

　　按：仇兆鰲所注的詩，應爲杜甫〈和裴迪登蜀州東亭送客逢早梅相憶
　　見寄〉：「東閣官梅動詩興，還如何遜在揚州。」參見唐・杜甫著，清・
　　仇兆鰲注《杜少陵集詳註》（北京：北京圖書館出版社，1999年4月
　　第1版），卷9，頁134。然而細讀其注，並未見《古今圖書集成・草
　　木典》所引的文字。且仇兆鰲對於何遜是否爲法曹？有所質疑，但引
　　南朝梁・何遜詠梅詩，〈揚州早梅詩〉：「兔園標物序，驚時最是梅。銜
　　霜當路發，映雪似寒開。枝橫卻月觀，花繞凌風臺。朝灑長門泣，夕
　　駐臨瓊杯。應知早飄落，故逐上春來。」而未作〈揚州法曹梅花盛開〉。
　　參見唐・杜甫著，清・仇兆鰲注《杜少陵集詳註》，卷9，頁134。
　　關於仇兆鰲疑何遜官職一事，所疑不假。參閱《梁書》，確實未記載
　　何遜任法曹一職。《梁書》云：「何遜……天監中，起家奉朝請，遷
　　中衛建安王水曹行參軍，兼記室。王愛文學之士，日與遊宴，及遷
　　江州，遜猶掌書記。還爲安西安城王參軍事，兼尚書水部郎，母憂
　　去職。服闋，除仁威盧陵王記室，復隨府江州，未幾卒。」參見唐・
　　姚思廉《梁書》（北京：中華書局，1992年11月），頁693。並且王
　　偉勇對於何遜爲揚州法曹一事，也已經有所論斷，曰：「此記載後人
　　每引之，然無可靠依據，《南史》與《梁書》何遜傳均不載。況當時
　　洛陽屬北魏，所謂『居洛陽』語，尤荒謬不實。」參見王偉勇《南
　　宋詞研究》（臺北：文史哲出版社，1987年9月），頁188。

（5）羅浮夢

舊題唐柳宗元《龍城錄》:「隋開皇中,趙師雄遷羅浮。一日天寒日暮,在醉醒間,因憩仆東於松林間。酒肆旁舍,見一女人淡妝素服,出迓師雄。時已昏黑殘雪未消,月色微明,師雄喜之。與之語但覺芳香襲人,語言極清麗。因與之扣酒家門,得數杯,相與共飲。少頃,有一綠衣童子來,笑歌歡舞,亦自可觀。師雄醉寐,但覺風寒相襲,久之東方已白。師雄起視,乃在大梅花樹下,上有翠羽啾嘈,相顧月落參橫,但惆悵而已。」〔註22〕正因為趙師雄所夢的女子為梅花幻化而成,故詠梅詞多見此一典故。在金元詠梅詞中,或直接在詞句道出「羅浮」、「羅浮夢」,或逕就柳宗元所記載羅浮夢予以濃縮入詞。茲舉例如下:

元好問〈蝶戀花〉(同樂舜咨郎中夢梅):「翠羽多情,儘耐風枝裊。」（頁110）

李俊民〈謁金門〉(望梅):「縱有姮娥照管。可惜羅浮夢短。」（頁63）

白樸〈木蘭花慢〉(覃懷北賞梅,同參政西庵楊丈,和奧敦周卿府判韻):「記羅浮仙子,儼微步、過山村。行雲黯然飛去,悵參橫月落夢無痕。翠羽嘈嘈樹杪,玉鈿隱隱牆根。」（頁638）

張弘範〈點絳脣〉(賦梅):「昨夜幽歡,夢裏誰呼去。愁如許。覺來無語。青鳥啼芳樹。」（頁730）

沈禧〈風入松〉(紅梅慶六十壽):「壽筵開處接瀛洲。彷彿見羅浮。」（頁1040）

（6）廣平心似鐵

唐・皮日休《皮子文藪・桃花賦并序》卷一:「余嘗慕宋廣平之為相,貞姿勁質,剛態毅狀。疑其鐵腸石心,不解吐婉媚辭。然觀其文而有梅花賦,清便富豔,得南朝徐庾體,殊不類其為人也。後蘇相公味道得而稱之,廣平之名遂振。嗚呼!以廣平之才,未為是賦,則

〔註22〕周光培編《歷代筆記小說集成・唐代筆記小說》（石家莊:河北教育出版社,1994年）,頁218。

蘇公果暇知其人哉！將廣平因於窮、厄於躓，然強爲是文邪？」〔註23〕
廣平鐵石心腸，然觀之梅花賦卻不類其爲人，多有婉約之語。後人多
用此典以讚嘆梅花之美足以令人感動。茲舉例如下：

　　李俊民〈謁金門〉(寄梅)：「爲問花間能賦客。如何心似鐵。」(頁62)

　　程文海〈千秋歲〉(壽劉中庵)：「春滿面，廣平消得平生賦。」(頁793)

　　吳存〈水龍吟〉(落梅)：「倩何人報與廣平，渠不解心如鐵。」(頁830)

　　洪希文〈洞仙歌〉(早梅)：「問廣平心事竟何如？縱鐵石肝腸，也
　　難賦得。」(頁944)

（7）西湖孤山

　　《宋史》卷四五七：「林逋字君復，杭州錢塘人。少孤，力學，
不爲章句。性恬淡好古，弗趨榮利，家貧衣食不足，晏如也。初放
遊江、淮間，久之歸杭州，結廬西湖之孤山，二十年足不及城市。」
〔註24〕《宋詩鈔·和靖詩鈔》敘林逋有梅妻鶴子之稱：「林逋字君復，
杭之錢塘人。少孤，力學，刻志不仕，結廬西湖孤山，眞宗聞其名，
賜粟帛，歲時勞問。臨終詩有曰『茂陵他日求遺稿，猶喜曾無封禪書。』
時人高其志識，賜諡和靖先生。逋不娶，無子，所居多植梅，蓄鶴，
泛舟湖中，客至則放鶴致之，因謂梅妻鶴子。」〔註25〕金元詠梅詞中
常見西湖、孤山、林逋等詞句，皆化自林逋隱居西湖孤山、植梅蓄鶴
之典。茲舉例如下：

　　李俊民〈洞仙歌〉(謝楊成之寄梅)：「賴故人情重，不減西湖，花
　　上原作一，據張氏研古樓抄本改月，分我黃昏一半。」(頁59)

　　李俊民〈謁金門〉(探梅)：「宜在嫩寒清曉。興比孤山更好。」(頁62)

〔註23〕唐·皮日休撰《皮子文藪》(臺北：臺灣商務印書館，1967年)，頁10。
　　　　宋廣平，即唐名臣宋璟，封廣平郡公。參見後晉·劉昫等撰，楊家
　　　　駱編《新校本舊唐書附索引》(臺北：鼎文書局，1985年3月)，頁
　　　　3029～3037。

〔註24〕元·脫脫等修，楊家駱編《新校本元史并附編三種》(臺北：鼎文書
　　　　局，1983年11月)，頁13432。

〔註25〕清·吳之振等輯《宋詩鈔·宋詩鈔補》，頁74。

盧摯〈蝶戀花〉（春正月八日，借榻劉氏樓居，翌日早起，賦瓶中紅梅，以蝶戀花歌之）：「客子新聲誰聽瑩。孤山快喚林和靖。」（頁726）

（二）詞人常用的語典

（1）《書‧說命下》：「若作和羹，爾惟鹽梅。」《孔傳》：「鹽，鹹；梅，醋。羹須鹹醋以和之。」〔註26〕梅實可以調味，是梅花原本的生長特性，詠梅詞不僅化用此典，並引申爲朝臣輔助君王之意。茲舉例如下：

程文海〈摸魚兒〉（以鴛鴦梅一盆壽程靜山平章）：「和羹眞箇也，莫忘水雲鄉。」（頁789）

程文海〈蝶戀花〉（壽千奴監司十二月朔）：「見說和羹天已許。」（頁790）

許有壬〈清平樂〉（和可行梅竹韻三首之一）：「莫論和羹結實，且看高節停鸞。」（頁980）

（2）《太平御覽》卷九七〇引南朝宋盛弘之《荊州記》：「陸凱與范曄相善，自江南寄梅花一枝，詣長安與曄。並贈花詩曰：『折花逢驛使，寄與隴頭人。江南無所有，聊贈一枝春。』」詠梅詞多援引此典，以寓相思之情，或藉以表達梅花初綻之意，茲舉例如下：

李俊民〈洞仙歌〉（謝楊成之寄梅）：「縱看看驛使，帶得春來，祇恐怕、綠葉成陰子滿。」（頁59）

李俊民〈謁金門〉（慰梅）：「誇誰道江南無所有。一枝先入手。」（頁63）

長筌子〈天香慢〉（梅）：「漏洩前村驛使，喜傳消息。」（頁582）

（3）唐‧李白〈與史郎中欽聽黃鶴樓上吹笛〉詩：「黃鶴樓中吹玉笛，江城五月落梅花。」〔註27〕李白原意爲詠吹笛，梅花落爲笛曲名。後人聽聞吹奏笛曲，所引發的情感，也見於詠梅詞。茲舉例如下：

〔註26〕清‧阮元《十三經注疏附校勘記‧尚書正義》，頁372。
〔註27〕清聖祖御定《全唐詩》，卷182，頁1857。

李俊民〈謁金門〉（賦梅）：「初見花時摘索。再見花時狼藉。詩句眼前拈不出。惱人樓上笛。」（頁 62）

陶宗儀〈月下笛〉（賦落梅）：「阿誰底事頻橫笛，不道是、江南搖落。」（頁 1132）

（4）唐・杜甫〈舍弟觀赴藍田取妻子到江陵喜寄三首〉之二：「巡簷索共梅花笑，冷蕊疏枝半不禁。」[註28] 巡簷索笑不僅是化用杜甫詩句，同樣是擬物為人的修辭技巧，蓋因梅花也會隨人之喜悲而有相同的情感表現，茲舉例如下：

程文海〈鵲橋仙〉（次中庵韻題解安卿盆梅）：「相逢索笑耐尊空，向老瓦盆中自省。」（頁 794）

蒲道源〈滿庭芳〉（南營探梅至梅隱丈□）：「巡簷索笑，重到更徬徨。」（頁 835）

周權〈滿江紅〉（葉梅友八十）：「閒共索，巡簷笑。」（頁 879）

柯九思〈柳梢青〉（和揚無咎梅詞四首）之一：「已堪索笑尋簷，早準備、憐憐惜惜。」（頁 1128）

（5）唐・杜甫〈佳人〉：「天寒翠袖薄，日暮倚修竹。」[註29] 詞人化用杜甫此一詩句，不僅是用典、擬人的修辭技巧表現，最主要是為了賦予梅花美人具有堅定不移的操守。茲舉例如下：

李獻能〈江梅引〉（為飛伯賦青梅）：「翠袖捲紗閒倚竹。」（頁 51）

張埜〈江城子〉（和元復初賦玄圃梅花）：「惟有天寒，翠袖伴朝昏。」（頁 902）

張翥〈六州歌頭〉（孤山尋梅）：「空谷佳人，獨耐朝寒峭，翠袖籠紗。」（頁 997）

張翥〈孤鸞〉（題錢舜舉仙女梅下吹笛圖）：「倚樹仙姬，翠袖暮寒應怯。」（頁 1014）

〔註28〕清聖祖御定《全唐詩》，卷231，頁2541。
〔註29〕清聖祖御定《全唐詩》，卷218，頁2287。

（6）五代・齊己〈早梅〉：「前村深雪裡，昨夜一枝開。」〔註30〕
正因爲「一枝開」，更能切合梅花早於其它花卉綻放的形象。《五代詩
話》即載齊己原作「昨夜數枝開」，鄭谷點定曰：「數枝開非早，不若
一枝佳耳。」因此人稱鄭谷爲一字師。〔註31〕故詞人常化用此典以詠
早梅在皚然霜雪中綻放之景。茲舉例如下：

　李俊民〈謁金門〉（寄梅）：「誰爲尋芳時節，誤了前村踏雪。」（頁62）

　李俊民〈謁金門〉（探梅）：「誰便道，昨夜雪中開了。」（頁62）

　劉秉忠〈點絳脣〉（梅）：「策杖尋芳，小溪深雪前村路。」（頁620）

　張弘範〈點絳脣〉（賦梅）：「春日前村，一枝春徹江頭路。」（頁730）

　邵亨貞〈感皇恩〉（憶梅）：「江畔人家，籬外一枝開早。」（頁1100）

　　（7）宋・林逋〈山園小梅〉詩二首之一：「疏影橫斜水清淺，暗
香浮動月黃昏。」〔註32〕此二句爲林逋詠梅名句，常被後人引用，金
元詠梅詞亦不例外，如：

　李獻能〈江梅引〉（爲飛伯賦青梅）：「璧月浮香。」（頁51）

　李俊民〈謁金門〉（寄梅）：「看取黃昏今後別。暗香浮動月。」（頁62）

　劉秉忠〈點絳脣〉（梅）：「恰破黃昏，一灣新月稍稍共。玉溪流泉。
　時有香浮動。」（頁620）

（三）其它

　　上節已列舉出詞人常用的事典與語典，足見金元詠梅詞的用典豐
富。並且不同詞人即使援引同一典故，無論在詞句安排或詞意表達也
略有不同，更可見金元詞人在引用典故時，並非一成不變。再者，金
元詠梅詞中的部分典故，雖然只有一兩個例證，但也可證明詞人用典
的廣泛與巧妙。茲舉例如下〔註33〕：

〔註30〕清聖祖御定《全唐詩》，卷843，頁9528。

〔註31〕清・王士禎編，鄭方坤補編《五代詩話》（臺北：廣文書局，1970年
　　　　1月），頁849～850。

〔註32〕北京大學古文獻出研究所編《全宋詩》，頁1218。

〔註33〕以下的用典探討不再另外分事典與語典。

（1）唐・顏師古《隋遺錄》卷上：「長安貢御車女袁寶兒，年十五，腰肢纖墮，駭冶多態。帝寵愛之特厚。時洛陽進合蒂迎輦花……帝命寶兒持之，號曰司花女。」〔註34〕故後人用司花以名管理百花之神。元好問援用此典，藉擬梅花獲得東君寵愛，故能綻放芳姿於百花之先：

元好問〈鵲橋仙〉：「未先拈出一枝香，算只是、司花會揀。」（頁93）

（2）唐・柳宗元〈鞭賈〉載，有富家子以五萬錢購一鞭，愛其色黃而有光澤，故以巨額購之。持以誇示於柳宗元，柳宗元遂命僮僕燒湯洗之，鞭之色澤盡失，徒留枯乾蒼白的本色。乃知「嚮之黃者梔也，澤者蠟也。」〔註35〕后因以梔貌蠟言或蠟貌梔言，指偽飾的面貌與言辭。詞人化用此一典故，蓋因蠟梅的顏色特殊，不同於常見的白梅、紅梅，使得詞人懷疑或憐惜蠟梅並非梅花本色，如：

洪希文〈蝶戀花〉（蠟梅）：「蠟貌梔言愁殺我。道伊曾向孤山過。」（頁945）

張翥〈水龍吟〉（鄭蘭玉賦蠟梅，工甚，予拾其遺意補之）：「玉人梔貌堪憐，曉粧一洗鉛華盡。」（頁1008）

（3）宋・張先〈天仙子〉：「沙上並禽池上鳴，雲破月來花弄影。」〔註36〕詞人化用張先詞句，用以形容梅花疏影橫斜的姿態：

李俊民〈謁金門〉（憶梅）：「雲破月來堪弄影。世間無此景。」（頁63）

（4）宋・王安石〈紅梅〉：「春半花纔發，多應不奈寒。北人初未識，渾作杏花看。」〔註37〕杏花原本就是北方常見的花卉，梅花則是自南方之地移植，然而梅、杏的花色、花形極為類似，且梅、杏皆能耐寒，〔註38〕故王安石道北人未能分辨梅、杏之別。金元詞中亦見

〔註34〕唐・顏師古撰《隋遺錄》卷上（北京：中華書局，1991年），卷上，頁1。

〔註35〕柳宗元《柳河東集》（臺北：河洛圖書出版社，1974年12月），頁361。

〔註36〕唐圭璋《全宋詞》，頁70。

〔註37〕北京大學古文獻研究所編《全宋詩》，頁6082。

〔註38〕杏花以黃河流域為分布中心，華北、西北、東北栽培尤盛，花瓣白或稍帶紅暈，圓形至倒卵形，抗旱耐寒。梅花花瓣五枚，常近圓形，

援用此典，如：

李俊民〈謁金門〉（賦梅）：「休道北人渾未識。自然梅有格。」（頁62）

劉敏中〈鵲橋仙〉（盆梅）：「幾回誤作杏花看，被夢裏、香魂喚省。」
（頁771）

李俊民係反用原詩句意，以爲梅格獨特，豈會不識！

（5）宋・阮閱《詩話總龜》引田承君云：「王居卿在揚州，同孫巨源蘇子瞻適相會。居卿置酒曰：『疎影橫斜水清淺，暗香浮動月黃昏。此林和靖梅花詩。然而爲詠杏與桃、李皆可。』東坡曰：『可則可也，但恐杏、李花不敢承當』一座大笑。」〔註39〕詞人引此事以見梅花的高尚：

李俊民〈謁金門〉（歎梅）：「桃杏雖然無藥鑑。承當應不敢。」（頁63）

劉勰《文心雕龍・事類第三十八》卷八以爲用典可以顯現作者的文思才情，更重要的是要能渾然天成，如出己意：「夫山木爲良匠所度，經書爲文士所擇，木美而定於斧斤，事美而制於刀筆，研思之士，無慚匠石矣。贊曰：『經籍深富，辭理遐亙。皛如江海，鬱若崑鄧。文梓共採，瓊珠交贈。用人若己，古來無懵。』」〔註40〕宋・張炎《詞源卷下・用事》也提及詞用典必須自然：「詞用事最難，要體認著體，融化不澀。」〔註41〕藉由上述詞例，可見金元詠梅詞廣泛引用事典與語典，並且是巧妙運用，而不突兀奇怪。最常見的是詞人偶爾化用一、二個典故，更特別的是甚至整闋詞都是以典故貫串而成。張弘範〈點絳脣〉（賦梅）：「春日前村，一枝春徹江頭路。月明風度。清煞西湖句。　昨夜幽歡，夢裏誰呼去。愁如許。覺來無語。青鳥啼芳樹。」（頁730）連續化用語典及事典，齊己〈早梅〉詩、西湖隱士林逋愛

淡粉紅或白色，爲江南花木中較爲耐寒者。參見陳俊愉、程緒珂主編《中國花經》，頁112～113、322。

〔註39〕宋・阮閱編，周本淳校點《詩話總龜》前集（北京：人民文學出版社，1987年8月），頁109。

〔註40〕梁・劉勰著《文心雕龍》，頁43。

〔註41〕宋・張炎撰，夏承燾校注《詞源注》，頁19。

梅賦梅之事、趙師雄羅浮夢一事，三個典故承接自然，不但顯現了詞人的文采，也表達了詞人無論是花香撲鼻時、眼見梅花時、梅花入夢時，都是時時刻刻地喜愛著梅花。

五、借代變化

借用其他名稱或語句，代替通常使用的名稱或語句的修辭方法，是為「借代」。〔註42〕借代的分類龐多，以下僅就事物所在所屬相代，與事物的特徵相代兩方面，〔註43〕探討金元詠梅詞關於借代修辭技巧的運用：

（一）以事物的所在所屬相代

（1）以梅花生長的時節代稱

梅花在霜雪漫天之際綻放，故詠梅詞常以冰、冷字點出梅花生長的時節。雖然在詞句中未直言梅花二字，卻藉由借代的修辭技巧運用，更能表現梅花的特色，使得用字遣詞更富變化。茲舉例如下：

劉秉忠〈點絳脣〉（梅）：「一見冰容，便有西湖趣。」（頁620）

白樸〈秋色橫空〉（詠梅，順天張侯毛氏以太母命題索賦。）：「冰蕤瘦，蠟蔕融。」（頁641）

白樸〈清平樂〉（李仁山檻中蟠桃梅）：「青綾半護冰姿。」（頁646）

姚燧〈洞仙歌〉（對梅）：「疏枝冷蘂，臘前時初破。」（頁738）

陶宗儀〈月下笛〉（賦落梅）：「冰魂漠漠，謾憐金谷離索。」（頁1132）

〔註42〕沈謙《修辭學》，頁312。
〔註43〕沈謙以為借代的種類繁多，約可分為八類，包括以事物的特徵或標幟相代、以事物的所在所屬相代、以事物的作者或產地相代、以事物的資料或工具相代、以事物的部分與全體相代、以特定的事物與普通事物相代、以具體與抽象相代、以事物的原因與結果相代。又如黃慶萱、陳望道對借代的分類也大抵如此。參見黃慶萱《修辭學》（臺北：三民書局，1986年12月），頁253～262、陳望道《修辭學發凡》（臺北：文史哲出版社，1987年），頁85～95、沈謙《修辭學》，頁317～343。
本文只選擇在金元詠梅詞中最常見的借代形式探討之。

姚燧〈江梅引〉（謝王子勉提刑送江梅二首）之二：「冷豔一枝折入手，斷魂遠，相思切，寄與誰。」（頁 738）

朱晞顏〈一萼紅〉（盆梅）：「暖吹調香，冷芳侵夢，一餉消凝。」（頁 857）

（2）以梅花生長的地點代稱

金元詠梅詞常以南枝代指梅花，其次又有北枝的代稱。朱翌〈猗覺寮雜記〉南枝條：「梅用南枝事，共知青瑣〈紅梅〉詩：『南枝向暖北枝寒。』李嶠云：『大庾天寒少，南枝獨早芳。』張方注云：『大庾嶺上梅，南枝落，北枝開。』南唐馮延巳詞云：『北枝梅蕊犯寒開。』則南北枝事，其來遠矣。」〔註44〕可見因生長地的不同，而有南、北枝之稱，南枝與北枝皆為梅花的代稱。茲舉例如下：

蔡松年〈念奴嬌〉（僕來京洛三年未嘗飽見春物。今歲江梅始開，復事遠行。虎茵丹房東岫諸親友折花酌酒於明秀峰下，仍借東坡先生赤壁詞韻，出妙語以惜別。輒亦繼做，致言嘆不足之意。）：「放眼南枝，忘懷樽酒，及此青青髮。」（頁 9）

趙秉文〈滿江紅〉（上清宮蠟梅）：「漸蜂兒、展翅上南枝，風掀綠。」（頁 48）

〔註44〕施蟄存、陳如江《宋元詞話》（上海：上海書店，1999 年 2 月初版），頁 154。

按：

① 檢索清聖祖御定《全唐詩》，未見青瑣〈紅梅〉詩。但見《全唐詩》卷 810，頁 9018，載劉元載妻〈早梅〉一作觀梅女仙詩：「南枝向暖北枝寒，一種春花有兩般。」又《全唐詩》卷 863，頁 9763，載觀梅女仙〈題壁〉蜀州郡閣有紅梅數株，方盛開。有二婦人，高髻大袖，倚闌而觀，題詩於壁：「南枝向暖北枝寒，一種春花有兩般。」

② 〈猗覺寮雜記〉記李嶠：『大庾天寒少，南枝獨早芳。』，原句當為李嶠〈梅〉：「大庾斂寒光，南枝獨早芳。」清聖祖御定《全唐詩》，卷 60，頁 718。

③ 〈猗覺寮雜記〉引馮延巳詞，全句為馮延巳〈玉樓春〉（雪雲乍變春雲簇）：「北枝梅蕊犯寒開，南浦波紋如酒綠。」孔範今《全唐五代詞譯注》（西安，人民出版社，1998 年 10 月），頁 765。

李俊民〈洞仙歌〉（謝楊成之寄梅）：「更選甚、南枝與北枝，是一種春風，待爭寒暖。」（頁 59）

李俊民〈謁金門〉（望梅）：「北枝猶未暖。」（頁 63）

程文海〈菩薩蠻〉（次韻郭安道探梅）：「南北本同枝。先開先得詩。」（頁 793）

劉秉忠〈點絳脣〉（梅）：「句成梅許，折得南枝去。」（頁 620）

許有壬〈清平樂〉（和可行梅竹韻三首）之三：「誰報雲川老子，翠禽先在南枝。」（頁 980）

邵亨貞〈感皇恩〉（憶梅）：「客裏訪南枝，幾番愁惱。」（頁 1100）

柯九思〈柳梢青〉（和楊無咎梅詞四首）之三：「南枝逗暖，乍收漸霰。」（頁 1128）

（二）以事物的特徵相代

關於詠梅詞修辭技巧中借代的運用，除了以事物所在所屬相代之外，又常以事物的特徵相代。分述如下：

（1）花香

以香字代梅，如清香、幽香、寒香、暗香等。〔註45〕其中尤以暗香最常被使用，蓋因受到宋林逋〈山園小梅〉詩二首之一：「疏影橫斜水清淺，暗香浮動月黃昏。」影響，借暗香以代梅花，以暗字點出梅花花香的清淡，並非香氣馥郁，故金元詠梅詞最愛用暗香代指梅花。〔註46〕茲舉例如下：

李俊民〈洞仙歌〉（謝楊成之寄梅）：「暗香無恙否，月落參橫，惆

〔註45〕如白樸〈木蘭花慢〉（覃懷北賞梅，同參政西庵楊丈，和奧敦周卿府判韻）：「滿竹外幽香，水邊疏影，直徹蘇門。」胡祇遹〈木蘭花慢〉：「愛清香疏影，問誰識，歲寒心。」陶宗儀〈一萼紅〉（賦紅梅，次郭南湖韻）：「畢竟孤標還在，縱天桃繁杏，難侶寒香。」唐圭璋《全金元詞》，頁 638、696、1131。

〔註46〕黃麗貞以為前人許多的借代詞，都是經由典故而來。此種透過典故的借代，可以說是比較轉折的修辭手法。參見黃麗貞《實用修辭學》，頁 98。

悵羅浮夢痕短。」（頁 59）

李俊民〈謁金門〉（歎梅）：「休笑詩人冷淡，道盡影疏香暗。」（頁 63）

李俊民〈謁金門〉（夢梅）：「費盡西湖多少句，暗香留不住。」（頁 64）

劉秉忠〈點絳脣〉（梅）：「暗香時度，更在清幽處。」（頁 620）

盧摯〈天仙子〉（用韻和趙平原折贈黃香梅作，並序致政宣慰平遠趙公園館，黃香梅始華，折枝走伻，乃賦樂府天仙子，藉以見餉，用韻和之，聊答盛意。）：「碧彝金雀暗香來，凭竹几。」（頁 726）

姚燧〈江梅引〉（謝王子勉提刑送江梅二首）之二：「年年江上見寒梅，幾枝開，暗香來。」（頁 738）

（2）枝幹

金元詠梅詞以疏影、橫斜的代指梅花，亦如同暗香，緣於宋林逋詠梅詩的影響。程杰分析林逋詠梅詩注意到梅枝，對於詠梅文學的意義：

> 梅花花形小、花期短、色彩淡，視覺效果較薄弱。除了其味微馨、清新宜人外，倒是梅枝條暢秀拔，個性殊異，尤其是其花期無葉，唯疏花點綴其間，更顯出枝幹之疏雅簡勁。因此可以說，梅之香與梅之枝是梅樹自然形態的兩個亮點，也就是說，梅之「疏影」、「暗香」是兩個最具特微的方面。抓住了這兩個方面，才可謂抓住了梅樹形象美的核心。因此說，梅枝美的發現，不僅補足了一個「審梅」視角，更重要的是表明人們對梅花形象美的認識趨於全面，也更為準確。〔註47〕

承上所述，可得知林逋詠梅詩，對於梅枝枝影的留意，使得梅花的形象美趨於完備。金元詠梅詞承襲此點，故常以疏影、橫斜代指梅花。茲舉例如下：

〔註47〕程杰〈梅花的習性、色香、枝幹、品格與德性〉，《成大中文學報》，第 9 期（2001 年 9 月），頁 200。

長筌子〈天香慢〉（梅）：「庾嶺斜橫，秀孤芳，更妙機難測。」（頁 582）

程文海〈摸魚兒〉（壽燕五峯右丞）：「更月曉隈沙，霜清野水，疏影自容與。」（頁 788）

洪希文〈蝶戀花〉（蠟梅）：「千古詩人，總被橫斜惱。」（頁 945）

許有壬〈清平樂〉（和可行梅竹韻三首）之三：「可憐月墮霜飛，不知疏影來時。」（頁 980）

　　宋·沈義父《樂府指迷》以為語句須用代字，以求鍛字鍊句，及避免情感的明白顯露：「鍊句下語，最是緊要。如說桃，不可直說破桃。須用『紅雨』、『劉郎』等字；說柳，不可直說破柳，須用『章臺』、『灞岸』等字。又用事，如曰『銀鉤空滿』，便是書字了，不必更說書字；『玉筯雙垂』，便是淚了。不必更說淚……往往淺學俗流，多不曉此妙用，指為不分曉，乃欲直捷說破，卻是賺人與要曲矣。如說情，不可太露。」〔註48〕然而王國維《人間詞話》則有相反的見解：「詞最忌用替代字。美成〈解語花〉之『桂華流瓦』境界極妙，惜以『桂華』二字代『月』耳。夢窗以下則用代字更多。其所以然者，非意不足，則語不妙也。蓋語妙則不必代，意足則不暇代。此少游之『小樓連苑』、『繡樓雕鞍』所以為東坡所譏也。」〔註49〕筆者以為若能用得適當妥切，借代修辭技巧實能增添遣詞造句的變化，誠如劉秉忠詠梅或言冰芳，或言南枝，或言暗香。即是其例。

第二節　梅花意象的呈現

　　梁·劉勰《文心雕龍·神思第二十六》卷六論述創作的過程，並將意、象合稱為「意象」：

　　　是以陶鈞文思，貴在虛靜，疏瀹五藏，澡雪精神；積學以

〔註48〕宋·沈義父著，蔡嵩雲箋釋《樂府指迷箋釋》（臺北：木鐸出版社，1987 年 7 月），頁 61。

〔註49〕王國維著、滕咸惠校注《人間詞話新注》（臺北：里仁書局，1994 年11 月），頁 35。

> 儲寶，酌理以富才，研閱以窮照，馴致以繹辭。然後使玄
> 解之宰，尋聲律而定墨；獨照之匠，窺意象而運斤，此蓋
> 馭文之首術，謀篇之大端。〔註50〕

創作時，必須心靈澄靜，創作前，要累積學問，如此才能尋聲律與窺
意象用以表情達意、寫作文章，「意象」所指不僅具有某種外在形象，
更是寄託著個人內在之意，亦即象外有意。換言之，意象即文學家在
構思時，以心中之意與外在之物契合組構而成的形象，此一形象即是
內在之「意」與外在之「象」的結合。〔註51〕並且，同樣的外物，不
同的作者感受不同，所呈現的意象也就不一致，如以金元詠梅詞為
例，具有不同的意象，且同一意象中，也有不同的表達方式。

一、美人風韻

詠花文學呈現美人意象，可說是最常見的意象表現。兩者之間的
關聯，已經有學者對此說明，何小顏以為：「花兒以其鮮豔亮麗的色
彩、柔媚多姿的形態、濃淡各宜的馨香，常使人們將人間女子的陰柔
之美與之聯系起來，而這種共性的美的發現和認同，正是人花共喻的
一個基石，並成為世界文學中屢屢運用的描摹手法，即使老調重彈，
套話連篇，人們仍喜聞樂見，不厭其煩。」〔註52〕因此，金元詠梅詞
的意象表現，當然也少不了美人一類，主要藉由梅花色香、梅花花色，
進而觸發詞人對美人的聯想。金元詠梅詞具有美人意象雖然是一種
「老調」，然而進一步值得探討的是金元詠梅詞中美人意象的表現方
式、類型，以使得在老調重彈下顯現新意。

就詠梅詞中美人意象的表現方式而言，詞人喜愛運用擬人技巧以
具體表達美人意象，無論是美人的靜態面貌或動態舉止。如張之翰〈太
常引〉（紅梅）：「醉紅肌骨，豔紅妝束，能有許時新。也待不搖唇。

〔註50〕梁・劉勰《文心雕龍》，頁31。
〔註51〕林淑貞〈〈憶秦娥〉蒼茫悲壯的歷史意象〉，《國文天地》，第19卷第
　　　　2期（2003年7月），頁84。
〔註52〕何小顏《花與中國文化》，頁3～4。

忍孤負、風流玉人。」（頁 720）正是因為紅梅花色是豔麗動人的，令人聯想美人酒醉酣紅的樣態，因此詞人以醉紅、豔紅的語詞，刻意強調紅梅的與眾不同，為最吸引人之處，著眼於美人靜態容貌的描寫。至於美人舉止，如許有壬〈清平樂〉（瓶梅）：「膽瓶溫水。一握春如洗。斗帳怯寒呼不起。嬌滴粉雲香裏。　誰教淺笑輕顰。恰如鏡裡傳神。不用瑤天雪月，眼前瓊樹常新。」（頁 979）詞人藉由怯寒呼不起、淺笑輕顰的動態舉止描述，將梅花含苞欲放的姿態擬人化，更顯得眼前的美人別有嬌羞美，也使得梅花多了一分動態的美感。詞人巧妙運用擬人技巧，使得美人與梅花之間更為貼切，兩者共同烘托出美人意象。又如元好問〈點絳脣〉三：「玉蕊輕明，洗妝偏費春風手。韻香襟袖。別是閨房秀。」（頁 122）梅花盛開，綻放芳香，彷彿是衣襟衣袖散發著高雅香氣的美人，並且洗妝一句，更是將東風吹拂擬人化，猶如為美人梳妝打扮。不僅梅花擬人化了，春風也擬人化，透顯出詞人將自身身處的世界，也投射到萬物的世界。簡單幾句，不僅呈現出美人意象，也使得詠梅詞顯得生動有趣。

　　除了擬人手法的運用，詞人也常化用典故，道出眼前的梅花就正是某位美人的化身。至於選擇的典故，自然要與梅花本身有所配合，如以詞人化用壽陽妝為例，〔註53〕緣於壽陽公主臥於含章簷下，梅花落於公主額上，久而不落，遂成美麗的梅花妝，後人競相仿之。於是梅花與美人緊密扣合，共同形成詠梅詞的美人意象。試看白樸〈秋色橫空〉（詠梅，順天張侯毛氏以太母命題索賦）：「搖落初冬。愛南枝迴絕，暖氣潛通。含章睡起宮妝褪，新妝淡淡半容。冰蕊瘦，蠟蒂融，便自有翛然林下風。」（頁 641）含章睡起宮妝退，表達美人睡醒的淡雅新妝，是用典、虛筆；冰蕊瘦，蠟蒂融，具體表達梅花形狀，是直敘、實寫，因此呈現新妝淡淡的美人意象。

　　再者，詞人也常針對梅花花色，藉由典故，賦予梅花貼切妥當的

〔註53〕凡典故出處，參見本論文〈第五章，第一節寫作技巧的運用〉，此後　　　　不再贅註。

美人意象。如詞人援引藐姑眞仙之典，以其肌膚猶如冰雪，切合梅花花色潔白，並狀白雪覆蓋梅花枝幹上的冰肌玉骨姿態，可說是名副其實的白皙美人。以洪希文〈洞仙歌〉（早梅）爲例：「天寒雲淡，月弄黃昏色。綽約眞仙藐姑射。占得百花頭上，積雪層冰，捱不去，只恁地皚皚白。」（頁944）與上述白樸〈秋色橫空〉（詠梅，順天張侯毛氏以太母命題索賦）表現手法相似，同樣先虛寫，道出姑射神人的風姿綽約，接著實寫，眼前正是白雪霏霏，白梅初綻。又如李獻能〈江梅引〉（爲飛伯賦青梅）：「漢宮嬌額倦塗黃。試新妝。立昭陽。萼綠仙姿，高髻碧羅裳。」（頁51）同樣是化用典故，爲契合詞題賦青梅，運用萼綠仙子的典故，於是形成衣著青衣的美人意象，並以倦塗黃、試新妝，以凸顯青梅品種的特別。

綜上所述，可得知美人意象的表現方式，多爲擬人手法、典故化用。繼之，要探討美人意象的表現類型。在上段論述中，已經提到幾位在詠梅詞中常見的美人，即藐姑眞仙、壽陽公主、萼綠仙子，此外，詠梅詞美人意象還有其他的美人類型：

（一）神仙美人

依據顏崑陽〈試論宋詞中三個梅花意象〉以爲：「梅花與美人、神仙的綰合，似乎是一併出現的。因爲梅花不但『美』，而且『逸』，只有超凡脫俗的仙女才堪比擬。」〔註54〕反觀廖雅婷《宋代梅花詞研究》的意象分析中，分別論述美人意象與神仙意象，然而就其所列舉的神仙意象，包括姑射神人、羅浮梅花仙子、萼綠仙子、月中仙子，〔註55〕不但是飄逸的神仙，也是美人，可藉以證明顏崑陽的論點。換言之，詠梅詞的神仙意象實則可以並列於美人意象，兩者未必截然二分，亦即美人意象的類型中，多有神仙特質。同樣地，在金元詠梅詞

〔註54〕顏崑陽《古典詩文論叢‧試論宋詞中三個梅花意象》（臺北：漢光文化公司，1983年4月），頁126。

〔註55〕蔡榮婷指導，廖雅婷《宋代梅花詞研究》（嘉義：國立中正大學中國文學研究所碩士論文，2003年6月），頁430～436。

中美人意象的表現類型，也多具有仙人特質，除了藐姑眞仙、萼綠仙
子、羅浮梅花仙子之外，〔註56〕另有：

（1）蕊珠仙子

趙秉文〈滿江紅〉（上清宮蠟梅）：「傑觀雄樓，相照映、此花幽獨。
誰解識、蕊珠仙子，道家裝束。蠟蒂紫苞融燭淚，檀心淺暈圍金粟。
漸蜂兒、展翅上南枝，風掀綠。」（頁 48）

「上清」爲道家所稱的神仙居處，道觀多用「上清」命名，上清宮的
蠟梅彷彿也多了一分仙人氣質；蕊珠宮爲道家所稱的仙宮，以蕊珠仙
子比擬上清宮的蠟梅，足以相稱上清宮蠟梅的仙人氣質，如此顯現的
美人意象更是超塵出俗。

（2）洛浦神仙、巫山神女

王結〈蝶戀花〉（戲題梅圖）：「江上路，春意到橫枝。洛浦神仙臨
水立，巫山處子入宮時。皎皎澹豐姿。」（頁 876）

洛浦神仙，北魏酈道元《水經注・洛水》卷十五記載：「昔王子晉
好吹鳳笙，招延道士，與浮丘同游伊洛之浦，含始又受玉雞之瑞端
於此水，亦洛神宓妃之所在也。」〔註57〕巫山處子，戰國楚宋玉〈高
唐賦〉曰：「昔者先王嘗遊高唐，怠而晝寢，夢見一婦人，曰：『妾，
巫山之女也，爲高唐之客，聞君遊高唐，願薦枕席。」〔註58〕一人
爲水中神仙，一人是山中仙女，正相應宋・范成大《梅譜》所云江
梅處於「山間水濱」，具有荒寒清絕之趣。〔註59〕因此詞人選擇洛
浦神仙與巫山處子的典故，形成梅花的美人意象，不僅表達了梅花
的美麗與超逸，也可見詞人化用典故的別有用心。

〔註56〕關於此三者的詞例，屬於較常見，此處不再贅述。
〔註57〕後魏・酈道元撰，清・戴震校《水經注》（臺北：世界書局，1978 年
　　　5 月），頁 199。
〔註58〕清・陳元龍輯《歷代賦彙》（北京：北京圖書館出版社，1999 年 11
　　　月），頁 697。
〔註59〕宋・范成大撰，孔凡禮點校《范成大筆記六種》，頁 254。

（3）瑤臺仙子

姚燧〈江梅引〉（謝王子勉提刑送江梅二首）之二：「年年江上見寒梅。幾枝開。暗香來。疑是月宮，仙子下瑤臺。」（頁738）

張埜〈江城子〉（和元復初賦玄圃梅花）：「玉堂深處護仙真。怕京塵。染芳魂。一種清香，占斷百花春。只恐東君偏愛惜，桃與李，卻生瞋。」（頁902）

詞人筆下的梅花，不僅是美人、是仙子，並且連梅花栽種的地方，也是人間仙境。

（二）歷史美人

上述所列舉的美人意象，可歸之於神仙美人。再者，詠梅詞美人意象的表現類型，也包含了歷史美人。誠如顏崑陽以爲宋詞中，以美人喻花的寫法，其中之一是從歷史故實聯想。〔註60〕就廖雅婷《宋代梅花詞研究》所論述的美人意象而言，全是歷史美人，包括壽陽公主、西施、王昭君、徐妃、潘妃、楊貴妃、梅妃。〔註61〕至於金元詠梅詞美人意象中的歷史美人，與宋代詠梅詞相比，金元詠梅詞顯得較不豐富，除了壽陽公主之外，還有徐妃。關於壽楊公主的詞例，較爲常見，此處不再重覆舉證，關於徐妃的詞例如下：

吳存〈水龍吟〉（落梅）：「莫恨玉妃渾老，半面妝風流仍絕。」（頁830）

《南史·后妃下》卷十二：「元帝徐妃諱昭佩，東海郯人也……季江每嘆曰：『柏質狗雖老猶能獵，蕭溧陽馬雖老猶駿，徐娘雖老猶尚多情。』」〔註62〕以半面妝之典詠梅，著重在藉用徐妃半老風韻猶在，以喻梅花歷經歲寒，依舊風流仍在。

（三）一般佳人

金元詠梅詞美人意象的表現類型，除了神仙美人、歷史美人之

〔註60〕顏崑陽《古典詩文論叢·試論宋詞中三個梅花意象》，頁123。

〔註61〕廖雅婷《宋代梅花詞研究》，頁392～407。

〔註62〕唐·李延壽撰，楊家駱編《新校本南史附索引》（臺北：鼎文書局，1981年1月），頁341～342。

外，還有一類可稱之為一般佳人。此類不同於神仙美人，是美人並且是超群脫俗的仙人；也不同於歷史美人，史傳記載真有其人。詞人只是藉由單純地描述佳人的穿著打扮或神情動作，以表達梅花的欲開、盛開的姿態，於是佳人與梅花自然地形成美人意象。舉例如下：

張之翰〈太常引〉（紅梅）：「醉紅肌骨，豔紅妝束，能有許時新。也待不搖唇。忍孤負、風流玉人。」（頁720）

許有壬〈清平樂〉（瓶梅）：「膽瓶溫水。一握春如洗。斗帳怯寒呼不起。嬌滴粉雲香裏。　誰教淺笑輕顰。恰如鏡裡傳神。不用瑤天雪月，眼前瓊樹常新。」（頁979）

陶宗儀〈一萼紅〉（賦紅梅，次郭南湖韻）：「又南枝逗暖，綽約漢宮粧。春豔濃分，朱鉛淺試，翠袖獨倚修篁。」（頁1131）

元好問〈點絳唇〉三：「玉蕊輕明，洗妝偏費春風手。韻香襟袖。別是閨房秀。」（頁122）

盧摯〈蝶戀花〉（春正月八日，借榻劉氏樓居，翌日早起，賦瓶中紅梅，以蝶戀花歌之）：「冰褪鉛華臨雪徑。竹外清溪，拂曉開妝鏡。」（頁726）

盧摯〈天仙子〉（用韻和趙平原折贈黃香梅作，並序致政宣慰平遠趙公園館，黃香梅始華，折枝走伻，乃賦樂府〈天仙子〉，藉以見餉，用韻和之，聊答盛意）：「半額淡粧鸎影翠。約略玉人新病起。」（頁726）

張翥〈六州歌頭〉（孤山尋梅）：「空谷佳人，獨耐朝寒峭，翠袖籠紗」（頁997）

張翥〈江城梅花引〉（九日杏梅同開，汪國才折以請賦）：「玉兒睡起帕蒙頭。更嬌柔。見郎羞。」（頁1015）

張翥〈東風第一枝〉（憶梅）：「佳人寒怯，誰驚起、曉來梳掠。」（頁1011）

謝應芳〈風入松〉（梅花）：「風塵不染素羅衣。脈脈倚柴扉。」（頁1063）

陶宗儀〈月下笛〉（賦落梅）：「有時巧綴雙蛾綠，天做就、宮妝綽約。」（頁 1132）

　　雖然將上述美人意象的表現類型歸類爲一般佳人，然而仔細探究，也可以發現不平凡之處。就張翥〈六州歌頭〉（孤山尋梅）：「空谷佳人，獨耐朝寒峭，翠袖籠紗」（頁 997）與謝應芳〈風入松〉（梅花）：「風塵不染素羅衣。脈脈倚柴扉。」（頁 1063）而言，兩人所勾勒的美人意象，是著重在美人的品格。亦即梅花不畏冰雪而綻放，因此所顯現的美人意象是「耐朝寒峭」、冰清玉潔的佳人；梅花喜於山間水濱綻放，因此所顯現的美人意象是「風塵不染」、孤高堅貞的佳人。又如盧摯〈天仙子〉（用韻和趙平原折贈黃香梅作，並序致政宣慰平遠趙公園館，黃香梅始華，折枝走伻，乃賦樂府〈天仙子〉，藉以見餉，用韻和之，聊答盛意）（頁 726）上片將梅花擬作美人淡施脂粉的模樣，下片「羞澀蠟痕無意味。儘縱絳英爭嫵媚。中州風韻到南枝，歸潁計。紉蘭佩。日暮對花愁欲醉。」道出梅花本身自有特別的風韻，不需要與其它花卉爭奇鬥豔。詞人紉秋蘭爲佩，才足以與梅花相伴，未嘗不也是道出梅花品格純潔高尚。此外，李獻能〈江梅引〉（爲飛伯賦青梅）雖然運用萼綠仙姿的典故，以襯托青梅的不凡打扮，有別於平凡的佳人，但是下半闋也寫美人的精神：「冰肌夜冷滑無粟，影轉斜廊。」（頁 51）夜晚寒氣襲人，寒涼刺骨，美人肌膚依舊光滑無粟，引申爲美人的不輕易改變的堅貞志節。在外貌的描寫外，並重精神人格，更豐富了美人意象。

　　金元詠梅詞意象中的美人風韻，就表現方式而言，以擬人、用典爲主；表現類型則可分爲三類，一是神仙美人，包括藐姑眞仙、萼綠仙子、羅浮梅花仙子、蕊珠仙子、洛浦神仙、巫山處子、瑤臺仙子；二是歷史美人，以壽陽公主與徐妃爲主，三是一般佳人，描寫或側重美人的外貌舉止，或側重美人的品格節操。

二、隱士標格

　　詠梅詞隱士意象形成的原因，就梅花本身身處的自然環境的而言，顏崑陽以為「從時間上來說，它開在殘臘初春之際，這時，各種花都還未開，因此梅花在大地舞台上，展現了一種遠絕繁鬧，冷寂自處的精神。從空間上說，野生的梅花都長在高山幽谷、水驛荒村。因此，它又表現出一種遠離塵俗，孤獨不群的精神。而冷寂自處、孤獨不群，正是隱逸精神的表徵。」〔註63〕換言之，因為梅花生長時地的自然特徵，如同隱士般，冷寂自處、孤獨不群，梅花外在的象，與詞人欲表達的意正能切合，於是梅花就被賦予了隱士意象。然而梅花生長時地的自然特徵，並不僅只於影響詠梅詞隱士意象的形成，在描寫美人意象時，也同樣影響詞人對美人品格的聯想。〔註64〕總之，梅花生長的時地，原本只是植物生長的自然表現，透過詞人加諸自我情感之後，已提升到詞人對人格精神、處世態度的表達。

　　此外，構成詠梅詞美人意象的關鍵，在於詞人將梅花的美與女子的美相聯系，詞人對梅花的注意主要停留在花的形狀、花的顏色，因此有「冰葩瘦，蠟蒂融」、「蠟蒂紫苞融燭淚，檀心淺暈團金粟」等語，至於詠梅詞的隱士意象，在於詞人對梅花枝幹、枝影的感發。梅花是先葉而開，有別於其它植物生長時的繁葉交錯，〔註65〕范成大《梅譜》記云：「梅以韻勝，以格高，故梅以橫斜疏瘦老枝怪奇者為貴」〔註66〕雖然梅花的橫斜疏瘦、老枝怪奇自有一番格調韻味，卻不易與美人的

〔註63〕顏崑陽《古典詩文論叢・試論宋詞中三個梅花意象》，頁129。
〔註64〕以張翥〈六州歌頭〉（孤山尋梅）：「空谷佳人，獨耐朝寒峭，翠袖籠紗」（頁997）與謝應芳〈風入松〉（梅花）：「風塵不染素羅衣。脈脈倚柴扉」（頁1063）為例，參見本論文關於美人風韻的論述。
〔註65〕各類花卉中，先葉開放者，又如桃花。然而桃花除了代表陶淵明的純潔仙境外，大多使人興起情色的想像，因此隱士意象還是較適宜出現在詠梅詞中。植物生長特徵，參見簡錦玲《詩情花意——中國花卉事典》（臺北：大樹文化公司，2003年10月），頁18、22。文人眼中的桃花，參見黃永武《中國詩學——思想篇・古典詩中的桃與柳》，頁36～37。
〔註66〕宋・范成大撰，孔凡禮點校《范成大筆記六種》，頁258。

溫柔、嬌媚的美相襯，孤枝、疏影是梅花枝幹的自然樣態，反而與孤獨自處的隱士最能相應，遂構成隱士意象。

對梅花枝幹的形容，並非始於林逋。試看梁元帝〈詠梅〉云：「人懷前歲意，花發故年枝。」北周・庾信〈梅花〉云：「樹動懸冰落，枝高出手寒。」〔註67〕唐・崔道融〈梅〉云：「溪上寒梅初滿枝，夜來霜月透芳菲。」〔註68〕上述詩句，都有描寫梅花枝幹，只是單純地表達自然物象的形態，是故年枝、是枝高、是梅花滿枝，林逋也詠梅的枝幹，卻足以影響後世的詠梅文學。歐純純以為林逋除了歌詠梅花的香味之外，梅枝、梅影亦成為觀照對象，用「疏」字、「影」字，為梅枝增加了孤寂感；以「孤芳」、「孤根」來指稱梅花，不僅代表梅花在嚴寒酷冬中自開自落的的孤獨、孤靜義、也有耐寒不屈的孤獨義，充份展現梅花在詩人心目中的特殊意含。同時林逋隱士的身分，使梅花與隱士結合，更增加了梅花的意象內涵。〔註69〕相較於梁元帝等人的詠梅詩句，試看林逋詠梅，〈梅花〉三首之三云：「湖水倒窺疏影動，屋簷斜入一枝低。」、〈山園小梅〉二首之一云：「疏影橫斜水清淺，暗香浮動月黃昏。」、〈梅花〉二首之二云：「孤根何事在柴荊，村色仍將臘候并。」〔註70〕林逋更著重梅花孤枝、疏影的表現，除了是梅花的自然物象，孤與疏同時也與詩人的情感相應，隱居避世，孤獨自處。因此林逋詠梅詩不同於前人，形成了隱士意象，真正開展了詠梅的新視角。

上述梅花生長的時地、林逋詠梅視角的開展，是構成詠梅詞隱士意象的自然因素與文學因素。繼之，金元文人身處的時代環境，也使

〔註67〕梁元帝詩，見明・張溥輯《漢魏六朝百三名家集》（臺北：文津出版社，1979年8月），冊5，頁3589。庾信詩，見明・張溥輯《漢魏六朝百三名家集》，冊6，頁4907。

〔註68〕清聖祖御定《全唐詩》，卷714，頁8207。

〔註69〕歐純純〈林和靖詠梅詩對後世相關詩題創作的影響〉，《東海大學文學院學報》，第44卷（2003年7月），頁91、94。

〔註70〕依序參見北京大學古文獻出研究所編《全宋詩》，頁1218、1218、1243。

得他們常於文學作品中吐露隱逸情懷。﹝註71﹞造成金元詞常見文人抒發個人隱逸之情，蓋導因於異族統治、仕途受挫。金朝的人才選拔制度主要可分爲兩類，一是蔭襲和軍功入仕，一是由唐、宋延襲下來的科舉制度。前者是作爲一個少數民族政權爲保護本民族特權而採用的手段，而後者則是漢化的典型體現。然而金朝力行科舉，主要目的是爲了網羅漢族文士以更方便地治理漢地，﹝註72﹞是籠絡漢人的一種方式，如《金史・太宗紀》卷三云：「河北、河東郡縣職員多闕，宜開貢舉取士，以安新民。」﹝註73﹞又根據《金史・選舉志》卷五十一記載：「遼起唐季，頗用唐進士法取人，然仕於其國者，考其致身之所自，進士纔十之二三耳。金承遼後，凡事欲軼遼世，故進士科目兼採唐、宋之法而增損之。其及第出身，視前代特重，而法亦密焉。若夫以策論進士取其國人，而用女直文字以爲程文，斯蓋就其所長以收其用，又欲行其國字，使人通習而不廢耳……金設科皆因遼、宋制，有詞賦、經義、策試、律科、經童之制。海陵天德三年，罷策試科。世宗大定十一年，創設女直進士科，初但試策，後增試論，所謂策論進士也。明昌初，又設科舉宏詞科，以待非常之士。故金取士之目有七焉。」﹝註74﹞金朝承襲唐、宋制實行科舉取用漢人儒士，也設立女眞進士科，可見金人爲統治比自己文明更高的民族，也積極培育本族人才。

﹝註71﹞ 關於隱逸情懷，不僅在元詞（以元詠梅詞爲主）中常見，在元散曲、元詩中也是如此。

根據王忠林統計，依隋樹森《全元散曲》收二百一十二位曲家（另有無名氏作品）中，有七十八位曲家有隱逸思想的作品，佔全元曲家的三分之一。這七十八位曲家中，總共有三千七百九十九篇作品，其中有九百五十篇作品，是表現隱逸思想，約占四分之一。參見王忠林《元代散曲論叢》（臺北：文津出版社，1997 年 1 月），頁 33。關於元詩，包根弟分析元詩特色，其中一類就是多山林田園的退隱思想。參見包根弟《元詩研究》（臺北：幼獅文化公司，1978 年 1 月），頁 48。

﹝註72﹞ 陶然《金元詞通論》（上海：上海古籍出版社，2001 年 7 月），頁 134。

﹝註73﹞ 元・脫脫等撰，楊家駱編《新校本金史并附編七種》（臺北：鼎文書局，1985 年 6 月），頁 57。

﹝註74﹞ 元・脫脫等撰，楊家駱編《新校本金史并附編七種》，頁 1129～1131。

再者，漢人為官，是被異族統治者所利用。如蔡松年，《金史·
蔡松年傳》卷一二五云：『海陵謀伐宋，以松年家世仕宋，故亟擢顯
位以聳南人觀聽，遂以松年為賀宋正旦使。』〔註75〕即使蔡松年身居
高位，仍要擔憂不被金朝統治者信任，隨時憂心個人生死：「初，海
陵愛宋使人山呼聲，使神衛軍習之。及孫道夫賀正隆三年正旦，入見，
山呼聲不類往年者。道夫退，海陵謂宰臣曰：『宋人知我使神衛軍習
其聲，此必蔡松年、胡礪泄之。』松年惶恐對曰：『臣若懷此心，便
當族滅。』」〔註76〕深受金人重用的蔡松年，尚且如此，故在《明秀
集》中常見蔡松年高唱倦游歸去，更遑論其它漢人的仕宦之途，因而
歸隱者不在少數，《金史·隱逸傳》卷一二七所記載的更是不屑仕進，
歸隱山林者，如：「褚承亮字茂先，真定人。宋蘇軾自定武謫官過真
定，承亮以文謁之，大為稱賞……天會六年，斡離不既破真定，拘籍
內進士試安國寺，承亮名亦在籍中，匿而不出。軍中知其才，嚴令押
赴，與諸生對策。策問：『上皇無道、少帝失信』舉人承風旨，極口
詆毀。承亮詣主文劉侍中曰：『君父之罪豈臣子所得言耶。』長揖而
出。」〔註77〕「杜時昇字進之，霸州信安人。博學知天文，不肯仕進……
隱居嵩、洛山中，從學者甚眾。」〔註78〕所錄隱士雖然只有十二人，
實際情況想必不只如此。

元之隱士亦多矣，〔註79〕莫不由於士人地位低落，仕進之門狹
窄所致。眾所皆知，元代有九儒十丐之說，係出南宋遺民謝枋得《疊
山集·送方伯載歸三山序》卷六記：「滑稽之雄，以儒為戲者曰：『我
大元制典，人有十等：一官二吏，先之者貴之也；貴之者，謂其有益

〔註75〕元·脫脫等撰，楊家駱編《新校本金史并附編七種》，頁 2716。
〔註76〕此時蔡松年已位居左丞，封郜國公。參見元·脫脫等撰，楊家駱編
　　　《新校本金史并附編七種》，頁 2716。
〔註77〕元·脫脫等撰，楊家駱編《新校本金史并附編七種》，頁 2748。
〔註78〕元·脫脫等撰，楊家駱編《新校本金史并附編七種》，頁 2749～2750。
〔註79〕語見《元史·隱逸傳》卷 199，參見明·宋濂等撰，楊家駱編《新校
　　　本元史并附編二種》（臺北：鼎文書局，1981 年 3 月），頁 4473。

於我國也。七匠八娼、九儒十丐，後之者賤之也；賤之者，謂其無益於國也。嗟呼，卑哉！介乎娼之下、丐之上者，今之儒也。』」〔註80〕與南宋遺民鄭思肖《鐵函心史・大義略序》卷下云：「韃法：一官、二吏、三僧、四道、五醫、六工、七獵、八民、九儒十丐，各有所統轄。」〔註81〕二者之說不見於正史，今人多疑其真實性。〔註82〕然而元代士人地位較宋代低落，也是不爭的事實。

　　元代雖然設立科舉，卻不是定制，《元史卷・選舉志》卷八十一記載元初，太宗採耶律楚材之言，以科舉取士，之後未再施行，歷經七十七年，直至仁宗才斟酌舊制，並訂定蒙古、色目人；漢人、南人不同考試科目的科舉考試制度。〔註83〕科舉未能成定制，使得向來以

〔註80〕宋・謝枋得《疊山集》（臺北：臺灣商務印書館，1966 年 10 月），頁 3。

〔註81〕宋・鄭思肖《鐵函心史》（臺北：世界書局，1965 年 4 月），頁 78。

〔註82〕苟人民以為九儒十丐是一種流傳很廣的說法，應該是反映了一定程度的社會真實，但是將儒士排在娼妓與乞丐之間，地位之低令人難以相信，作出這樣的判斷，不知時人依據何者。參見苟人民《雅美風俗之金元俗趣・一代儒士的倫落》（臺北：雲龍出版社，1996 年 1 月初版），頁 2。蕭啓慶以為謝、鄭二氏原是宋遺民中有民的激進派，一方面哀故國的淪亡，另一方面悼衣冠的沉喪，作此言論，實屬語出過激。參見蕭啓慶《元代史新探》（臺北：新文豐，1983 年 6 月），頁 4。

〔註83〕《元史・選舉志》卷八十一曰：「元初，太宗始得中原，輒用耶律楚材言，以科舉選士。世祖既定天下，王鶚獻計，許衡立法，事未果行。至仁宗延佑間，始斟酌舊制而行之，取士以德行為本，試藝以經術為先，士襃然舉首應上所求者，皆彬彬輩出矣。」參見明・宋濂等撰，楊家駱編《新校本元史并附編二種》，頁 2015。
　　關於元初科舉取士，可參見：
　　《元史・選舉志》卷八十一曰：「太宗始取中原，中書令耶律楚材請用儒術選士，從之。九年秋八月，下詔命斷事官朮忽□與山西東路課稅所長官劉中，歷諸路考試。以論及經義、詞賦分為三科，作三日程，專治一科，能兼者聽，但以不失文義為中選。其中選者，復其賦役，令與各處長官同署公事。得東平楊英（奐）等凡若干人，皆一時名士，而當世或以為非便，事復中止。」參見明・宋濂等撰，楊家駱編《新校本元史并附編二種》，頁 2017。
　　《元史・耶律楚材傳》卷一四六也有相關記載：「丁酉，楚材奏曰：

學而優則仕，仕則行所學〔註84〕爲人生出處選擇的漢族士人，成爲學

『制器者必用良工，守成者必用儒士。儒臣之事業，非積數十年，殆未易成也。』帝曰：『果爾，可官其人。』楚材曰：『請校試之。』乃命宣德州課使劉中隨郡考試，以經義、詞賦、論分爲三科，儒人被俘爲奴者，亦令就試，其主匿弗遣者死。得士凡四千三十人，免爲奴者四之一。」參見明・宋濂等撰，楊家駱編《新校本元史并附編二種》，頁 3461。

關於仁宗延祐間科舉取士，可參見：

《元史・選舉志》卷八十一記載仁宗皇慶二年十一月，下詔曰：「惟我祖宗以神武定天下……次年二月會試京師，中選者朕將親策焉。具合行事宜於後……考試程式：蒙古、色目人，第一場經問五條，《大學》、《論語》、《孟子》、《中庸》內設問，用朱氏章句集註。其義理精明，文辭典雅者爲中選。第二場第一道，以時務出題，限五百字以上。漢人、南人，第一場明經經疑二問，《大學》、《論語》、《孟子》、《中庸》內出題，並用朱氏章句集註。復以己意結之，限三百字以上；經義一道，各治一經，《詩》以朱氏爲主；《尚書》以蔡氏爲主；《周易》以程氏、朱氏爲主，以上三經，兼用古註疏，《春秋》許用《三傳》及胡氏《傳》，《禮記》用古註疏，限五百字以上，不拘格律。第二場古賦詔誥章表內科一道，古賦詔誥用古體，章表四六，參用古體。第三場策一道，經史時務內出題，不矜浮藻，惟務自述，限一千字以上成。」》參見明・宋濂等撰，楊家駱編《新校本元史并附編二種》，頁 2019。

按：太宗（1229 年～1245 年），元初行科舉在 1237 年；仁宗（1312年～1320 年），下詔復行科舉在皇慶二年（1313 年），眞正實行是在延祐元年（1314 年）。

世祖（1260～1279），始建年號，世祖元年，爲中統（1260 年），故太宗時尚未有年號。

參見華世出版社編《中國歷年紀年表》（臺北：華世出版社，1978 年1 月初版），頁 126～131。

參見張子良《金元詞述評》（臺北：華正書局，1979 年 7 月出版），頁 280～282。（按：張子良作太宗九年秋九月行科舉，以及仁宗元年秋八月復行科舉。月份所載，當爲訛誤。）

〔註84〕「學而優則仕」，語出《論語・勸學》卷十九，子夏曰：「仕而優則學，學而優則仕。」，參見清・阮元《十三經注疏附校勘記・論語注疏》，頁 5500。

「仕而行所學」，語出《元史卷一九九・隱逸傳》：「古之君子，負經世之學，度時不可爲，故高蹈以全其志。使得其時，未嘗不欲仕，仕而行所學，及物之功豈少哉。」參見明・宋濂等撰，楊家駱編《新校本元史并附編二種》，頁 4473。

而無用，社會地位當然驟降。

元代統治者並未完全封閉仕進之路，漢人地位畢竟卑下，《元史‧百官志一》卷八五曰：「官有常職，位有常員，其長則蒙古人爲之，而漢人、南人貳焉。」〔註85〕近人蕭啓慶進一步分析元代官員的登庸制度，是造成元代士人沮喪的原因，武官端賴世襲；文職則以蔭補爲主，制舉、保舉爲輔。世襲和蔭補乃是以家庭背景，也就是所謂「根腳」爲主要評準，和學問全無關係。凡在蒙古建國、伐金、滅宋過程中立下功勛的蒙古、色目、漢人家庭，便是「大根腳」之家，世享蔭襲特權，壟斷了絕大部份五品以上的職位，保舉有賴於達官貴人的援引；至於制舉，學問雖爲一考慮因素，但人數寥寥，僅有名滿天下的碩儒名士如劉因、趙孟頫、吳澄等，才能獲此特達之遇，一般儒士無緣問津。一般儒士由於根腳既小，又乏援引，又無籍籍聲名，而且大多數爲種族階級制度下最受歧視的南人，主要出路有二，一是充任胥吏；一是擔任地方學校的儒學教官。無論由吏進或以學官進，大多數的士人都必須永沉下僚，位居人下。〔註86〕再者，即使面對碩儒名士，也有持輕蔑態度者。如受世祖拔擢的趙孟頫，〔註87〕也曾遭受笞刑，《元史‧趙孟頫傳》卷一七二云：「桑哥鐘初鳴時即坐省中，六曹官後至者，則笞之，孟頫偶後至，斷事官遽引孟頫受笞，孟頫入訴於都堂右丞葉李曰：『古者刑不上大夫，所以養其廉恥，教之節義，且辱士大夫，是辱朝廷也。』」〔註88〕遭受笞刑對儒者而言，是極大的羞

〔註85〕明‧宋濂等撰，楊家駱編《新校本元史并附編二種》，頁2120。
〔註86〕蕭啓慶《元代史新探》（臺北：新文豐，1983年6月），頁26～33。
〔註87〕《元史》載：「孟頫幼聰敏，讀書過目輒成誦，爲文操筆立就。年十四，用父廕補官，試中吏部銓法，調眞州司戶參軍。宋亡，家居，益自力於學。至元二十三年，行台侍御史程鉅夫奉詔搜訪遺逸於江南，得孟頫，以之入見。孟頫才氣英邁，神采煥發，如神仙中人，世祖顧之喜，使坐右丞葉李上。或言孟頫宋宗室子，不宜使近左右，帝（世祖）不聽。時方立尚書省，命孟頫草詔頒天下，帝覽之，喜曰：『得朕心之所欲言者矣。』」明‧宋濂等撰，楊家駱編《新校本元史并附編二種》，卷172，頁4018。
〔註88〕明‧宋濂等撰，楊家駱編《新校本元史并附編二種》，頁4019～4020。

辱,與宋代士人相比,宋代繼承古來刑不上大夫的傳統,品官及其家人犯法,可以免杖,又可以免官贖罪,〔註89〕相較之下,更可見元代士人地位的低落。對於碩儒名士尚且如此,更有甚者,對於蒙古人與漢人的爭執,元代刑法竟明令漢人無須上報官府。〔註90〕

綜上所述,無論金元,文人處於異族統治、民族歧視、仕途未遂的時代環境中,在仕與隱之間,選擇歸隱林泉必是蔚然成風,因此當詞人面對山間水濱、孤寂自處的梅花,猶如與自己相應,於是更加凸顯詠梅詞的隱士意象。

相較於詠梅詞的美人意象,詞人大多喜於運用擬人手法,以表現美人的婀娜多姿,至於詠梅詞隱士意象的表現,往往直鋪陳述,更著重人格精神的表達。如前文論述梅花隱士意象形成要素之一,梅花開在殘臘初春之際,早於其它花卉綻放,展現了冷寂自處的精神,猶如隱士般,詞人透過直接道出梅花不畏冰雪,方能具體展現梅花隱士意象。如周權〈滿江紅〉(葉梅友八十):「試問梅花,自逋仙後知音多少。還又向、石林深處,結清邊友。心事歲寒元不改,一生清白堪同守。歷冰霜、老硬越孤高,精神好。」(頁 879)老硬孤高,不僅道出梅花不畏霜雪,以及梅花枝幹清癯之樣,也是隱士清高脫俗的風標。

再者,前文論述林逋開展了詠梅的視角,透過對孤枝、疏影的描寫,豐富了梅花的隱士意象,金元詠梅詞也是承襲此點,且看白樸〈木蘭花慢〉(復用前韻,代友人宋子治賦):「誰堪歲寒為友,伴仙姿、孤瘦雪霜痕。翠竹森森抱節,蒼松落落盤根。」(頁 638)魏初〈太常引〉(黨氏園亭紅梅,次徐子方韻):「亭亭清瘦阿誰鄰。合占了、百花春。蜂蝶漫成羣。只山月、澹煙最親。」(頁 706)兩者皆著眼於對梅花枝幹的吟詠,以形成梅花的隱士意象。同時由於林逋本身是

〔註89〕蕭啟慶分析宋代士人之所以是最受優遇者,其中一項因素是刑罰的寬容。參見蕭啟慶《元代史新探》,頁3。

〔註90〕《元史·刑法志四》載:「諸蒙古人與漢人爭,毆漢人,漢人勿還報,許訴於有司。」參見明·宋濂等撰,楊家駱編《新校本元史并附編二種》,卷150,頁2673。

個隱士，又加深了梅花與隱士之間的關係，時至金元，山林隱逸之風的普遍，使得詠梅詞更增添了隱逸情懷，比如凌雲翰〈獅兒詞〉（賦梅，和仇山村韻）：「瀟灑生意自足。有高標、不厭矮籬低屋。與雪相期，側耳隔窗蟲撲。晚晴縱步，又還信、一枝筇竹。莫嫌獨。自在畫闌東曲。」（頁 1147）瀟灑生意自足，有高標、不厭矮籬低屋，可說是梅花外在的象，也是詞人內在的意，也就是不羨名利，晚晴縱步一句，顯現的是悠然自得的隱逸閒情。

更進一步，詞人眼中的梅花，不僅是隱士，更是猶如知己般相伴。詞人視梅既是隱士也是知己，兩者並存，關鍵在於詞人本身就是隱士，或者詞人本身不是隱士，卻也有著避世情懷，促使詞人聯想梅花隱士最能了解自己。如蒲道源〈滿庭芳〉（南營探梅至梅隱丈□）：

> 長憶當年，讀書窗下，歲寒留著孤芳。巡檐索笑，重到更徬徨。梅隱先生何在，清江外、新構茅堂。人應道、攀枝嗅蕊，那得救肌腸。　　多情餘習氣，芒鞋竹杖，未忍相忘。但年年依舊，疏影幽香。好是春風近也，猶記得、吟繞黃昏。開尊飲、參橫斗轉，同醉臥花旁。（頁 835）

蒲道源，在仕途與隱逸之間，最後選擇閒雲野鶴，《新元史》卷二三八載云：「幼強記過人，究心濂洛之學。嘗爲郡學正，罷歸。晚以遺逸徵入翰林，改國子博士，歲餘引去。起提舉陝西儒學，不就，優游林泉。」﹝註91﹞以此番隱者之情看待梅花，昔日讀書窗下的梅花，不僅是一種可以欣賞的植物，未嘗不是詞人個人理想的寄託，如今無論是宦是隱，追求精神自適不曾改變。別人以爲攀枝嗅蕊，不能救肌腸，是從一般世俗的觀點去看待梅花，換言之，世俗是重視物質、重視名利的。但是在詞人眼中，歲寒孤芳、疏影幽香，是梅花自然的樣貌，也是隱士精神的表現，同樣也是自我寫照，因此醉臥花旁，所表達不僅是詞人隱逸生活的瀟灑自在，也是梅花與人的相知相惜。又如胡祇

﹝註91﹞清‧柯邵忞撰《新元史》（臺北：成文出版社，1971 年 10 月），頁 31462。

逎〈木蘭花慢〉（酬宋鍊師贈梅）：「愛清香疎影，問誰識，歲寒心。稱月底溪橋，水邊籬落，雪後園林。」（頁 696）問誰識得梅花此番衝雪犯寒的節操？未嘗不是代指自己。自己也只能向栽種在月底溪橋、水邊籬落、雪後園林這些地方的梅花，訴說心志。同樣地，詞人筆下的梅花不僅具有隱逸風標，更是彷彿知己般，值得詞人告慰，張翥〈摸魚兒〉（題熊伯宣藏梅花卷子）也有類似的感嘆，詞人見到寒冬中梅花獨綻姿態，[註92] 道出「總賦得招魂，煙荒雨暗，寂寞抱香死。」（頁 1000）寂寞，寫的是梅花隱士的孤獨自處，也如同詞人自己的閒愁萬斛，無人可訴，[註93] 因此寂寞抱香死一句，就成為詞人與梅花的互相憐惜。

　　藉由上段論述，可知詠梅詞中梅花的隱士意象，也拓展至花與人之間的知己關係。上述詠梅詞是從賞梅人的角色去敘寫，視梅為知己。相反地，詞人從梅花的角度去設想，梅花也是將林逋、賞花人視為知己。張翥〈六州歌頭〉（孤山尋梅）道出梅花的感嘆，林逋離去後，還有誰像林逋般了解梅花：「孤山歲晚。石老樹查牙。逋仙去。誰為主。自疏花。破冰芽。」（頁 997）蒲道源的〈臨江仙〉（次解東庵學士詠梅韻）：「花主惜春乃好事，作詩清似林逋。冰魂雪萼正敷腴。」（頁 837）賞花者作詩似林逋，可想而知其中的韻致，因此梅花彷彿遇見知音般，顯得喜悅不已。

　　總而言之，形成金元詠梅詞隱士意象的因素有三，一是梅花生長的時地，自然地引發對隱士相關的聯想；一是林逋詠梅，真正凸顯梅花的隱士意象，影響後人詠梅承襲著此種文學傳統；一是金元隱逸之風盛行，促使詞人對梅花隱士意象有更多發揮。至於金元詠梅詞的隱士意象表現，最常運用視覺摹寫，其次是擬物為人的修辭手法，在描寫梅花生長樣態的詞句下，更重視的是隱士人格精神的傳達，並且道

[註92] 張翥〈摸魚兒〉（題熊伯宣藏梅花卷子）：「冰痕冷沁苔枝雪，的皪數花纔試。」

[註93] 張翥〈摸魚兒〉（題熊伯宣藏梅花卷子）：「寫不盡江南，閒愁萬斛，訴與綠衣使。」

出梅花與人之間有著知己般的關係，是建立在猶如隱士間的惺惺相惜，豐富了詠梅詞的隱士意象。

三、報春使者

詠梅詞具有報春意象，可說是詞人極為自然的安排，蓋因梅花耐寒。料峭春寒，梅花綻放，代表著時序早春，萬物即將復甦，因此梅花彷彿是東君的使者，擔負起報春的工作。甚至對於身處於異族統治的詞人們，「報春使者」不僅是季節轉換，也寓含著更深刻的意義。

報春意象的表現方式之一，是常化用關於詠梅的詩句。李俊民〈謁金門〉（探梅）：「誰便道。昨夜雪中開了。次第不將消息報。探芳人草草。　　宜在嫩寒清曉。興比孤山更好。流落逢花須醉倒。惜花人易老。」（頁62）化用五代・齊己〈早梅〉：「前村深雪裡，昨夜一枝開。」﹝註94﹞，是詠梅常見的修辭技巧，尤其是為了要顯現梅花早於其它花卉開放，帶來春天的消息。上半闋寫道雪中梅花花開，引來探芳人匆忙地要去尋春賞梅，下半闋勸告人們應該要把握時機，及時行樂，花開花謝，是自然循環，莫待無花可賞時，徒增感傷愁緒。整闋詞因為是早春探梅，更顯得生氣勃勃。又如張弘範〈點絳脣〉（賦梅）：「春日前村，一枝春徹江頭路。」（頁730）同樣也化用了前人詩句，並且以一枝梅與春徹江頭路，形成強烈的對比，在誇飾手法的形容下，凸顯了梅花帶來春天訊息。

除了化用五代・齊己〈早梅〉之外，李俊民〈謁金門〉（慰梅）：「誇獨秀。動把春光洩漏。誰道江南無所有。一枝先入手。」（頁63）則是化用陸凱〈贈范曄〉詩：「江南無所有，聊贈一枝春。」詠梅詞常出現化用陸凱詩，以表達思念之情，然而李俊民此闋詞，最主要要表達的是，一枝梅就洩漏了春天到來的消息。此外，即使不是化用陸凱詩句，詞人也喜歡用「一枝」這個語詞，來代表梅花初綻，春臨大

﹝註94﹞凡詩詞出處，本論文〈第五章，第一節寫作技巧的運用〉已提及者，此後不再贅註。

地，如元好問〈鵲橋仙〉（同欽叔欽用賦梅）：「孤根漸煖，芳魂乍返，待吐檀心又懶。未先拈出一枝香，算只是、司花會揀。」（頁 93）邵亨貞〈感皇恩〉（憶梅）：「江畔人家，籬外一枝開早。雪中回首處，春猶好。」（頁 1100）

　　承上所述，可見詠梅詞著意於用「一枝」表達梅花開放，也稱得上是報春意象的表現方式之一。或許詞人眼前的梅花，真的只有一枝綻放，當然也可能未必如此，反而是詞人要刻意強調一枝梅開，展現生意，對比其它萬物的衰頹，使得運用「一枝」的數量詞具有意義。又如程文海〈菩薩蠻〉（次韻郭安道探梅）：「孤根自是春憐惜。一苞生意何息。」（頁 793）也是類似的描寫。此外，試與下列詠梅詞相比較：

李俊民〈謁金門〉（賞梅）：「全不讓。占了百花頭上。」（頁 63）
長筌子〈天香慢〉（梅）：「百花未發，獨占得東君春色。」（頁 582）
朱晞顏〈一萼紅〉（盆梅）：「苔暖鱗生，泥融脈起，春意初破瓊英。」
（頁 857）

相較於上段論述，此處援引的三個詞例，同樣也是要表現報春意象，雖然未見一枝的詞彙，但是用「不讓」、「獨占」、「初破」的字眼，動態地展現梅花最先得春風意，是在百花之前，顯得相當強勢。至於洪希文（〈洞仙歌〉（早梅），又是另一種表現：

野亭驛路，盡是尋幽客。水曲山隈浩無極。見松荒菊老，
歲宴江空，搖落盡、幾點南枝消息。　　天寒雲淡，月弄
黃昏色。綽約真仙藐姑。占得百花頭上，積雪層冰，捱不
去，只恁地皚皚白。問廣平心事竟何如？縱鐵石肝腸，也
難賦得。（頁 944）

上半闋寫道人們尋春探梅，並且以松荒菊老，與幾點南枝消息相對，以襯托早春時節，梅花初綻，漸漸顯露生機。此種對報春意象的鋪排，與一般詞人立意大致相似，著眼於對大自然的描寫。特別的是，下半闋結合了美人意象，造成兩種意象組合，卻又不衝突。兩者聯繫的關

鍵在於以藐姑眞仙的肌膚潔白，切合梅花顏色的雪白，並且以仙子的
神仙氣質，以喻梅花的出塵脫俗。此外，面對梅花能在漫天飛雪中綻
放，上述李俊民〈謁金門〉（賞梅）、長筌子〈天香慢〉（梅）等詞，
展現了一種霸氣，相較下，洪希文則以爲梅花並不能改變氣候，只能
任風雪飄散在枝幹上，是貼近現實的具體敘述，也多了一分無奈的感
嘆，此番感嘆未嘗不就是問廣平心事一句，暗指自己有如廣平般心志
剛強堅毅。〔註95〕但是處於異族統治下，正如風雪侵襲，無法有所作
爲，所能做的只是期待「冬去春來」。此外張埜〈江城子〉（和元復初
賦玄圃梅花），也是結合美人意象與報春意象：

> 雪迷幽徑月迷津。水南村。竹閒門。惟有天寒，翠袖伴朝
> 昏。玄圃移根來萬里，空怨殺，楚江雲。　　玉堂深處護
> 仙眞。怕京塵。染芳魂。一種清香，占斷百花春。只恐東
> 君偏愛惜，桃與李，卻生瞋。（頁902）

詞人以梅花清香占斷百花春，形容梅花最先開，並且以「惟有天寒，
翠袖伴朝昏。」與「玉堂深處護仙眞。怕京塵。染芳魂。」道出梅
花耐得天寒，又不染纖塵，勾勒出梅花正如一位具有堅貞品格的佳
人。以梅花開得早，切合美人耐寒，使得兩種意象的結合，自然而
不突兀。

〔註95〕廣平〈梅花賦并序〉提到自己科舉考試失敗，隨叔父赴四川東部，
　　　　病了數月，眼見穎垿的牆外，有一棵梅樹，因而有所感嘆。摘錄如
　　　　下：「垂拱三年，余春秋二十有五，戰藝再北，隨從父之東川，授館
　　　　官舍。時病數月，顧瞻垿牆有梅一本，數蘤於榛莽中，喟然嘆曰：『斯
　　　　梅託非其所，出羣之姿，何以別乎？若其貞心不改，是則可取也已。』
　　　　感而成興，遂作賦曰……曷若茲卉，歲寒特妍，冰凝霜泫，擅美專
　　　　權。相彼百花，誰敢爭先？鶯語方澀，蜂房未喧，獨步早春。自全
　　　　其天。至若棲迹隱深，寓形幽絕，恥鄰市塵，甘遯巖穴。江僕射之
　　　　孤鐙向寂，不怨悽迷；陶彭澤之三徑長閒，曾爲悟結。諒不移於本
　　　　性，方可儷乎君子之節。聊染翰以寄懷，用垂示於來哲。」廣平讚
　　　　嘆梅花鬥雪傲雪，衝寒吐豔，並期盼自己能向梅花學習，堅守心志，
　　　　必能有所作爲。參見周紹良《全唐文新編》（長春：吉林文史出版社，
　　　　2000年12月），卷207，頁2372。

同樣是梅花耐寒，卻有著不同的意象表現，一是隱士意象；一是報春意象，造成兩者的差異，在於隱士意象著重在藉梅花耐寒，獨綻芳姿，以表達隱士的孤寂與高潔；報春意象著重在藉梅花耐寒，一掃枯萎凋落，以表達冬去春來，又將是欣欣向榮，誠如蕭翠霞所言梅花不僅只於消極的耐寒，更有回春的積極力量。〔註96〕客觀外在的物是相同的，然而詞人主觀內在的意卻不同，於是形成不同的意象，卻因此豐富了詠梅詞的意象表現。至於金元詠梅詞報春意象的呈現，可歸結出運用三種方式來表達，一是適切地化用關於詠早梅的詩句，在簡潔的詞句下，也可以清楚地表現報春意象，毋須仔仔細細地描寫眼前所有的景物；一是用字的強調，如一枝、不讓等，以凸顯初春將至；一是適當地結合不同的意象，在詞人精心地構思下，使得報春意象有了多樣的面貌。

第三節　詞篇風格的表現

關於金元詠梅詞的詞篇風格，主要是直抒胸臆，一派自然；新奇成趣，耳目一新；清空含蓄，遺形入神，並且是以金代、元代前期、元代後期三個時期分別探討。如此劃分之故，在於文學作品風格的形成，除了是作者才情稟賦、生活經歷、或師承交游造成的不同，並且也受到地理環境、審美風尚、文學流派等影響，如以金代與元代後期相較，一是推崇蘇軾，一是承襲姜夔、張炎。至於元代前後期，審美風尚也是有別。因此劃分為三個時期，以求能仔細論述形成不同風格的因素，同時藉由詞篇舉例以佐證，更能具體凸顯其中的不同。

一、直抒胸臆　一派自然

由女眞人建立的金代，在武力戰事上稱霸一方，與南宋對峙，然而在文學表現上，清‧莊仲方《金文雅》序曰：「金初無文字也，自

〔註96〕蕭翠霞《南宋四大家詠花詩研究》(臺北：文津出版社，1994 年 5 月)，頁 72。

太祖得遼人韓昉而言始文。太宗入宋汴州，取經籍圖書，宋宇文虛中、張斛、蔡松年、高士談輩後先歸之，而文字煥興，然猶借才異代也。」〔註97〕劉子庚《詞史》曰：「女眞立國，專尙武功，自與宋通和，宋使被留者，以文化開其國。」〔註98〕蓋因漢人文明優越於外族，女眞人並沒有因爲獲得政權，使得在文學也能取勝或壓制漢人，反而是漢人主導著金代文學。無論詩詞，金代文學的創作群都是以漢人爲主，根據元好問《中州集》，錄二百四十六人，自完顏璹、耶律履二人外，皆爲漢人，《中州樂府》錄詞人三十六家，除完顏璹和完顏文卿等數人外，也都是漢人。〔註99〕因此如果以異族統治、外族文明落後的因素，來批評金代文學，恐怕此種論點是有待商榷的。

　　再者，就詞而言，向來討論詞史演變者，只著重留意南宋詞對北宋詞的繼承與演變，往往忽略金詞。就地域而言，金詞與南宋詞，各居南北；就時間而言，兩者實是並進同行的。並且金詞與南宋詞一樣，皆是承接北宋詞而來。既然上承的源頭是一樣的，對於金詞的發展，當然也是值得仔細探究，豈能漠視？金詞發展，可劃分爲三個時期：

　　第一期：金初，第一代詞人群詞家多是宋人入金者，包括宇文虛中（1079～1146）、高士談（？～1146）、吳激（？～1142）、蔡松年（1107～1159）等。

　　第二期：指的是金世宗大定至金章宗明昌（1161～1208）此一時期，社會局勢較爲安定，與南宋辛棄疾等南宋中興詞人群同時，第二代詞人群較爲知名者如蔡珪（？～1179）、党懷英（1131～1211）、趙可（1135～1196）、王庭筠（1151～1202）、趙秉文（1159～1232）等。

〔註97〕清・莊仲方輯《金文雅》（臺北：成文出版社，1967 年 8 月），頁 3。
〔註98〕劉子庚《詞史》（臺北：臺灣學生書局，1982 年 8 月），頁 103。
〔註99〕周篤文〈金元明清詞選序〉，引自《詞學》編輯委員會《詞學》（上海：華東師範大學出版社，1981 年 11 月）頁 181。

> 第三期：金末元初，屬於花落果成的晚金詞苑，第三代詞
> 人群主要有李俊民（1176～1260）、元好問（1190～1257）、
> 段克己（1196～1254）段成己（1199～1279）兄弟、李獻
> 能（1192～1232）等。〔註100〕

金詞的發展，雖然畫分為三個時期，但是就整體風格表現而言，大
致上是承襲著蘇軾詞風。蘇軾的創作表現，有別於「柳七郎風味」，
〔註101〕往往詞風趨於豪放、雄健，提高詞的格調，不再侷限於婉麗
柔媚。蘇軾與柳永詞，著然有別。柳永的詞作內容包括懷才不遇的
悲哀、羈旅飄零的苦悶、沉溺歌舞酒色的風流生活。其中不遇與羈
旅是他一生的生活形態，並非一時的生活現象，因此更可見其悲哀
憤恨。至於沉溺於歌舞酒色之中，則與不遇及羈旅互為因果。字句
方面較為淺俗，並以俚俗語句為主，也是柳永詞的特點之一，卻也
是頗受批評之處。好處是免於與前人雷同，同時又具有普遍性，易
於流傳，缺點則是部份作品詞句過於卑俗，描寫過於露骨，則給人
低俗的印象。〔註102〕格調卑弱、詞少雅正，遂引起有識之士的不滿，
蘇軾為其中代表之一。蘇軾為改變此種委靡之風，致力於拓展詞的
內容，以詩為詞。舉凡詩所慣用的題材，如詠懷、懷古、感舊、贈
別、寫景、記遊，以及愛國思想、農村生活、說理談禪等等，蘇軾
都能毫無拘束地用詞來表達。豐富、革新詞的內容，使得詞境始大，
突破詩莊詞媚的界線，提供了產生豪放風格的有利條件。〔註103〕無

〔註100〕 分期係根據張子良《金元詞述評》（臺北：華正書局，1979 年 7 月），
　　　　頁 18～112。以及王兆鵬、劉尊明〈風雲豪氣，慷慨高歌──簡說
　　　　金詞〉，《古典文學知識》，第 5 期總第 74（1997 年），頁 75～78。

〔註101〕 此語出自〈與鮮於子駿〉：「近卻頗作小詞，雖無柳七郎風味，亦自是
　　　　一家。呵呵。數日前，獵於郊外，所獲頗多。作得一闋，令東州武士
　　　　抵掌頓足而歌之，吹笛擊鼓以為節，頗壯觀也。寫呈取笑也。」蘇軾
　　　　著、孔凡禮點校《蘇軾文集》（北京：中華書局，1986 年 3 月），頁 1560。

〔註102〕 葉慶炳《中國文學史》（臺北：臺灣書局，1997 年 6 月），下冊，頁
　　　　40～41。

〔註103〕 鄒同慶、王宗堂《蘇軾詞編年校註》（北京：中華書局，2002 年 9
　　　　月），序，頁 3～4。

怪乎在當代，就已經得到相當的評價，宋・胡寅《酒邊詞》序云：「眉山蘇氏，一洗綺羅薌澤之態，擺脫綢繆宛轉之度，使人登高望遠，舉首高歌；而逸懷浩氣，超然乎塵垢之外，於是《花間》為皂隸，而耆卿為輿臺矣。」〔註104〕真是道盡蘇軾詞的絕妙。

　　蘇軾詞可說是以豪放雄邁為宗。文學作品的豪放品風格，屬於剛性美的範疇。它除了表現特定的時代精神外，往往藉由作者高瞻遠矚的視野，豪爽而清高的性格，有為而作的遠大抱負，表現於作品之中，使作品具有豪邁的氣勢，奔放的熱情，廣袤浩瀚的意境，雄偉的藝術形象，伴之以壯健的音樂節奏，通過揮筆瀟灑的語言文字表達出來。〔註105〕試看〈江城子〉（獵詞）：「老夫聊發少年狂。左牽黃。右擎蒼。錦帽貂裘、千騎卷平岡。為報傾城隨太守，親射虎，看孫郎。酒酣胸膽尚開張。鬢微霜。又何妨。持節雲中、何日遣馮唐？會挽雕弓如滿月，西北望，射天狼。」〔註106〕〈念奴嬌〉（赤壁懷古）：「大江東去，浪淘盡、千古風流人物。故壘西邊，人道是、三國周郎赤壁。亂石穿空，驚濤拍岸，捲起千堆雪。江山如畫，一時多少豪傑。　　遙想公瑾當年，小喬初嫁了，雄姿英發。羽扇綸巾，談笑間、強虜灰飛煙滅。故國神遊，多情應笑我，早生華髮。人間如夢，一尊還酹江月。」〔註107〕由詞題可見，是狩獵有感之作、是睹物懷古之作，正如上段所述，開拓詞的內容題材，使得詞境一新。無論是訴說個人心志，或描寫英雄人物，遣詞用字，直敘胸臆，以求氣象恢弘，而非含情蘊藉，隱而不露。蘇軾詞的風格表現，最受金代詞人喜愛。原因有二：

〔註104〕　明・王晉編《宋名家詞六十五種九十一卷・向子諲《酒邊詞》》，引自續修四庫全書編輯委員會《續修四庫全書・集部・詞類》（上海：上海古籍出版社，2002年），冊1719，頁489。

〔註105〕　楊成鑒分析詩詞作品的豪放品風格，《中國詩詞風格研究》（臺北：洪葉文化公司，1995年），頁66。

〔註106〕　鄒同慶、王宗堂《蘇軾詞編年校註》，頁146～147。

〔註107〕　同上註，頁398～399。

（1）金人的審美趣味：金朝地處北方，壯麗的風光景物，北方人本有的豪爽灑脫的個性，決定了金人的審美趣味必然是崇尚一種灑脫大氣、豪放壯觀、自然真率的風格，而不會喜歡那種軟媚浮豔、秀氣玲瓏的作品。

（2）由上而下的影響：早期文壇及政壇領袖的影響。就文壇而言，對整個金代文學影響最大的文人就是金初的蔡松年。而蔡松年之詞作，純屬步坡公之踵武。蔡松年詞的基本主題就是寫客懷相思和隱逸之趣，洋溢著一種以雅、逸為特徵的高情遠韻，詞風曠逸而清雅。就政壇領袖而言，金代前期的君主完顏亮，由於其本身秉性以及受蔡松年影響等原因，其詞作卓異豪放、本色自然。〔註108〕

金人具有「灑脫大氣、豪放壯觀、自然真率」的審美趣味，是導因於地理環境的影響。藉由上段論述，可知蘇軾詞常見此類風格的表現，因此也就最能得到金人的喜愛。至於蔡松年詞有「隱逸之趣，曠逸而清雅」，也是承繼蘇軾詞而來。蘇軾〈定風波〉（三月七日，沙湖道中遇雨。雨具先去，同行皆狼狽，余獨不覺。已而遂晴，故作此詞。）：「莫聽穿林打葉聲。何妨吟嘯且徐行。竹杖芒鞋輕勝馬。誰怕？一簑煙雨任平生。　　料峭春寒吹酒醒。微冷。山頭斜照卻相迎。回首向來蕭瑟處。歸去。也無風雨也無晴。」〔註109〕以及〈滿庭芳〉：「蝸角虛名，蠅頭微利，算來著甚乾忙？事皆前定，誰弱又誰強。且趁閒身未老，儘放我、些子疏狂。百年裏，渾教是醉，三萬六千場。　　思量。能幾許，憂愁風雨，一半相妨。又何須，抵死說短論長。幸對清風皓月，苔茵展、雲幕高張。江南好，千鍾美酒，一曲滿庭芳。」〔註110〕相較

〔註108〕　劉鋒燾《宋金詞論稿》（北京：中國社會科學出版社，2002年4月），頁44～45。

〔註109〕　鄒同慶、王宗堂《蘇軾詞編年校註》，頁356～257。

〔註110〕　同上註，頁458～459。

於上述所舉〈江城子〉（獵詞）、〈念奴嬌〉（赤壁懷古），相同的是，信手拈來，語句不刻意多加雕飾，此兩闋詞雖然氣勢未能如此豪邁奔放，卻增添了平淡曠達之味。而對人生處世的態度，也就是導致蔡松年等金代文人對蘇軾詞接受度如此高的重要因素。蓋因金代文人本身處於一個頗爲尷尬的文化境地，儘管他們之中，有不少人榮登臺閣、歷仕要職，但作爲仕於外族的漢族文人，特別是金初由宋入金的漢族文人，因文化上的難以認同，而產生的心理沉重感，是很難抹去的。〔註 111〕蘇軾的部份詞作，表達了看待人生的超然豁達，所呈現的詞風未必是豪放雄邁的，同樣的是，詞句自然流暢，直截了當，耐人尋味，因此，對金代文人也就有一定的影響。

金代詞人唱和宋詞，和得最多的就是就是蘇軾〈念奴嬌〉赤壁詞。〔註 112〕金代詞人對蘇軾詞的喜愛，在詠梅詞中也是有所展現。試見蔡松年〈念奴嬌〉（僕來京洛三年未嘗飽見春物。今歲江梅始開，復事遠行。虎茵丹房東岫諸親友折花酌酒於明秀峰下，仍借東坡先生赤壁詞韻，出妙語以惜別。輒亦繼做，致言嘆不足之意）：

> 倦游老眼，負梅花京洛，三年春物。明秀高峰人去後，冷
> 落清輝絕壁。花底年光，山前爽氣，別語揮冰雪。摩挲庭
> 檜，耐寒好在霜傑。　　人世長短亭中，此身流轉，幾花
> 殘花發。只有平生生處樂，一念猶難磨滅。放眼南枝，忘
> 懷樽酒，及此青青髮。從今歸夢，暗香千里橫月。（頁 9）

蔡松年此闋詞，雖然不是要與蘇軾唱和，但是詞序明白寫出要用蘇軾赤壁詞韻，表達個人情懷，無論押韻或句式，都與蘇軾詞有關聯。龍沐勛《唐宋詞格律》分析〈念奴嬌〉曰：「茲以《東坡樂府》爲準，（憑高眺遠）一闋爲定格，（大江東去）一闋爲變格。」〔註 113〕細究蔡松年此闋詞，押韻所選用的字，與蘇軾〈念奴嬌‧赤壁懷古〉

〔註 111〕　陶然《金元詞通論》（上海：上海古籍出版社，2001 年 7 月），頁 68。
〔註 112〕　陶然《金元詞通論》，頁 71。
〔註 113〕　龍沐勛《唐宋詞格律》（臺北：里仁書局，1993 年 9 月），頁 118。

（大江東去）的韻腳完全相同，都是物→壁→雪→傑→發→滅→髮→月，〔註114〕至於詞調句式，上片是 4→5→4→7→6→4→4→5→4→6，下片是 6→4→5→7→6→4→4→5→4→6，也是完全依循蘇軾〈念奴嬌·中秋〉（憑高眺遠）而來。〔註115〕

　　蔡松年在押韻與句式上，明顯地步武蘇軾。在詞篇形式上刻意學蘇，至於在風格表現上，則因為寫作目的不同，而有所不同表現。蔡松年此闋詞是要詠梅抒懷，起因於與朋友折梅酌酒相聚而寫，雖然沒有鉅細靡遺地描寫眼前所見的梅花樣貌，但是藉由「花底年光，山前爽氣，別語揮冰雪。」也足見賞梅的高雅情趣。詞人明瞭不能長久相聚，終須一別，故道「人世長短亭中，此身流轉，幾花殘花發。只有平生生處樂，一念猶難磨滅。放眼南枝，忘懷樽酒，及此青青髮。」一生中多少奔波流離，早已看慣花開花落，聚散離愁，更無須感傷離別，不如趁著青春尚在，年華尚未老去時，盡情欣賞梅花之美，暢快飲酒。〈念奴嬌〉詞風固然未必一定要如蘇軾赤壁懷古般，豪壯雄邁，蔡松年寫來開朗豁達，自然明快，平淡有致，未嘗不是受了蘇軾平生處事的影響。

　　關於詞篇風格「直抒胸臆，一派自然」的表現，在金代詠梅詞中，還可以見於李俊民寫的詠梅組詞中，細究其中部份詞句，表達直接，幾近口語，令人感受到詞人的情感是外放，而非內斂含蓄的。如〈謁金門〉（賞梅）：「全不讓。占了百花頭上。沒箇知音人共賞。陶潛無

〔註114〕　〈念奴嬌〉（赤壁懷古）：「大江東去，浪淘盡、千古風流人物。故壘西邊，人道是、三國周郎赤壁。亂石穿空，驚濤拍岸，捲起千堆雪。江山如畫，一時多少豪傑。　遙想公瑾當年，小喬初嫁了，雄姿英發。羽扇綸巾，談笑間、強虜灰飛煙滅，故國神遊，多情應笑我，早生華髮。人間如夢，一尊還酹江月。」鄒同慶、王宗堂《蘇軾詞編年校註》，頁398～399。

〔註115〕　〈念奴嬌〉（中秋）：「憑高眺遠，見長空萬里，雲無留跡。桂魄飛來光射處，冷侵一天秋碧。玉宇瓊樓，乘鸞來趣，人在清涼國。江山如畫，望中煙樹歷歷。　我醉拍手狂歌，舉杯邀月，對影成三客。起舞徘徊風露下，今夕不知何夕。便欲乘風，翩然歸去，何用騎鵬翼？水晶宮裏，一聲吹斷橫笛。」鄒同慶、王宗堂《蘇軾詞編年校註》，頁426。

處望。　　也有江湖酒量。也有風騷詩將。休道花前無伎倆。疏狂些子放。」（頁63）在梅花面前要展現疏狂、要飲酒、要賦詩，讓花兒了解眼前正是知音人，懂得欣賞百花中最先綻放的梅花。又如〈謁金門〉（賦梅）：「金的礫。猶帶枝頭寒色。休道北人渾未識。自然梅有格。　　初見花時摘索。再見花時狼藉。詩句眼前拈不出。惱人樓上笛。」（頁62）梅花從花開到花落，都是受到詞人關愛。花開時，休道北人渾未識一句，直接說出是詞人慧眼別具，分辨得出眼前綻放的正是梅花，可不是王安石筆下的「北人初未識，渾作杏花看。」花謝時，詞人寫不出佳句賦梅，竟然怪罪笛聲惱人，可見詞人的率真。兩闋詞的語句都未多加修飾，有如直述，也表現了詞人情感的任性直率，也使得詞篇風格顯得爽朗自然。又如〈謁金門〉畫梅、〈謁金門〉（戴梅）則是從不同的方式，表達對梅花的喜愛，同樣也是清麗自然之作。〈謁金門〉畫梅：「偷造化。秀出含章簷下。為問花中誰可嫁。海棠開已罷。　　占了十分閒雅。占了十分瀟灑。若使畫工能此畫。九方皋相馬。」（頁63）以為梅花最具有高貴雅致，希望有個能懂得欣賞的畫工，能畫出梅花清高絕俗的姿態。〈謁金門〉（戴梅）：「花譜內。莫作等閒看待。鬪草吳王無可對。有他西子在。　　好在一枝竹外。影也教人堪愛。未免世間兒女態。折來頭上戴。」（頁63）唐劉禹錫〈白舍人曹長寄新詩有游宴之盛因以戲酬〉曰：「若共吳王鬪百草，不如應是欠西施。」〔註116〕詞人以為眼前的梅花不能等閒看待，正如西施般亮眼動人。所以也學起小兒女折梅、戴梅，想要增添自己的風韻。再者，又如長筌子之詞，黃兆漢以為每多精美清綺之詞，頗富文學價值，雖仍不免時或做道家語，但較諸王重陽、馬丹陽之輩已高出一籌。其中〈天香慢〉（梅）（頁582），清麗可愛，又無一點道家語，純是文人詞藻，在王重陽等全真道士的詞集中是無法找到的。〔註117〕換

〔註116〕 清聖祖御定《全唐詩》，卷360，頁4060。

〔註117〕 黃兆漢《金元詞史・道釋詞人》（臺北：臺灣學生書局，1992年12月），頁274～275。

言之,道釋詞人寫的詠梅詞,卻也足以與其他文人的詠梅詞作相媲美。

或許是緣於詠梅的關係,梅花本身就不具有氣壯山河的氣勢,詞人也不會藉由詠梅抒發個人凌雲狀志,因此金代詞人雖然相當欣賞蘇軾的豪放詞風,卻不會因而轉移至寫作詠梅詞,金代詠梅詞的詞篇風格很難歸類為豪放雄邁一類。但是金代詞人對於蘇軾詞所表現的疏放曠達,也是有著相當高的接受度,此類作品寫來都是自然而然,而不刻意雕琢字句,因此在金代詠梅詞中還是可以見到直抒己意,清新灑脫之作。然而對於此種詞風的發展,即使是創作上最得蘇詞精髓的元好問,〔註 118〕有時也會批評,《新軒樂府引》曰:「坡以來,山谷、晁無咎、陳去非、辛幼安諸公,俱以歌詞取勝,吟詠情性,留連光景,清壯頓挫,能起人妙思,亦有語意拙直,不自緣飾,因病成妍者,皆自坡發之。」〔註 119〕反對語意拙直,不自緣釋,因此元好問的詠梅詞,如〈點絳脣〉(青梅永寧時作)(頁 107)、元好問〈鵲橋仙〉(同欽叔欽用賦梅)(頁 93)等,甚至於其他詠物詞,多是蘊藉含蓄,張炎評曰:「元遺山極稱稼軒詞,及觀遺山詞,深於用事,精於鍊句,有風流蘊藉處不減周、秦,如〈雙蓮〉、〈雁丘〉等作,妙在描寫情態,立意高遠,初無稼軒豪邁之氣。」〔註 120〕其實,在金代以詠梅為主

〔註118〕 陶然以為金初的蔡松年、金中期的趙秉文以及金元之際的元好問,即是金代詞壇中步武蘇軾詞的三位代表。蔡松年頗得形似,有首開風氣之功,趙秉文在金朝文人中是氣質上最近蘇軾的一位,而元好問則是創作上最能得到蘇軾詞精髓的大家。參見陶然《金元詞通論》(上海:上海古籍出版社,2001 年 7 月),頁 72。

〔註119〕 金・元好問《遺山先生文集》(臺北:臺灣商務印書館,1968 年),卷 36,頁 379。

〔註120〕 宋・張炎撰、夏承燾校注《詞源注》,頁 32。
張炎所謂〈雙蓮〉、〈雁丘〉詞,參見唐圭璋《全金元詞》,頁 75~76。元好問〈摸魚兒〉(乙丑歲赴試并州,道逢捕鴈者云,今旦獲一鴈,殺之矣。其脫網者悲鳴不能去,竟自投於地而死。予因買得之,葬之汾水之上,累石為識,號曰鴈丘。時同行者多為賦詩,予亦有鴈丘辭,舊所作無宮商,今改定之。):「恨人間、情是何物,

題的詞作中，出現吞吐含蓄之作，未嘗不可。如同在蘇軾詞中，豪放與婉約兩種風格並不相互排斥，剛健是蘇軾詞風的主導，婀娜則是其詞中不可或缺的成分。〔註121〕

二、新奇成趣　耳目一新

　　前文已論述，女眞人建立的金代，與南宋對峙，以武力造成南北割裂的局面，不過在文學上，金代詞壇仍舊是以漢人爲主導。至於蒙古人，結束紛擾的南北對峙局勢，建立統一的元代，在文學上，詞至元代，與金詞相似的是，也是以漢人爲首要的創作群體，劉子庚曰：「有元開國，強於遼金，白雁渡江，南北一統，武功聿奏，文化以宣。所謂詞人者，其先爲遼金所遺，其後出於有宋。耶律楚材、耶律鑄等，則遼人也。楊果、李治等，則金人也。張弘範以下，則以宋人爲尤多。」〔註122〕與金詞不同的是，新興文學元曲，〔註123〕對元詞有著或多或少的影響，使得元詞風格有了相似的風貌，在詠梅詞中也同樣具有這樣的表現。

　　直教生死相許。天南地北雙飛客，老翅幾回寒暑，歡樂趣。離別苦。是中更有癡兒女。君應有語。渺萬里層雲，千山暮景，隻影爲誰去。　　橫汾路。寂寞當年簫鼓。荒煙依舊平楚。招魂楚些何嗟及，山鬼自啼風雨。天也妒。未信與、鶯兒燕子俱黃土。千秋萬古。爲留待騷人，狂歌痛飲，來訪雁丘處。」元好問〈摸魚兒〉（泰和中，大名民家小兒女，有以私情不如意赴水者，官爲蹤迹者。沁水梁國用時爲錄事判官，爲李用章內翰言如此。此曲以樂府雙蕖怨命篇，咀五色之靈芝，香生九竅，嚥三清之瑞露。春動七情，韓偓香奩集中自敘語。）：「問蓮根、有絲多少，蓮心知爲誰苦。雙花脈脈嬌相向，只是舊家兒女。天已許。甚不教、白頭生死鴛鴦浦。夕陽無語。算謝客煙中，湘妃江上，未是斷腸處。　　鄉葊夢，好在靈芝瑞露。人間俯仰今古。海枯石爛情緣在，幽恨不埋黃土。相思處。流年度、無端又被西風誤。蘭舟少住，怕載酒重來，紅衣半落，狼藉臥風雨。」

〔註121〕吳熊和《唐宋詞通論》（杭州：浙江古籍出版社，1999年12月），頁211。
〔註122〕劉子庚《詞史》，頁117。
〔註123〕元曲分爲散曲與雜劇。本文論述元曲對元詞的影響，專指散曲而言。

　　元詠梅詞的風格之一，就是「新奇成趣，耳目一新」，而形成此種風格的要素，可說是元代散曲的薰染。詞與曲確實有別，任中敏以為有以下之別：

> 詞靜而曲動；詞斂而曲放；詞縱而曲橫；詞深而曲廣；詞內旋而曲外旋；詞陰柔而曲陽剛；詞以婉約為主，別體則為豪放，曲以豪放為主，別體則為婉約；詞尚意內而言外，曲竟為言外而意亦外。〔註124〕

詞與曲雖然有幾近截然二分的區別，但是不可否認的是，元詞風格並非全是靜、斂、內旋、陰柔，散曲風格反而對元詞起了相當的作用。宋金之際，北方少數民族如契丹、女真、蒙古相繼入據中原，大量的胡曲番樂和北方地區慷慨悲歌的民間曲調相結合，形成一種新的樂曲。這種樂曲的風格、腔調、旋律，與舊有樂曲不同，甚至所用的樂器也不一樣。〔註125〕元‧陶宗儀《南村輟耕錄》載：「達達樂器，如箏、秦琵琶、胡琴，渾不似之類。所彈之曲，與漢人曲調不同。」〔註126〕外族帶來了不同的樂器、樂曲，促使了元曲的發展。就散曲的形式而言，詞曲在形式上雖同為長短句，都是在不整齊中形成整齊的規律，所以能委曲宛轉的表達出作者情意；若比較言之，在這長短進化的形式中，曲尤其極盡曲折變化之能事。〔註127〕曲之所以能極盡長短變化之事，莫過於運用襯字。本來雙數字句，於必要時可以單之，本來單數字句，於必要時亦可以雙之。不失其本來之句法與音節，而行文之間，虛處既得轉折貫串之施，實處又得提挈點醒之用。〔註128〕再者，曲的押韻方式是平上去三聲通押，一方面

〔註124〕　任中敏《散曲叢刊‧散曲概論‧作法卷二》（臺北：臺灣中華書局，1984 年 6 月），頁 6。

〔註125〕　馬積高、黃鈞《中國古代文學史‧宋遼金元》（臺北：萬卷樓，1998年 7 月），頁 288。

〔註126〕　元‧陶宗儀《南村輟耕錄》（北京：中華書局，1997 年 11 月），頁 349。

〔註127〕　羅錦堂《錦堂論曲》（臺北：聯經出版社，1979 年 11 月），頁 451。

〔註128〕　任中敏《散曲叢刊‧散曲概論‧作法卷二》，頁 3。

可以使作者有抒情寫景的自由，不致因受韻腳的限制而損傷其創作的生命，他方面又使音調發生高低抑揚的變化，增加音節的美妙，適宜於自然的旋律，念起來順口，聽起來悅耳。〔註129〕上述為曲在句式與聲韻上的特質，至於在文字運用上，任中敏分析以為：「元曲之高，在不尚文言之藻彩，而重用白話，於方言、俗語之中，多鑄繪聲繪影之新詞，以形成其文章之妙，而不知果欲如此，必先有接近語調之曲調發生，然後調中方便於盡量採用語材。倘若金元樂府仍舊承用南宋慢詞之長短句法，整而不化，凝而不疏，靜而不動者，則雖鑄就甚多語料之新詞在，亦格格不得入。」〔註130〕換言之，元曲曲調能加襯字，極盡長短變化之能事，並且韻腳是平上去三聲通押，使得抒寫上更是不受限制，最適宜元曲多用白話、方言、俗語。曲的寫作形式，更利於作者能夠盡情地道盡胸中之意，因此必然導致元曲風格通俗化、口語化。

　　綜上所述，鄭騫對詞曲的內容風格，就有個貼切的比喻，說道：「詞曲雖云相異，卻也是異中有同。這弟兄兩個的性行都是偏於瀟灑輕俊，美秀疏放，而缺少莊嚴厚重雄峻，他們都只能作少爺而不能作老爺。所不同者，詞是翩翩佳公子，曲則多少有點惡少氣味。」〔註131〕曲多少有惡少氣味，自然是上述散曲句式、聲韻、用字所組合成的形象。此外，不可否認的是，散曲多多少少還是影響了元詞。正因為元代詞人中，有些就是很有成就的散曲作家，像白樸、王惲、盧摯等，有些詞人儘管不一定寫過曲，但在散曲風靡藝苑的情況下，詞人們耳濡目染，是很難完全擺脫散曲的影響。〔註132〕總之，散曲的特質，

〔註129〕　羅錦堂《錦堂論曲》，頁453。
〔註130〕　任中敏《散曲叢刊‧散曲概論‧作法卷二》，頁4。
〔註131〕　鄭騫《從詩到曲》（臺北：科學出版社，1961年7月），頁59。
〔註132〕　黃天驥、李恆義〈元明詞平議〉，《文學遺產》，第4期（1994年），頁74。
　　　　　按：依據《全元散曲》目錄所記各家散曲數目，其中詞人兼有曲作者，如盧摯有小令120首，殘小令1首；王惲有小令41首；白樸有小令37首，套數四首。少數作者，如劉秉忠有小令12首；胡祇

不但是構成散曲自身的風格，同樣地，散曲的風格在元代蔚然成風，當然也會對其他文學有所作用，詞人身處於在這樣的文學環境中，當然在詠梅詞中也會有趨於曲般生動活潑的一面。

元代部分詠梅詞受到散曲風格的影響，不再以蘊藉含蓄爲要，可以自由地，甚至是誇張地表達己意。此種發展也是受到元代思想傾向重視表達個人主體精神，社會能接受多樣的審美角度。儒家思想長期占統治地位，因而中國傳統文化始終與以理節情、怨而不怒、哀而不傷的中庸規範緊密相聯，形成封閉、尚靜、保守爲主的審美心理定勢，到了元代，社會生活的各個方面發生著巨大的變化，且由於元蒙貴族對各種民族文化、各種宗教思想所持的寬容態度，元代可算得上是一次思想的解放。〔註 133〕在思想上的開放，比如就理學而言，相較於宋代尊德性與道問學兩派壁壘分明的情形，元代理學就趨向融通朱、陸。試見元代儒者吳澄云：「朱子道問學之功居多，而陸子靜以尊德性爲主。問學不本於德性，則敝必偏於言語訓釋之末，故學必以德性爲本，庶幾得之。」〔註 134〕由此段記載可得知吳澄試著以陸學「學必以德性爲本」以救朱學道問學之失，可見重視個人主體精神。又如鄭玉曰：

> 陸子之質高明，故好簡易；朱子之質篤質，故好邃密，各因其質之所近，故所入之途不同，及其至也，仁義道德豈有不同者，同尊周孔，同排佛老，大本達道，豈有不同者。後之學者，不求其所以同，惟求其所以異。江東之指江西，則曰此怪説之行也；江西之指江東，則曰此支離之説也。

適有小令 11 首；張弘範有小令 4 首；劉敏中有小令 2 首；魏初有小令 1 首；張雨有小令 4 首；虞集有小令 1 首；蒲道源有小令 1 首等。總之，元代詞人中，雖然未必都是創作量豐富，但是對曲文學多多少少有所涉及。參見隋樹森《全元散曲》（北京：中華書局，1991 年 12 月），頁 25～32。

〔註133〕 北京師範大學古籍所編《元代文化研究》（北京：北京師範大學出版社，2001 年 11 月），頁 421。

〔註134〕 明宋濂等撰，楊家駱編《新校本元史并附編二種》，頁 4012。

此豈善學者哉？朱子之説，教人爲學之常也；陸子之説，
才高獨得之妙也。二家之説，又各不能無弊。陸氏之學，
其流弊也，如釋子之談空説妙，工於鹵莽滅裂，而不能盡
夫致知之功。朱子之學，其流弊也，如俗儒之尋行數墨。
至於頹惰委靡而無以收其力行之效，然豈二先生垂教之罪
哉，蓋學者之流弊也。〔註135〕

可知鄭玉以爲學者當明辨朱、陸治學方法雖然有異，或因個人資質所
致，但是治學的目的則是殊途同歸，皆是爲了使個人行爲符合仁義道
德。並針對朱、陸治學方法之優劣，以爲學者應該截長補短，而非互
相攻擊。可見元代理學思想的發展，不再墨守成規，不再承襲宋代對
朱、陸學説各執己見的現象。再者，又如元代疑古求實的治經態度，
也是個人主體精神的發揚。如金履祥質疑司馬光《資治通鑑》、劉恕《資
治通鑑外紀》，未能本於經，左氏所記，也未能彰明《春秋》要義，
故博引群書，加訓釋，裁正音義，發先儒所未發，作《通鑑前編》。
〔註136〕金履祥的學生許謙，也效法老師的質疑精神，《元史》記載：「讀
《詩集傳》，有《名物鈔》八卷，正其音釋。考其名物度數，以補先儒
之未備，仍存其逸義，旁采遠援，而以己意終之……又嘗句讀《九經》、
《儀禮》及《春秋三傳》，於其宏綱要領，錯簡衍文，悉別以鉛黃朱墨，
意有所明，則表而見之。」〔註137〕在元代思想發展上，無論是疑古求
實或融通朱、陸，都證明元代社會對主體自我的重視。進而在文學上
的表現，也就突破了傳統的怨而不怒、哀而不傷，盡情地表達自我感
受，散曲的風格表現就是最佳的例證，元詞也離不開這樣的趨勢。

　　前文已論述散曲的特質，其中一點是用字的通俗化、口語化。元
詠梅詞中並未全都如同散曲般，每闋詞用字都相當的通俗化、口語化，
但是確實有不少是幾近口語的詠梅之作，並充滿新穎之趣，可見元詞

〔註135〕 明‧黃宗羲撰，清‧全祖望補，清‧王梓材、馮雲濠、何紹基校《宋
　　　　 元學案‧師山學案》，（臺北：世界書局，1966年2月）頁1768。
〔註136〕 明‧宋濂等撰，楊家駱編《新校本元史并附編二種》，頁4317。
〔註137〕 明‧宋濂等撰，楊家駱編《新校本元史并附編二種》，頁4319。

確實是受到有元曲盛行影響。試看王旭〈踏莎行〉（雪中看梅花）：「兩種風流，一家制作。雪花全似梅花蕚，細看不是雪無香，天風吹得香零落。　雖是一般，惟高一著。雪花不似梅花薄。梅花散彩向空山，雪花隨意穿簾幕。」（頁884）雪花與梅花，本來就是分屬於不同類別的兩種事物，一是天象類，一是植物類，詞人卻道「兩種風流，一家制作。」只因雪花與梅花之間，相同之處在於顏色潔白。詞人寫出在雪中賞梅的景象，只是純粹地描寫物象，詞句淺易明白，彷彿是隨興的遊戲之作。相較於宋‧盧梅坡《雪梅》詩二首，《雪梅》之一：「梅雪爭春未肯降，騷人閣筆費評章。梅須遜雪三分白，雪卻輸梅一段香。」《雪梅》之二：「有梅無雪不精神，有雪無詩俗了人。日暮詩成天又雪，與梅并作十分春。」在詩中也同時寫到梅與雪，也同樣比較梅與雪的相似與相異，但是詩人更強調梅花耐得霜雪，有雪相伴，才能更顯現梅花的精神。比較之下，盧梅坡的《雪梅》詩就含了更深的意義。

繼之，又如劉敏中〈鵲橋仙〉（盆梅）：「纖條漸見稀稀蕾。孤根旋透溫溫水。但得一枝春。誰嫌老瓦盆。　寒愁芳意懶。移近南窗暖。卻怕盛開時。香魂來索詩。」（頁772）整闋詞也是近乎口語，並未使用太多的修辭技巧。眼前老瓦盆的梅花，纖細的枝椏上已經逐漸看得到幾朵花蕾。詞人以溫水澆灌，又擔心梅花未能耐寒，於是將盆梅移至窗邊，期盼能因為陽光充足，充份的暖氣促使梅花早點綻放，足見詞人對梅花的呵護備至，有別於山間水濱的野梅，只能自顧自地開放，未能得到旁人的照顧。詞人害怕香魂索詩，其實也是對於花開之後，必然花落的一種愁緒。整闋詞主要運用視覺摹寫、借代、與擬人技巧，清楚直接地表達眼前所見、心中所想。並且詞人對梅花的擔憂，是從期待花開到預想花落，真是豐富的聯想，使得此闋詞自然有趣。其中如「稀稀蕾」、「溫溫水」之類的疊字運用，是散曲中常見的寫作方式，〔註138〕在洪希文〈水調歌頭〉（雪梅）更是廣泛運用：

〔註138〕疊字的運用，在曲中層出不窮，其效用並不亞於襯字。參見羅錦堂《錦堂論曲》，頁453。

「崖谷搖落盡，銀海眩花生。霏霏漾漾，閉門三日斷行人。我欲尋幽無路，但見砌平凹凸，粲粲盡堆瓊。片片勻如翦，散入馬蹄輕。　　梅索笑，竹含貞，酒頻傾。矜香鬥色，鼻塞無孔眼瞠瞠。昔則寒林水墨，今則瑤臺琪樹，奇妙孰能名。起舞歌白雪，聊暢我幽情。」（頁 945）運用了「霏霏漾漾」、「粲粲」「片片」、「眼瞠瞠」四個疊字，使得語句具有一再強調、加強深化的美感作用，〔註 139〕並且昔則寒林水墨一句，道出從前此處一片蕭瑟的秋冬之景，只見荒煙枯樹，如今因為梅花的開放，使得這裏彷彿神仙瑤臺般，盡是玉樹瓊花，成為人間仙境。運用了誇張的筆法，更顯得雪中賞梅的特別，詞篇風格當然別出機杼。誇張的筆法也是常見於散曲俚俗的風格中，正因為此類風格，是藉由通俗易懂的口頭語作為作品的基本語彙，並且融入比喻、誇張、排比等修辭手法，方能更加生動。〔註 140〕在詠梅詞中，又如姚燧〈木蘭花〉（劉子善得長德壽梅圖，持歸鎮江，壽其父梅軒）：「壽梅紙本傳常武。遠壽梅軒歸北固。愛梅無有似君貪，東極吳中西盡楚。

　　黃昏清淺孤山路。能對春風旬日許。不如滿歲畫中看，冷蘂疏枝常照戶。」（頁 736）誇張地表達梅軒老人對梅花的喜愛程度。往往詞人詠梅多著眼於表達的是梅花耐寒綻放的積極面，姚燧反而寫道大自然中的梅花最終依舊凋謝，不如梅花圖中的梅花，整年都可以看到冷蘂疏枝之樣。

〔註 139〕黎運漢分析疊字，利用相同的音節重覆，具有增強聲勢，協調音調，加強語意，使語言節奏感強，加深聽覺印象，富有感染力。參見黎運漢《漢語風格學》（廣州：廣東教育出版社，2000 年 2 月），頁 133。
詠梅詞其他疊字例句，又如姚燧〈江梅引〉（謝王子勉提刑送江梅二首之二）：「年年江上見寒梅」（頁 738）、程文海〈蝶戀花〉（壽千奴監司十二月朔）：「黃鶴山前梅半吐。歲歲年年，誰是冰霜侶」（頁 790）、程文海〈鵲橋仙〉（次中庵韻題解安卿盆梅）：「南枝春盛，斜斜整整」（頁 794）、、王結〈蝶戀花〉（戲題梅圖）：「皎皎澹豐姿」（頁 876）等。

〔註 140〕成偉鈞、唐仲揚、向宏業主編《修辭通鑑》（北京：中國青年出版社，1992 年 4 月），頁 1022。

　　詞人無論是運用摹寫、誇張、疊字、對比等的修辭技巧，最終目的是使得詞篇風格反常合道，令人覺得新奇。此外，還可以自定一套主觀的推理方式，對宇宙間的任何事物，別為假定，別為癡想，〔註141〕可想而知，這正是一種不受限制的要表達個人感受的方式。例如蠟梅，是極為特別的梅花品種，因此詞人在詠蠟梅之際，對蠟梅產生了許多個人有趣的聯想。洪希文〈蝶戀花〉（蠟梅）：「雪裡江梅標致好。千古詩人，總被橫斜惱。蠟貌梔言愁殺我。道伊曾向孤山過。

　　檢點花房開幾朵。錯引山蜂，釀蜜供殘課。三嘆楚騷無可考。梅花已不如芳草。」（頁945）詞人打趣地說道自己被蠟梅的花色所惹惱，妙用唐柳宗元〈鞭賈〉所載蠟貌梔言一事，懷疑蠟梅花色是否真得如此深黃？或是塗抹上蜜蠟偽裝而成？詞人奇妙的聯想，反而使得此闋詞別具一格。至於張翥〈水龍吟〉（鄭蘭玉賦蠟梅，工甚，予拾其遺意補之）就運用更多的心思，仔仔細細地說出蠟梅的特殊：「玉人梔貌堪憐，曉粧一洗鉛華盡。此花應是，菊分顏色、梅分風韻。萼點駝酥，口攢金磬，心凝檀粉。甚女貞染就，仙女絕勝，蜂兒童，鵝兒嫩。　　說與玉龍莫品，怕宮波、一般流恨。故人堪寄，折枝代取，江南春信。沈水全熏，檗絲密綴，額黃深暈。乍燕姬未識，是花是蠟，笑偎人問。」（頁1008）將蠟梅比作嬌額塗黃的女子，恐怕蠟梅也如美人一樣，洗去鉛黃也就沒有了美麗的妝扮。換言之，詞人懷疑蠟梅顏色並非自然生成，因而說菊花分了點顏色給蠟梅；並且還有梅花又分了點風韻給蠟梅，才形成了蠟梅獨特的韻味。詞人反常合道的豐富聯想，令人覺得有趣。至於萼點駝酥一句，其實與宋范成大《梅譜》對蠟梅的介紹相似，曰：「蠟梅……凡三種……經接，花疏，雖盛開，花常半含，名磬口梅，言似僧磬之口也。最先開，色深黃，如紫檀，花密香穠，名檀香梅。此品最佳。」〔註142〕兩相比較，張翥筆下的

〔註141〕　黃永武《中國詩學設計篇・「反常合道」與詩趣》（臺北：巨流圖書　　　　　　公司，1992年5月），頁272。
〔註142〕　宋・范成大撰，孔凡禮點校《范成大筆記六種》，頁257。

蠟梅，透過排比形式，同時是以韻文的方式表達，當然就更能顯現出蠟梅的韻味。

　　清・吳衡照《蓮子居詞話・明詞不振》卷三曰：「金元工於小令套數而詞亡。」〔註143〕金元工小令，所言不差。前文已論述元曲能加襯字、韻腳自由、語言不拘白話，使得文人寫作不受形式上的限制，又加上外族音樂的融入，以及傳統文化中的審美角度有了改變，促使新興文學的產生。但是文人們醉心於元曲創作，並不能因此代表元詞必然衰亡。如同清・況周頤《蕙風詞話・顧仲瑛〈青玉案〉》卷三云：「元明人詞亦復不無可采，視抉擇如何耳。」〔註144〕元詞並非一無可取，就詠梅詞而言，正因為受到元曲的影響，詞中多有近於簡單易懂的語言，以及誇張新奇、反常合道的想像，有別雕琢精工、意味不盡的表現方式，使得詠梅詞新奇成趣。但是詠梅詞並不因此過於俗化，正因為所詠之物，是清雅絕塵的梅花，本有一番格調。

三、清空含蓄　遺形入神

　　元代後期的詞人，所作的詠梅詞有著「清空含蓄，遺形入神」的風格傾向，不僅是詠梅詞，在元代後期的詞篇，大部份都有這樣的風格樣貌，可說是元詞發展的必然趨勢。根據近人學者的見解，可以一窺端倪：

> 元代後期的詞，大約從大德以後到元末，後期與前期的最大區別在於，曾興盛於南宋詞壇的雅詞又再度興起，南宋詞的傾向頗為明顯。究其原因，主要是元代文化重心南移，詞的創作不免受到南風薰染所致。其次則是詞的曲化導致詞體本身某些藝術特性喪失，後人不得不重新高揚雅正的

〔註143〕唐圭璋《詞話叢編》，頁2461。
〔註144〕清・況周頤撰、屈興國輯注《蕙風詞話》（南昌：江西人民出版社，2000年10月），頁165。

旗幟，努力復雅的結果。其中成就最高，影響最大的詞人
是張翥。〔註145〕

「元代文化重心南移」，〔註146〕南方的山光水色，不同於北方，詞人
居處在這樣的環境中，詞風自然趨向婉麗含蓄一派。〔註147〕因此也
可說是地理環境影響了詞人的創作風格。至於「詞的曲化」，原本也
可說是元詞風貌的不同展現，別開生路，自成一家，但是末流之作，
往往流於尖新淺俗，自有反對之作，於是導致元詞又有了新的發展。
並且隨著元代中後期社會的穩定，復開科舉之後，文教日隆，詩文創
作領域崇尚清醇雅正的風氣開始流行，與之相應的是承傳南宋姜、張
一派的詞學觀念。〔註148〕繼之，要論述的是姜夔、張炎一派在元代
詞壇的承傳流播。

姜夔、張炎影響著元代後期詞風的形成，尤其是對張翥詞風有著
更深、直接的影響。主要因為張翥師法仇遠，仇遠又與張炎交游，張
炎又對姜夔推重備至，如此一連串的層層關係下，使得張翥的詞風勢
必趨向清空含蓄，並且由於張翥是元詞的大家，又進而影響了元代後
期的詞風。劉子庚曰：「宋元人詞至張氏而極盛，周旋區折，純任自
然，出仇氏之門，故無一語可入北曲。」〔註149〕「周旋區折，純任
自然」說的是張翥的詞風，當是有別於蘇、辛一派，更重含蘊曲折之
情於詞中，所謂自然，並不是指詞句不加修飾，而是運用自然，存乎
一心。「出仇氏之門」，仇氏當指仇遠。吳梅曰：「（仇）遠在宋末，與

〔註145〕 趙義山、李修生主編《中國分體文學史·詩歌卷》（上海：上海古
籍出版社，2004 年），頁 296。
按：大德至元末，約從 1297～1370 年，參見張子良《金元詞述評·
宋金元帝王世系表》（臺北：華正書局，1979 年 7 月），頁 281～282。
〔註146〕 元代中後期以後，江南地區的經濟和文化發展速度已經大大超過北
方，整個文化中心都由北方向江南遷移。參見陶然《金元詞通論》，
頁 357。
〔註147〕 黃兆漢《金元詞史》（臺北：臺灣學生書局，1992 年 12 月），頁 60。
〔註148〕 陳伯海、蔣哲倫《中國詩學史·詞學卷》（廈門：鷺江出版社，2002
年 9 月），頁 161。
〔註149〕 劉子庚《詞史》，頁 129。

白珽齊名，號曰仇白。厥後張翥、張雨以詩詞鳴於元代者，皆出其門。」
〔註150〕張翥習於仇遠門下，仇遠又常與與南宋遺民唱和，〔註151〕並
且仇遠詞學主張是與張炎相近的。試見仇遠爲張炎《山中白雲詞》所
作序言寫道：

> 讀《山中白雲詞》，意度超玄，律呂協恰，不特可寫青檀口，
> 亦可被歌管薦清廟，方之古人，當與白石老仙相鼓吹。世
> 謂詞者詩之餘，然詞尤難於詩。詞失腔猶詩落韻，詩不過
> 四五七言而止，詞乃有四聲五音均拍重輕清濁之別，若言
> 順律舛，律協言謬，俱非本色。或一字未合，一句皆廢；
> 一句未妥，一闋皆不光采，信戛戛乎其難。又怪陋邦腐儒，
> 窮鄉村叟，每以詞爲易事，酒邊興豪，即引紙揮筆，動以
> 東坡、稼軒、龍洲自況，極其至，四字《沁園春》、五字《水
> 調》、七字《鷓鴣天》、《步蟾宮》，拊几擊缶，同聲附和，
> 如梵唄，如步虛，不知宮調爲何物，令老伶俊娼，面稱好
> 而背竊笑，是豈足與言詞哉！〔註152〕

仇遠一反世人以爲詞是小道。特別強調詞的格律，講求詞句與音律並
須相稱。因此對張炎詞特別推崇，故道「讀《山中白雲詞》，意度超
玄，律呂協恰。」律呂相協，是注重詞調音律的結果，張炎《詞源·
製曲》下卷就提到：「作慢詞看是甚題目，先擇曲目，然後命意；命

〔註150〕 吳梅《詞學通論》。據《民國叢書》（上海：上海書店，1996 年），
　　　　　第 5 編，第 54 冊影印本，頁 131。
〔註151〕 吳梅曰：「其（仇遠）所作格律高雅，往往頡頏古人，其詞亦清俊
　　　　　拔俗，與南宋諸公相類。蓋遠雖爲元人，而所居在南方，且往來酬
　　　　　酢多宋代遺臣，所作與北人不同也……是書（《樂府補題》）皆宋末
　　　　　遺民唱和之作，共十三人。中如王沂孫、周密、唐珏、張炎，爲尤
　　　　　著稱。」參見吳梅《詞學通論》，頁 131。孫望、常國武主編《宋代
　　　　　文學史》也提到：「其（張炎）所交游多爲由宋入元的東南遺民和
　　　　　其他知識分子，如周密、鄧牧、錢舜舉、鄭思肖、陳允平、王沂孫、
　　　　　戴表元、袁桷、仇遠等。」參見孫望、常國武主編《宋代文學史》
　　　　　（北京：人民文學出版社，1996 年 9 月），下冊，頁 356。
〔註152〕 宋·張炎《山中白雲詞》（北京：中華書局，1991 年），頁 29。

意既了，思量頭如何起，尾如何結，方始選韻，而後述曲。」〔註153〕
可見張炎本身對填詞的自我要求。意度超玄，則是詞風清空含蓄所
致，並且是受到姜夔影響。張炎對姜夔詞極為讚賞，所著《詞源》
一書，不僅表達了自身的詞學主張，並且常常以姜夔詞為例以明之。
〔註154〕因此後人視姜、張自成一派，也是理所當然。

　　關於張炎《詞源》論及作詞要法，及論及姜夔詞者，最著名者即
《詞源·清空》下卷曰：

> 詞要清空，不要質實；清空則古雅峭拔，質實則凝澀晦昧。
> 姜白石詞如野雲孤飛，去留無迹，吳夢窗詞如七寶樓臺，
> 眩人眼目，碎拆下來，不成片段。此清空質實之說。夢窗
> 〈聲聲慢〉云：「檀欒金碧，婀娜蓬萊，游雲不蘸芳洲。」
> 前八自恐太澀。如〈唐多令〉：「何處合成愁，離人心上秋。
> 縱芭蕉不雨也颼颼。都道晚涼天氣好，有明月，怕登樓。
> 　　前事夢中休，花空煙水流，燕辭歸客尚淹留。垂柳不
> 縈裙帶住，謾長是，繫行舟。」此詞疏快卻不質實。如是
> 集中尚有，惜不多耳。白石詞如〈疏影〉、〈暗香〉、〈揚州
> 慢〉、〈一萼紅〉、〈琵琶仙〉、〈探春〉、〈八歸〉、〈淡黃柳〉
> 等曲，不惟清空，又且騷雅，讀之使人神觀飛越。〔註155〕

清空與質實相對而言，張炎舉出姜夔、吳文英兩家詞作具體對比。大
抵張炎所謂清空的詞是要能攝取事物的神理，而遺其外貌。質實的詞
是寫得典雅奧博，但過於膠著於所寫的對象，顯得板滯。〔註156〕以

〔註153〕宋·張炎撰、夏承燾校注《詞源注》，頁13。
〔註154〕在張炎《詞源》一書中，在序言中就已經提到對姜夔詞的欣賞，以
　　　　為姜夔、史達祖、吳文英等人，格調不侔，句法挺異，俱能特立清
　　　　新之意，刪削靡曼之詞，自成一家，各名於世。並且在〈製曲〉、〈清
　　　　空〉、〈意趣〉〈用事〉等都有援引姜夔詞。參見宋·張炎撰、夏承
　　　　燾校注《詞源注》，頁9、13、16、18、19。
〔註155〕宋·張炎撰、夏承燾校注《詞源注》，頁16。
〔註156〕此段引自夏承燾對張炎的清空之說的解釋，參見宋·張炎撰、夏承
　　　　燾校注《詞源注》，頁16。

「野雲孤飛，去留無迹」形容姜夔詞，「野雲孤飛」當指「清」，孤飛的野雲，是脫離了塵俗之氣的孤高不群的象徵；「去留無迹」，當指「空」，雲卷雲舒，隨所變換，空靈一氣。〔註157〕換言之，詞句的安排、情志的表達都是構思恰當，不著痕迹，因此所顯現的詞風，就能有別於尋常之作。至於要達到清空的具體作法，如用事要體認著體，融化不澀，張炎以姜夔〈暗香〉、〈疏影〉，一用事典、一用語典為例，〔註158〕又如末句最當留意，有有餘不盡之意始佳。張炎所舉數例中，也包括了姜夔〈暗香〉、〈疏影〉〔註159〕總而言之，張炎以為詞當以清空為要，並且以姜夔詞是最能表現清空者。

　　張炎論及清空時，還指出姜夔詞是「不惟清空，又且騷雅」。如果說「清空」的言外之意主要體現為含蓄，那麼「騷雅」的言外之意，則主要在有所寄託。關於騷雅、寄託，張炎《詞源·意趣》下卷提到：「詞以意趣為主，不要蹈襲前人語意。」並舉姜白石〈疏影〉、〈暗香〉為例，皆清空中有意趣，無筆力者未易到。〔註160〕此「意趣」二字一般理解為逸情別趣，實指要有所寄託的深意，〔註161〕如此詞篇方

〔註157〕趙曉嵐《姜夔與南宋文化》（北京：學苑出版社，2001 年 5 月），頁282。
〔註158〕《詞源·用事》曰：「詞用事最難，要體認著體，融化不澀。白石〈疏影〉：『猶記深宮舊事，那人正睡裏，飛近蛾綠。』用壽陽事。又云：『昭君不慣胡沙遠，但暗憶江南江北。想佩環月夜歸來，化作此花幽獨。』用少陵詩。此皆用事不為事所使。」參見宋·張炎撰、夏承燾校注《詞源注》，頁 19。
〔註159〕《詞源·詠物》曰：「詩難於詠物，詞為尤難。體認稍眞，則拘而不暢；模寫差遠，則晦而不明；要須收縱聯密，用事合題，一段意思，全在結句，斯為絕妙……白石〈暗香〉、〈疏影〉詠梅……此皆全章精粹，所詠瞭然在目，且不留滯於物。」參見宋·張炎撰、夏承燾校注《詞源注》，頁 20。
關於結句的重要，在《詞源·令曲》中也有提到：「詞之難於令曲，如詩之難於絕句，不過十數句，一句一字閒不得。末句最當留意，有有餘不盡之意始佳。」參見宋·張炎撰、夏承燾校注《詞源注》，頁 25。
〔註160〕宋·張炎撰、夏承燾校注《詞源注》，頁 18。
〔註161〕趙曉嵐以為〈暗香〉、〈疏影〉正是歷來被認為寄託遙深之作，雖然

有意趣，才能顯現出騷雅，並且融入寄託得當與否，正是個人筆力及與不及也。

綜上所述，從張炎論詞的觀點，以及他對姜夔詞的評價；再推及仇遠對張炎詞的品評；又追溯張翥爲仇遠門下弟子，在這樣的效法、交游、師承的相互影響下，可以想見元代後期詞風趨於「清空含蓄，遺形入神」是必然的發展，《四庫全書總目提要》評張翥詞云：「以一身歷元之盛衰，故其詩多憂時傷亂之作，其詞乃婉麗風流，有南宋舊格。」〔註162〕清·劉熙載《藝概·詞曲概·虞薩詞與張仲舉詞》卷四也說：「虞伯生、薩天錫兩家詞，皆兼擅蘇、秦之勝。張仲舉大抵導源白石，時或以稼軒濟之。」〔註163〕除了張翥外，還可以從論詞專書，如元·陸輔之《詞旨》發揮了張炎詞學，序言提到：「夫詞亦難言矣，正取近雅，而不遠俗，予從樂笑翁游，深得奧旨制度之法，因從其言，命韶暫作《詞旨》，語近而明，法簡而要，俾初學者易於入室云。」〔註164〕以及詞集序文，如元·虞集《道園學古錄卷三十二·葉宋英自度曲譜》：「近世士大夫號稱能樂府者，皆依約舊譜，仿其平仄，綴輯成章，徒諧俚耳則可，乃若文章之高者，又皆率意爲之，不可叶諸律，不顧也。太常樂工知以管定譜，而撰詞實腔又皆鄙俚，亦無足取。」〔註165〕、朱晞顏《瓢泉吟稿卷五·跋周氏塤箎樂府引》：「稼軒、清眞各立門戶，或以清曠爲高，或以纖巧爲美，正如桑葉食蠶，不知中邊之味爲如何耳。最晚姜白石堯章者，以音律之學爲宋稱首，其遣詞綴譜，迴出塵俗，眞有『一洗

關於所寄託的內涵，各家理解不一。此外，〈一萼紅〉、〈八歸〉等也都寓有身世之感、家國之嘆。參見趙曉嵐《姜夔與南宋文化》，頁300。

〔註162〕 清·永瑢、紀昀等撰《武英殿本四庫全書總目提要》（臺北：臺灣商務印書館，1983年10月），卷199，頁315～316。

〔註163〕 清·劉熙載《藝概》（臺北：華正書局，1988年9月），頁113。

〔註164〕 元·陸輔之《詞旨》（北京：中華書局，1991年），頁1。

〔註165〕 元·虞集《道園學古錄》（臺北：臺灣商務印書館，1967年），頁286。

萬古凡馬空』之氣。」〔註166〕可見當時對音律、詞句的討論是普遍的現象，並且注重音律、反對字句俗化，也是因循著姜、張一派而來。

　　上述從詞人的師承交游、詞人的詞學觀點、以及社會環境等因素，可證元詞風格在散曲化、通俗化之外，還有承襲南宋詞的現象，具有清空含蓄的詞風。至於在元詠梅詞中，以張翥的詠梅詞最擅於體現此類風格。張翥承襲著姜夔、張炎一派，在創作詠梅詞上，與姜夔也有著類似之處。在數量上，姜夔有詠物詞二十多首，其中詠花者有二十四首，詠梅詞占了十八首；〔註167〕張翥詠物詞近二十五首，其中詠花者十六首，詠梅詞占了七首，無論姜夔或張翥對於梅花都特別偏愛。並且在這些詠梅詞中，在詞調上，姜夔有自度曲，〈暗香〉、〈疏影〉，〔註168〕以至〈玉梅令〉也可說是姜夔的創作；〔註169〕張翥詠梅雖然沒有自度曲，也是慎選詞調，如以〈東風第一枝〉、〈疏影〉為調。〔註170〕至於在風格上，多有承襲著姜、張之處。試見張翥〈東風第一枝〉（憶梅）：

　　　老樹渾苔，橫枝未葉。青春肯誤芳約。背陰未返冰魂，
　　　陽梢已含紅萼。佳人寒怯，誰驚起、曉來梳掠。是月斜、
　　　花外幺禽，霜冷竹閒幽鶴。　　雲淡淡，粉痕漸薄。風

〔註166〕元‧朱晞顏《瓢泉吟稿》（上海：商務印書館，1935 年）景印四庫全書珍本初集，第 186 函，頁 13。

〔註167〕趙曉嵐《姜夔與南宋文化》，頁 245。

〔註168〕姜夔〈暗香〉詞序曰：「辛亥之冬，予載雪詣石湖，止既月，授簡索句，且徵新聲，作此兩曲，石湖把玩不已，使工妓隸習之，音節諧婉，乃名之曰暗香、疏影。」唐圭璋《全宋詞》，頁 2181。

〔註169〕就詠梅詞而言，自度曲除〈暗香〉、〈疏影〉外，姜夔〈玉梅令〉詞序云：「石湖家自製此聲，未有語實之，命予作。」參見唐圭璋《全宋詞》，頁 2173。

〔註170〕趙維江以為張翥在創作時，十分重視詞的選調，一個突出的特點是詠本題，即以詞調為吟詠之題，是為了給所表達的情思尋求最確當的藝術形式。如詠桂花則用〈桂枝香〉，寫梅花則選〈東風第一枝〉，賦幺鳳則用〈丹鳳吟〉。參見趙維江《金元詞論稿》（北京：中國社會科學出版社，2001 年 1 月），頁 208。

細細，凍香又落。叩門喜伴金尊，倚欄怕聽畫角。依稀
夢裏，記半面、淺窺朱箔。甚時得、重寫鶯牋，去訪舊
遊東閣。（頁1011）

此闋詞以憶梅為題，寫的是賞梅之後，對梅花的念念不忘，並且詞人
的懷念之情是隱約含蓄而不外放的。上片，回憶起以前賞梅之景。老
樹橫枝寫的是梅花的蒼勁之美；或冰魂未返，或紅萼已含，寫的是兩
三枝梅花的疏淡之美；清霜明月、么禽幽鶴襯托出梅花的清高脫俗之
美。真可說是將梅花的美形容道盡，並且也內蘊著對梅花的喜愛萬
分，如此才足以令詞人思念不已。下片，著重在寫憶梅之情，並非直
接說出對梅花的想念，而是藉由描寫詞人的動作舉止來表現，如「依
稀夢裏，記半面、淺窺朱箔」、「甚時得、重寫鶯牋，去訪舊遊東閣」，
如此卻能將道不盡的思念蘊含在其中，更具體表現思念之深。同時，
訪東閣，融入了杜甫東閣官梅的詩意，〔註171〕杜甫和裴迪詠梅詩，
不僅寫出裴迪如同何遜般愛梅，也寄寓自身的傷春愁暮之情，張翥要
重寫鶯牋，舊訪東閣，未嘗不也是如此。同時藉此也可見張翥承襲姜、
張一派主張的化用典故，融化不澀。

張翥詞清空含蓄、遺形入神之風，又如〈六州歌頭〉（孤山尋梅）：
「孤山歲晚。石老樹查牙。逋仙去。誰為主。自疏花。破冰芽。烏帽
騎驢處。近修竹，侵荒蘚，知幾度。踏殘雪，趁晴霞。空谷佳人，獨
耐朝寒峭，翠袖籠紗。甚江南江北，相憶夢魂賒。水繞雲遮。思無涯。

又苔枝上，香痕沁，么鳳語。凍蜂衙。瀛嶼月，偏來照，影橫斜。
瘦爭些。好約尋芳客，問前度，那人家。重呼酒。摘瓊朵。插鬖鴉。
喚起春嬌扶醉，休孤負錦瑟年華。怕流芳不待，回首易風沙。吹斷城
笳。」（頁997）詞人尋梅、賞梅，對於梅花並未多著眼於具體摹寫，

〔註171〕　〈和裴迪登蜀州東亭送客逢早梅相憶見寄〉：「東閣官梅動詩興，還
如何遜在揚州。此時對雪遙相憶，送客逢春（一作花）可（一作更）
自由。幸不折來傷歲暮，若為看去亂鄉（一作春）愁。江邊一樹垂
垂發，朝夕催人自白頭。」清·仇兆鰲注《杜少陵集詳註》，卷9，
頁133。

而是多留意在梅花的神態。「孤山歲晚。石老樹查牙」寫出梅花老樹杈枝歧出，顯現梅花的獨特格調；「遁仙去。誰為主」表達梅花的與眾不同、遺世絕俗，惟有隱士林逋才能是梅花的主人；「近修竹，侵荒蘚」、「空谷佳人，獨耐朝寒峭，翠袖籠紗」寫出梅花所居之地的幽遠靜僻，以及化用杜甫詩，表現梅花耐得冰霜，梅格高潔。下片的苔枝香痕沁、明月相照、瘦影橫斜等，都是藉由側面描寫他物，以烘托出梅花的特別，是幽香迷人，是枝幹清瘦。詠物而不留滯於物，詞風也就更顯得含蓄清空。並且寫道害怕美好時光稍縱即逝，未嘗不也是寄託著對年老遲暮的悵然。然而詞人並沒有停留在嘆老嗟衰的情懷中，而是要春嬌扶醉，及時行樂，惜春賞梅。張炎所謂不可輕忽結句，以及要有騷雅之餘味，皆可藉此明之。

　　再舉張翥〈摸魚兒〉（題熊伯宣藏梅花卷子）為例，又可證張翥與姜夔的詞風相似：「計西湖、水邊曾見。查牙老樹如此。冰痕冷沁苔枝雪，的皪數花纔試。天也似。愛玉質、清高不久閒紅紫。孤山處士。　總賦得招魂，煙荒雨暗，寂寞抱香死。春風筆，休憶深宮舊事。添人多恨多愁。墨池雪嶺三生夢，喚起縞衣仙子。仍獨自。伴瘦影、黃昏和月窺窗紙。聲聲字字。寫不盡江南，閒愁萬斛，訴與綠衣使。」（頁 1000）清·吳衡照《蓮子居詞話·張仲舉兼諸公之長》卷二：「張仲舉詞出南宋，而兼諸公之長。如題梅花卷子云：『墨池雪嶺三生夢，喚起縞衣仙子。仍獨自伴，瘦影黃昏，和月窺窗紙。』絕似石帚。」〔註172〕張翥絕似姜夔之處，當指張翥墨池一句，切合詞題，題畫賦梅，故道窗紙瘦影；再看姜夔〈疏影〉下片結句：「等恁時、再覓幽香，已入小窗橫幅。」沒有寫到一個「影」字，卻又切合了疏影。兩者詠物手法相似，都是結句絕妙，並且攝取事物的神韻，又不會令人感到晦而不明。因此受到後代評論家的讚賞。

〔註172〕唐圭璋《詞話叢編》（臺北：新文豐，1988 年 2 月），頁 2436。

　　除了張翥之外，也有其他詞人的詠梅詞具有清空含蓄之風。試看邵亨貞〈角招〉（故園舊有老梅數樹，自庚午至庚辰，十載之閒，六遭巨浸，無一存者。年來惟起步月前邨之嘆。辛巳正月廿四日，曹雲翁以紅萼一枝見予，風度絕韻，舊感橫生，念之不置，因綴此闋為解，併以謝翁焉。）：

> 夢雲香。東風外，畫闌倚遍寒峭。小梅春正好。漫憶故園，花滿林沼。天荒地老。但暗惜、王孫芳草。鶴髮仙翁洞裏，為分得一枝來，便迎人索咲。㧾曉。　　冷香窈靄，幽情雅澹，不減孤山道。舊愁渾欲埽。卻明朝、新愁縈繞。何郎易惱。且約住、傷春懷抱。綵筆風流未少。更何日，玉簫吹，金尊倒。」（頁1119）

詞題言及故園本有老梅數樹，卻遭水患，如今無一倖存。曹雲翁以一枝紅梅相贈，遂引發詞人無限思緒。上片回憶昔日故園，是花滿林沼，如今只有王孫芳草，觸景傷情。而此番傷感，並不直接說出，而是藉由寫景物以暗示。下片一反哀愁之情，正因為得以友人紅梅相贈。紅梅花色雖然鮮豔，但是引起詞人欣賞的仍是梅花冷香窈靄、幽香襲人的特徵，並且以「冷」字強調梅花衝寒吐芳，孤傲高潔，暗指梅花之所以令詞人喜愛的原因。既然已經有梅花可賞，應該能夠一解對梅花的相思之愁，無奈詞人心情又再次轉折，只因花開之後，自是花落，傷春情懷頓時又成新愁圍繞心中。最後，詞人終能擺脫感傷，以為今朝有酒今朝醉，不如以風流綵筆為梅花多寫些好詩詞吧。整闋詞呈現對比安排，上片是景物的今昔對比，勾勒出對梅花的思念；下片則是情緒的喜悲對比，渲染出梅花的風度絕韻，使得賞花人心情因梅花而喜，因梅花而悲。無論是寫景、寫梅、寫人，都是蘊藉不盡之意於其中。再者，又如陶宗儀〈一萼紅〉（賦紅梅，次郭南湖韻）：

> 水雲鄉。又南枝逗暖，綽約漢宮粧。春豔濃分，朱鉛淺試，翠袖獨倚修篁。想應道東風料峭，翦霞彩，零亂補綃裳。勾漏尊真，丹丘授訣，傲睨冰霜。　　畢竟孤標還在，縱

天桃繁杏，難侶寒香。瑪瑙坡頭，珊瑚樹底，江南別是春
光。且莫倚、高樓玉管，怕輕盈飛處誤劉郎。依舊小窗疎
影，淡月昏黃。（頁 1131）

上片開頭，首先先點出紅梅所在之地，是水雲迷漫之地。雖然是側寫
他物，實則表達出水雲鄉的清幽才能與梅花相襯。繼之，則極力詠梅。
詞人筆下的紅梅，是風姿綽約的佳人，同時是「春豔濃分，朱鉛淺試」
的打扮，具體突出了紅梅的顏色鮮豔。並且又以「翠袖獨倚修篁」、「傲
睨冰霜」、「畢竟孤標還在，縱天桃繁杏，難侶寒香。」等句表現了紅
梅的冰雪不能欺、清高脫俗的精神。詞人詠梅可說是形、神兼備，甚
至運用不同的寫作手法一是化用杜甫詩句；〔註173〕一是擬物爲人；
〔註174〕一是比物連類，〔註175〕著重在反復渲染梅花的精神，使得整
闋詞清空而不質實，避免了「體認過眞，拘而不暢；模寫差遠，晦而
不明」之弊。〔註176〕此外，「且莫倚、高樓玉管，怕輕盈飛處誤劉郎」
則表現姜、張一派對用典的要求。前文已論及張炎對用典的要求，要
用事不爲事所使，〔註177〕其實，張炎也是承續姜夔對用典的論述而
來。姜夔《白石道人詩說》云：「僻事實用，熟事虛用」〔註178〕前句
指的是運用冷僻典故時，須用原典涵義，人、事、地名要清楚，才容
易使人了解；後者指的是對尋常熟知的典故，使用時要加以含融渾
化、或轉化其語其義，以避熟避俗而有新意。〔註179〕因此陶宗儀此
句，將原本典故中，劉晨被神仙仙境所吸引，〔註180〕轉化爲恐怕劉

〔註173〕　就「翠袖獨倚修篁」此句而言。
〔註174〕　就「傲睨冰霜」此句而言。
〔註175〕　就「畢竟孤標還在，縱天桃繁杏，難侶寒香。」而言。
〔註176〕　宋・張炎撰、夏承燾校注《詞源注》，頁25。
〔註177〕　何文煥編《歷代詩話》（臺北：藝文印書館，1991年9月），頁439。
〔註178〕　宋・張炎撰、夏承燾校注《詞源注》，頁19。
〔註179〕　蓋琦紓〈論姜夔、張炎的詠物詞〉，引自張高評《宋代文學研究叢
　　　　　刊》第6期（高雄：麗文文化公司，2002年），頁357。
〔註180〕　南朝宋劉義慶《幽明錄》記載：「漢明帝永平五年，剡縣劉晨、阮
　　　　　肇共入天台山，取穀皮，迷不得返……度出溪邊，溪邊有二女子……
　　　　　酒酣作樂，劉阮忻怖交并。至暮令各就一帳宿，女往就之，言聲清

郎被梅花的美深深吸引，不想離開。可說是運用之妙，存乎一心。再看陶宗儀〈月下笛〉(賦落梅)，更可見詞人用典變化之至妙：

> 東閣詩慳，西湖夢殘，好音難託。香消玉削。早孤標非昨。
> 阿誰底事頻橫笛，不道是、江南搖落。向空階閒砌，天寒
> 日暮，病鶴輕啄。　　情薄。東風惡。試快覓飛瓊，共翔
> 寥廓。冰魂漠漠，謾憐金谷離索。有時巧綴雙蛾綠，天做
> 就、宮妝綽約。待一點脆圓成，須信和羹問卻。(頁1132)

杜甫〈和裴迪登蜀州東亭送客逢早梅相憶見寄〉原本是寫東閣梅花綻放，引發人們寫詩雅興，此處詞人則說「東閣詩慳」表達梅花盛開之景已經不再，自然就無法觸發更多詩興以作詩。再者，詞人又化用林逋隱居西湖，遍植梅花之典，轉而寫「西湖夢殘」，更顯出梅花凋謝的冷清。至於「好音難託」蓋引申自陸凱〈贈范曄〉詩，原意為贈友一枝春，以告知春信消息，只可惜如今徒有落梅，自無好音相寄。三個典故無一不是詠梅的典故，但是詞人又能熟事新用，自立新意。上片到下片，原本一直沿續著梅花凋落，美景不再之嘆，然而有時巧綴一句，陡然捨棄悽涼之情。化用壽陽公主梅花妝一事，強調梅花雖然片片落下，也能為美人打扮，梅花與美人最能相襯。待一點一句，為詠落梅更增添了積極的一面，化用梅實和羹之典，強調梅實的價值，也寄託個人期盼能輔佐政事。整闋詞未寫一個梅字，未嘗不是處處寫梅。融化典故時，又能切合詞題，翻轉新意，並且留意末句，使得此闋詞清空中自有意趣。

　　無論是地理環境、社會風尚、詞體演變，都顯示元代後期詞風受到姜、張一派的影響，並且在詠梅詞中也可發現有「清空含蓄，遺形入神」詞風傾向。無論是張翥、邵亨貞等，各家詠梅，都可說承襲姜、

婉，令人忘憂，至十日後，欲求還去……遂留半年。氣候草木，是春時，百鳥鳴呼，更懷土，求歸甚苦。女曰：『當如此遂呼？』前來女子有三四十人，集會奏樂，共送劉阮，指示還路。既出，親舊零落，邑屋全異，無復相識，問得七世孫，傳聞上世入山，迷不得歸。」參見宋‧李昉等奉敕撰《太平御覽》，卷41，頁323。

張一派而來，但是鋪排布局卻又各有不同，正可藉元・陸輔之對清空的說法，爲此做一註解。元・陸輔之《詞旨・詞說》第七則曰：「《詞源》云：『清空』二字，亦一生受用不窮，指迷之妙，盡在是矣。學者必在心傳耳傳，當有悟入處。然須跳出窠臼外，時出新意，自成一家。若屋下架屋，則爲人之賤僕矣。」〔註181〕張翥等人詠梅詞正是如此。詞人們都是詠梅，形式也都以慢詞爲主，不同的是或形神兼備，或遺形取神；或感嘆青春不再、或期盼有所成就；或寫尋梅，或賦落梅。詞人們都擅長化用典故，都仔細安排末句，但是各有各的清空含蓄，各有各的騷雅意趣，方能在姜、張的影響下，跳出窠臼，時出新意，自成一家。

小　結

　　本章藝術表現以修辭、意象、風格三方面進行探討。詞人運用修辭技巧，常是構成詞篇藝術表現的基本條件。無論是詞篇的意象或是風格表現，都是以運用修辭手法爲基礎。爲求論述條理分明，故以常見的修辭技巧爲類，分成摹寫、譬喻、擬人、用典、借代五類。實際上，詞人寫作詠梅詞時，爲求變化，通常不會只使用一種修辭技巧，常是交錯運用，也會旁及其他修辭技巧。

　　再者，詠梅詞主要有美人風韻、梅妻鶴子、冬去春來三種意象。在各類意象上，都有各自的成因與擴展。如美人風韻，承襲著自古以來，透過花色、花香，聯繫著花與美人的直接聯想。然而除了廣泛地對美人外貌的描寫外，更著眼於對美人品格的留意，如此方能凸顯美人的特別。關於梅妻鶴子意象的形成，除了是源於梅花的外在自然樣態，更是受到當時興盛的隱逸之風所致。並且擴展至梅花與人之間猶如知己般的關係。至於報春使者意象，也是經由梅花的自然特徵以形成，並且在單純表現梅花積極回春外，詞人藉由報春意象與美人意象

────────────

〔註181〕元・陸輔之《詞旨》，頁2～3。

的結合，又豐富了意象的表現。

　　詠梅詞的風格，則是區分成金代、元代前期、元代後期三個時期，探討各個時期的風格表現與成因。詞篇風格分別是金代的直抒胸臆，一派自然；元代前期的新奇成趣，耳目一新；元代後期的清空含蓄，遺形入神。金代詠梅詞風主要受到蘇軾詞影響，元代前期則是受到散曲風格影響，元代後期則是導因於姜、張一派。細究之，各個時期的地理環境、社會審美傾向、詞人的師承交游等也是詞風形成的原因。上述三種風格，是三個時期的主要表現，當然也出現有別於此者。如金代元好問的詠梅詞作就不全然是直截了當，也會吞吐含蓄；又如元代後期崇尚姜、張詞風，但是謝應芳的詠梅詞作多是自然描寫，不喜歡化用典故以蘊不盡之情。

第五章　金元與兩宋的詠梅詞比較

　　金元與兩宋的詠梅詞比較，十分值得注意，透過比較，方能具體明瞭不同時代寫作詠梅詞的差異，以及造成差異的原因。對於兩宋詠梅詞，廖雅婷《宋代梅花詞研究》與賴慶芳《南宋詠梅詞研究》〔註1〕都有相當的研究成果，並且部份探討的論點與本論文相似，因此本章多以這兩本專書的研究成果為準，並作為與金元詠梅詞比較的對象。

第一節　一般基本的比較

　　本節針對兩宋與金元詠梅詞在詞人數量、詠梅詞數量，以及詞人選用詞調、詞人寫作詞題、詞序四方面，進行比較。透過詞人與詞作的數量比較，能夠藉以了解不同時代的詠梅詞具體的發展數據，而不是模糊的數量多或少。至於詞人選用詞調與寫作詞題或詞序，都是構成一闋詞的基本形式，藉以明白金元詠梅詞是否有承襲前代詠梅詞之處。

〔註 1〕蔡榮婷指導，廖雅婷《宋代梅花詞研究》嘉義：國立中正大學中國文學研究所碩士論文，2003 年 6 月。
　　　　賴慶芳《南宋詠梅詞研究》臺北：臺灣學生書局，2003 年 8 月。

一、詞人與詞作的數量比較

關於兩宋詠梅詞的研究，廖雅婷《宋代梅花詞研究》與賴慶芳《南宋詠梅詞研究》最爲完備，雖然兩者在部份研究探討上，所得結果未必全然相同。如統計兩宋寫作詠梅詞的詞人以及詞作總數，兩人的統計數據並不相同，如下：

	北宋詠梅詞人	北宋詠梅詞	南宋詠梅詞人	南宋詠梅詞
廖雅婷統計〔註2〕（不包括無名氏詠梅詞作203首）	55人 其中以揚無咎16首詠梅詞最多	121首	286人 其中以趙長卿37首詠梅詞最多	639首
賴慶芳統計〔註3〕（不包括無名氏詠梅詞作255首）	59人 未說明何者最多	133首	172人 其中以趙長卿38首詠梅詞最多	573首

上述統計數據的差異，緣於每個人有各自的取材標準所致，並沒有絕對的對錯之別。賴慶芳說明選詞標準曰：「所謂『詠梅詞』，是指以梅花爲主要吟詠對象的詞作，包括圍繞梅花而寫的「賞梅」、「觀梅」、「尋梅」或「墨梅」（畫中梅）。一首詞作，若有過半內容論及梅花，少半論霜雪，或別的花卉植物，也入詠梅詞之列。」〔註4〕廖雅婷述說取材原爲「詞序中說明與詠梅、賞梅以及任何與「梅」相關之活動者、詞序中雖無明白標示「梅」字，但全首吟詠與「梅」相關之題材者、詞句單句提到『梅』者。」〔註5〕相較之下，應該是由於廖雅婷將「詞句單句提到梅花」者，也歸之於詠梅詞，於是

〔註2〕廖雅婷《宋代梅花詞研究》，頁451。

〔註3〕賴慶芳專以南宋詠梅詞爲研究範圍，因此關於北宋詠梅詞的部份就沒有一一列表，也就沒有說明北宋詠梅詞以何者最多。參見賴慶芳《南宋詠梅詞研究》頁191、362。

〔註4〕賴慶芳《南宋詠梅詞研究》，頁ⅩⅥ。

〔註5〕廖雅婷《宋代梅花詞研究》，頁6。

導致相關統計數據，多過賴慶芳。相同的是，藉由兩人的研究統計，可得兩宋詞人著實喜愛詠梅，尤以南宋爲盛。至於金元詠梅詞，經本人統計如下：

		詠梅詞人	詠梅詞
金　　代	7人	其中以李俊民 12 首最多，並以組 詞呈現	24 首
元　　代	30人	其中以程文海、張翥各 7 首最多	77 首
總　　計	37人		101 首

　　金元詠梅詞人以及詠梅詞作數量，明顯無法與南宋相比，但是尚可與北宋相當。並且金元詠物詞中，以植物類最多，其中又以詠梅最多。〔註6〕總之，透過數量上的比較，以及前文對金元詠梅詞發展背景的闡述，如花鳥繪畫、花卉文藝等，都可以顯現金元詠梅詞仍是承接著兩宋發展而來。此外，雖然金元詠梅詞數量未能比得上前代，但是後代詞論家對金元詠梅詞多有不錯的評價，如況周頤《蕙風詞話》評李獻能〈江梅引〉（爲飛伯賦青梅）曰「冰肌句熨帖工致。冉冉以下，取神題外，設境意中。斷魂兩句拍合，略不吃力，允推賦物聖手。」〔註7〕又如王奕清等《歷代詞話》卷九評張翥〈六州歌頭〉（孤山尋梅）曰：「古今梅詞甚多，惟張翥〈六州歌頭〉一首云：『孤山歲晚，石老樹槎枒……怕流芳，不待回首易風沙。吹斷城笳。』眞有飛鴻戲海，舞鶴游天之勢。」〔註8〕許昂霄《詞綜偶評》評張翥〈疏影〉（王元章墨梅圖）：「〈疏影〉王元章墨梅圖。元章名冕，諸暨人。前段只說梅花，後段方說畫梅，與〈滿江紅〉一闋，題折枝桃花章法正同。微霜恰護朦朧月二句，即爲畫圖伏案。

〔註6〕筆者將金元詠物詞分爲植物類、動物類、天象類、地理類、建築類、器物類及其他，約有四百首，其中植物類約占二分之一，並且以詠梅詞爲最多。此外，根據唐圭璋《全金元詞》收錄無名氏詞，未見詠梅者。

〔註7〕清・況周頤撰、屈興國輯注《蕙風詞話》，頁129。

〔註8〕唐圭璋《詞話叢編》，頁1287。

一夜夢雲無迹，趺起畫梅。惟有龍煤解染，直接。」〔註9〕都是足以顯現金元詠梅詞並非只是泛泛之作。

二、詞調與詞序的使用比較

「宋代梅花詞常見詞調分析」是廖雅婷對兩宋詠梅詞的研究重點之一。〔註10〕此章研究範圍有三，歸納分析「詞調名稱有梅字或與梅相關者」，細分爲宋代之前、宋代當代流行、宋人自度曲、宋代以後四類；繼之又歸納統計「詞調異名與梅相關者」；又再著眼於「宋代梅花詞常用詞調」的歸納統計，所得結果爲「宋代梅花詞共使用二百零六種詞調……宋代詞人於創作時並不專採在詞調名上與梅相關或帶有梅字的詞調。」〔註11〕至於詞調格律並不在研究範圍內。〔註12〕關於金元詠梅詞，共出現四十三種詞調。〔註13〕其中以〈謁金門〉十二首最多，係由於李俊民以同一個詞調〈謁金門〉寫十二首詠梅組詞。

〔註9〕唐圭璋《詞話叢編》，頁1570。
〔註10〕廖雅婷《宋代梅花詞研究》，頁132～203。
〔註11〕廖雅婷《宋代梅花詞研究》，頁198、203。宋代梅花詞使用詞調種類眾多，以〈念奴嬌〉三十九首、〈減字木蘭花〉三十五首、〈浣溪沙〉三十一首等居多，參見廖雅婷《宋代梅花詞研究》，頁200。
〔註12〕廖雅婷總結結論中說：「本論文對宋代梅花詞使用方面所作的研究，乃是一初步而概略性的統計與考察，藉以觀察宋代詞家創作梅花詞所引用的詞調的分布狀況。又，針對於詞調格律方面的分析，並不在於本論文的考察範圍內。」參見廖雅婷《宋代梅花詞研究》，頁453。
〔註13〕分別是 1〈念奴嬌〉、2〈點絳脣〉、3〈滿江紅〉、4〈江梅引〉、5〈謁金門〉、6〈鵲橋仙〉、7〈蝶戀花〉、8〈梅花引〉、9〈天香慢〉、10〈木蘭花慢〉、11〈秋色橫空〉、12〈清平樂〉、13〈太常引〉、14〈賀新郎〉15〈天仙子〉、16〈木蘭花〉、17〈洞仙歌〉、18〈柳梢青〉、19〈菩薩蠻〉、20〈千歲秋〉、21〈摸魚兒〉、22〈疏影〉、23〈玉樓春〉、24〈水龍吟〉、25〈滿庭芳〉、26〈一萼紅〉、27〈踏莎行〉、28〈江城子〉、29〈燭影搖紅〉、30〈獅兒詞〉、31〈水調歌頭〉、32〈六州歌頭〉、33〈東風第一枝〉、34〈孤鸞〉、35〈鷓鴣天〉、36〈風入松〉、37〈虞美人〉、38〈沁園春〉、39〈一翦梅〉、40〈感皇恩〉、41〈花心動〉、42〈角招〉、43〈月下笛〉。參見本論文附錄金元詠梅詞一覽表。
按：由於本論文不以詞調名分析爲研究重點，故不再一一列出每個詞調名使用情形的表格。

除去以詠梅組詞表現者，以〈點絳唇〉為常見詞調，共有七首，可見金元詞人與宋代詞人相同，詠梅也不特別專探詞調名上與梅相關或帶有梅字的詞調，廖雅婷完整歸納宋人詠梅所使用的常見詞調，並特別留意詞調名或詞調異名是否有梅字或與梅相關。然而值得注意的是詞人選調，無論詞調名有梅字或與梅相關，與詠梅詞內容之間其實並無一定的關係。張夢機對〈望梅花〉考源，曰：「唐教坊曲名，見《教坊記》。此調《花間集》收和凝、孫光憲各一首，俱為詠梅之作，殆因調名立意耳。《詞律》謂和、凝之〈望梅花〉詞，『俱實詠梅花者，是知此調未可作它用』。其說甚謬。詞調之因事即物而得名者，不知凡幾；唐五代時，調即是題，而已有不盡然者。至宋以後，則詞皆有題，倚調以成聲，而所詠之事，與調名無涉也。《四庫全書‧克齋詞提要》云：『考花間滿集，往往調及是題云云。唐末五代諸詞例原如是，後人題詠漸繁，題與調兩不相涉。然則〈望梅花〉之調本係詠梅，而後移為他用，亦無足異也。』與萬氏所注，正可發明。」〔註14〕又如王師偉勇論述南宋詞特色之一是「題序由簡趨繁」也提到：「依敦煌曲所載，唐代民間詞作，內容雖廣而命意簡明，鮮見標示詞題者。洎乎文士著手填製，其作用率為宴遊契濶之際，供優伶女樂歌以娛賓遣興、陶情侑尊而已，少發抒個人之襟抱情感也。故此時特須以詞牌為題，一則自詞牌即可知其大致內容，便於歌者適時應景之運用。如〈女冠子〉係詠道士，〈南鄉子〉係詠南方風物，〈漁父〉係詠隱者等，

〔註14〕張夢機《詞律探原》（臺北：文史哲出版社，1981年11月），頁217。按：以元詞為例，張雨〈望梅花〉（壽師道真人）：「何處仙家方丈。渾連水隔他塵埃。放鶴天寬，看雲窗小，萬幅丹青圖障。憑高望笑掣金鼇，人道是蓬萊頂上。　時問葛陂龍杖，更準備雪中鶴氅。修問吳剛，收書東老，消得百壺春釀。無盡藏，莫傲清閒，怕詔起山中宰相。」（頁913）以及無名氏〈望梅花〉：「死生於身最大。從來與我為害。飢則求飡，渴而索飲，寒來又尋衣蓋。好難捱。晝夜相隨，殃得我來忒殺。　捨了娘生皮袋。分付與兩家自在。行則穿雲，倦則臥月，遊戲太虛無礙。甚輕快。捉住風輪，跨神鼇、徧超法界。」（頁1294）上述舉例，都可證詞調名與詞作內容無關，〈望梅花〉不是只能用以詠梅。

自無須累贅標題也。二則其內容係泛說，非專指一事一人，便於任何場合歌唱，自無須標題……迨蘇軾作樂府，方視詞爲詩，藉詞之抑揚宛轉，言志抒情，無不可入，無不可言，歌詞遂爲之一變，不爲詞牌所拘，於焉詞題乃大量出現。」〔註15〕可得知詞發展至宋代，詞牌名（或云詞調名）已經不能絕對代表詞作內容所要表達者。因此，廖雅婷從詞調名是否有梅字或與梅相關的角度，去探討宋代詞人詠梅常見的詞調，最大的作用僅在於能夠明白詞人詠梅常用的詞調。

此外，結論指出宋代詞人詠梅並不專採在詞調名上與梅相關或帶有梅字的詞調，並非只有詠梅詞才會出現這樣的情形，應該視爲宋代詞壇普遍的現象，也就是詞人填詞不再爲詞牌所拘，詞牌名與詞作內容沒有一定的相關性；至於金元詠梅詞，大致上也是如此。

由於多數詞調名已經與詞作內容已經無涉，詞題、詞序就顯得重要。尤其蘇軾填詞標明長題後，後人多仿效，姜夔甚至寫成詞序，〔註16〕觀諸宋代詠梅詞也是如此發展。蘇軾之前的三十六首詠梅詞，僅有五首標明詞題，蘇軾之後的詠梅詞，則常見詞人標明詞題。〔註17〕至於金元詠梅詞，詞人標明詞題更是普遍，幾乎可說是篇篇都有詞題，其中有少數詞題較長者，已經足以歸類爲詞序。題序內容多是藉以標明此闋詞吟詠的對象，如趙秉文〈滿江紅〉（上清宮蠟梅）

〔註15〕王偉勇《南宋詞研究》（臺北：文史哲出版社，1987 年 9 月），頁173。

〔註16〕王偉勇《南宋詞研究》曰：「南渡以還，詞題愈作愈長，姜夔尤爲獨步，甚而演爲文序，風氣終亦全面開展也。」頁 173。

〔註17〕廖雅婷《宋代梅花詞研究・全宋詞梅花詞一覽表》，頁 458～487。按：關於廖雅婷《宋代梅花詞研究・全宋詞梅花詞一覽表》實有訛誤之處。如蒲宗孟〈梅花（一陽初起）〉，當爲蒲宗孟〈望梅花〉（一陽初起）、李之儀〈臨江仙〉（初破曉寒無限思）漏寫詞題「江東人得早梅，見約探題，且訪梅所在，因攜賤管，就賦花下。」、王安中〈紅梅口號〉（青玉一枝紅類吐），錯把題序寫成詞牌名，此闋詞是王安中以〈蝶戀花〉寫六花冬詞之一，口號詞序爲（紅梅口號千林臘雪綴瑤魂，晴日南枝暖獨回。知有和羹尋鼎實，未春先發看紅梅。）其他又如姜夔〈暗香〉〈舊時月色〉未列詞題等。參見廖雅婷《宋代梅花詞研究》，頁 458、459、462、474。

（頁 48）、張之翰〈太常引〉（紅梅）（頁 720）、陶宗儀〈月下笛〉（賦落梅）（頁 1132）等。或是說明此闋詞寫作的原因，包括代書牘，[註18]如邵亨貞〈角招〉（故園舊有老梅數樹，自庚午至庚辰，十載之間，六遭巨浸，無一存者。年來惟起步月前邨之嘆。辛巳正月廿四日，曹雲翁以紅萼一枝見予，風度絕韻，舊感橫生，念之不置，因綴此闋爲解，併以謝翁焉）（頁 1119）、魏初〈木蘭花慢〉（宋漢臣墨梅並序嘉譯宋公於予爲世契兄，向過洛陽，吾兄適宰是郡，尊酒留連者累日，邇後訃音至長安，予不勝驚悼。今年以事來京都，其弟義甫秘監會予於東溪，出示嘉議墨梅橫幅，因作長短句一章，兼致區區追挽之意云）（頁 699）、胡祇遹〈木蘭花慢〉（酬宋鍊師贈梅）（頁 696）等，足藉以明瞭詞人的交遊往來。或是寫閒居，如王旭〈踏莎行〉（雪中看梅花）（頁 884）、謝應芳〈沁園春〉（屋東老梅一株，鄰家有竹百餘箇，相近雪窗，撫玩復自和此曲）（頁 1062）、張翥〈六州歌頭〉（孤山尋梅）（頁 997）等。總之，關於金元詠梅詞普遍標明詞題、詞序的情形，可視爲承襲兩宋詠梅詞，也可說是上承兩宋詞的寫作形式。

第二節　思想內容的比較

　　本論文第三章論述金元詠梅詞的思想內容，分成詠物抒情與託物言志，因此本節兩宋與金元的詠梅詞思想內容比較，也是以抒情與言志兩方面去探討。本節論述重點除了說明不同時代的詞人，藉詠梅所表達的思想內容的差異之處，同時也論述造成詠梅詞思想內容差異的原因。

〔註18〕王偉勇論述南宋詞特色之一爲「題序由簡入繁」，以爲題序的內容包羅萬象，曰：「除泛泛敘明寫明作意，如祝壽、餞送、贈和等，吾人於此中，復可獲致其他資料；舉其犖犖大者，蓋有下列諸端：一曰析音律、二曰評詞風、三曰論人物、四曰明詞調、五曰載行藏、六曰記時事、七曰誌盛會、八曰采風物、九曰識天候、十曰錄異事、十一曰敘心得、十二曰寫閒居、十三曰代書牘。」以此爲準，判斷金元詠梅詞的題序內容。參見王偉勇《南宋詞研究》，頁 175。

一、金元詠梅詞少見故國之思

　　詞人詠梅與寄託個人情志，兩者之間，可說是詞人主觀的選擇。所謂「主觀的選擇」，指的是詞人詠梅可以有不同的寄託，藉以表達故舊之思、或是清高之志、或是黍離之悲等，因人而異，因此稱爲主觀的選擇。寄託情志的不同，則關乎詞人生活經歷、時代環境等不同因素，如兩宋詠梅詞所寄託的思想內容，最大的差異在於南宋遭逢時局戰亂動盪，失去北方大片江山，詞人客居他地，因而藉由詠梅以抒發家國之思、身世之嘆，此類寄託較北宋詠梅詞顯著。賴慶芳《南宋詠梅詞研究》對思想內容的探討，其中就有一節專門闡釋「詠梅以寄懷家國身世」之作，並區分爲追念故國、思念家鄉、飄泊行役三種。就追念故國而言，賴慶芳以陸游詠梅詞爲例，論及陸游是著名的愛國詩人，國家盛衰興亡可以影響他的喜怒哀樂，面對梅花，自然會將個人的所想所思投射到梅花之中。又以飄泊行役而言，賴慶芳也提到詞人往往透過孤獨生長於旅途路上、山驛旁邊的梅花，抒發飄泊行役之情。從梅花身上看到孤身上路的自己，頓生同是天涯淪落人之感。〔註19〕可見詞人遭逢的時代環境、生活經歷的確會影響詞人詠梅所要表達的情志。以同樣的角度觀察金元詠梅詞，處於異族統治下的詞人，照理應該會寄託更深刻的家國之痛，然而卻不是如此。

　　金元詞人詠梅所流露的相思之情，偏向於對友人的思念，相關論述見本論文第三章。對家國的思念，極爲少見，以姚燧〈江梅引〉（謝王子勉提刑送江梅二首）之二最能代表。詞曰：「年年江上見寒梅。幾枝開。暗香來。疑是月宮，仙子下瑤臺。冷豔一枝折入手，斷魂遠，相思切，寄與誰。　　怨極恨極嗅玉蕊。念此情，家萬里。暮霞散綺楚天外，幾片輕飛。爲我多愁，特地點征衣。我已飄零君又老，正心碎，那堪聞，塞管吹。」（頁 738）下片道出對梅花的怨恨、對萬里家鄉的思念。怨恨與思念，全是因爲梅花花開，代表新的一年將要開始，然而自己依舊離鄉在外，晚霞散落的楚天之外，就是家鄉所在，

─────────────────────

〔註19〕賴慶芳《南宋詠梅詞研究》，頁 196、207。

卻只能遙遙遠望，更添傷感。若是更仔細區分，此闋詞當是對家鄉的想念，並沒有道出對前朝、對故國的思念。金元詠梅詞少見家國之思，可從詞人生平推斷原因。姚燧生卒年是南宋・理宗嘉熙二年到元・仁宗延祐元年（1238 年〜1313 年），〔註 20〕距南宋建於高宗建炎元年（1127 年）已經相當久遠。同時在朝爲官又能受到元代朝廷的重用，曾任國子祭酒、提刑按察司副使、翰林學士承旨等職。〔註 21〕與南渡詞人面對北宋被滅，或心存復國之志、或居處顛沛流離相比，可以想見姚燧並北宋沒有故國的情感。

又如張弘範與姚燧生卒時間相近，生於南宋・理宗嘉熙二年（1238 年），卒於元・世祖至元十七年（1280 年）。〔註 22〕《元史》載：「二月癸未（元世祖至元十六年 1279 年），將戰，或請先用砲。弘範曰：『火起則舟散，不如戰也。』明日，四分其軍，軍其東南北三面，弘範自將一軍相去里餘，下令曰：『宋舟潮至必東遁，急攻之，勿令得去，聞吾樂作乃戰，違令者斬。』先麾北面一軍乘潮而戰，不克，李恆等順潮而退。樂作，宋將以爲且樂，少懈，弘範舟師犯其前，眾繼之……宋臣抱其主昺赴水死。獲其符璽印章。世傑先遁，李恆追至大洋不及。世傑走交趾，風壞舟，死海陵港，其餘將吏皆降。」〔註 23〕藉由史傳記載，可知張弘範是助元滅南宋的大將，無論是對北宋或南

〔註 20〕張子良作 1238 年〜1313 年；唐圭璋作 1239 年〜1314 年；馬興融等作 1238 年〜1313 年。參見
　　　　張子良《金元詞述評》，頁 289。
　　　　唐圭璋《全金元詞》，頁 734。
　　　　馬興榮、吳熊和、曹濟平《中國詞學大辭典》（浙江教育出版社，1996 年 10 月），頁 137。
〔註 21〕明・宋濂等撰，楊家駱編《新校本元史并附編二種》，卷 174，頁 4057〜4058。
〔註 22〕張子良；唐圭璋；馬興榮等皆作 1238 年〜1280 年。參見
　　　　張子良《金元詞述評》，頁 289。
　　　　唐圭璋《全金元詞》，頁 728。
　　　　馬興榮、吳熊和、曹濟平《中國詞學大辭典》，頁 137。
〔註 23〕明・宋濂等撰，楊家駱編《新校本元史并附編二種》，卷 156，頁 3683。

宋，當然也就不具有如臣民對國家的情感。試見張弘範〈點絳唇〉（賦梅）：「春日前村，一枝春徹江頭路。月明風度。清煞西湖句。　昨夜幽歡，夢裏誰呼去。愁如許。覺來無語。青鳥啼芳樹。」（頁730）整闋詞是剪裁典故而成，未見任何故國之思，純粹表達對梅花的喜愛，除了白天賞梅，夜晚也會夢見梅花。

　　南宋詞人，偏安江南，對復興故土尚有一絲希望，然而元代詞人，處於大一統時代，以及個人經歷的不同，詠梅也就少有時代變遷的感慨。再者，透過本論文第三章第二節託物言志、第四章第二節梅花意象呈現的相關論述，也可證異族統治、改朝換代下，形成金元隱逸之風盛行，詞人詠梅抒發的多是孤芳自賞、不羨名利、隱居之樂等，而不是故國之思、亡國之悲。

二、金元詠梅詞少見熱衷求仕

　　賴慶芳分析南宋詞人詠梅所抒發的個人情感中，有一類是表達熱切求仕之心。〔註24〕詠梅與希望獲得賞識之間，是運用鹽梅和羹的典故得到適切的表達。賴慶芳並且強調此類詞作，都是「自己」道出個人具有求仕的渴望，並舉出趙長卿、史浩等詠梅詞爲例，其中以趙長卿表達得最爲明顯，如趙長卿〈念奴嬌〉（梅）：「桃李輿臺，冰霜賓客，月地還淒悄。暗香消盡，和羹心事誰表。」〈探春令〉（賞梅十首）之六：「看綠陰結子，成功調鼎，有甚遲和晚。」〔註25〕都寫出期盼一展抱負。廖雅婷還指出：「詞人將鹽梅和羹喻爲志士報國，亦將時局的動蕩與朝廷奸佞的險惡喻爲冰雪風雨，即使在現實其道不行，亦時時懷有『和羹心事』、以『和羹未晚』爲自我期許，期待終能爲國所用。」〔註26〕如吳潛〈滿江紅〉（戊午八月十二日賦後圃早梅）：「止渴事，風煙邈。和羹事，風波惡。想翠禽啁哳，笑他都錯。」無名氏

〔註24〕唐圭璋《全宋詞》，頁224～226。
〔註25〕賴慶芳《南宋詠梅詞研究》，頁224；唐圭璋《全宋詞》，頁1780，1782～1783。
〔註26〕廖雅婷《宋代梅花詞研究》，頁430。

〈臨江仙〉:「素豔不容蝶採,清香自有人知。而今雖被霜雪欺。和羹終待手,金鼎自逢時。」〔註27〕可見詞人詠梅求仕,並不單單是為求功名利祿,同時也是憂國憂時、盡忠報國之心顯現無遺。

　　金元詠梅詞也有運用相同典故的詞作,不同的是,詞人反而很少以梅實調羹表達「自己」想要求仕、升官。詞人在詞題中就已經說明此闋詞是為了慶壽,如程文海〈蝶戀花〉(壽千奴監司十二月朔):「見說和羹天已許。帶得春來,又怕春將去。記取澄清堂上語。八千眉壽從今數」(頁790)程文海〈千秋歲〉(壽劉中庵):「觀裏桃應妒。無奈冰霜汚。香不斷,清如許。從教吹笛裂,自有和羹具。花會否,明年相見沙隄路。」(頁793)詞中表達的是稱賀對方官位高升、祝福對方仕途順利。又如姚燧〈洞仙歌〉(對梅):「孔方兄善幻,半幅溪藤,貌出緇塵素衣浣。當盛暑展圖看,遽失炎蒸,甚欲摘傾筐三箇。又卻被、旁人勸休休,怕他日鹽羹,鳳毛無和。」(頁738)詞人完全只是想要採梅實以調羹,詞中沒有加入任何盼望輔佐君王治理國事的弦外之音。

　　祝福對方宦途顯達,是壽詞常見的內容,程文海的詠梅詞就是以詠梅慶壽為主,並且是為他人慶壽,因此表達的不是個人熱切求仕的企盼。再者,其他詞人如元好問,金亡後就不再出仕,以著作自任;〔註28〕李俊民是金承安中舉進士第一,應奉翰林文字,不久棄官不仕,歸隱山林,〔註29〕此類詞人都是拒絕當官,與趙長卿等不同,雖然吟詠的對象一樣,對梅花的描寫及抒發的情感自是有別。如李俊民〈謁金門〉(慰梅):「誇獨秀。動把春光洩漏。誰道江南無所有。一枝先入手。　　須是日將月就。那在風飄雨驟。直待豆稭灰落後。初嘗山店酒。」(頁63)寫出飲酒、賞梅時的逍遙自在;元好問〈鵲橋仙〉(同欽叔欽用賦梅):「孤根漸煖,芳魂乍返,待吐檀心又懶。未先拈出一枝香,算只是、司花會揀。　　情緣未斷,韶華易減,早去

〔註27〕唐圭璋《全宋詞》,頁2756、3640。
〔註28〕明・宋濂等撰,楊家駱編《新校本元史并附編二種》,卷126,頁2742。
〔註29〕明・宋濂等撰,楊家駱編《新校本元史并附編二種》,卷158,頁3733。

尋芳已晚。東風容易莫吹殘，暫留與、何郎慰眼。」（頁93）寫的是
大地回春，梅花初綻，期盼花兒且慢凋謝，能讓猶如何郎愛梅般的自
己多看幾眼。相較於趙長卿等人的詠梅詞，其中的差異十分明顯。

三、金元詠梅詞獨見爲梅慶壽

　　詠梅慶壽是詠梅詞常見的內容，無論是廖雅婷以兩宋爲研究範
圍，或是賴慶芳專門以南宋爲研究範圍，對於詠梅慶壽都有相關的探
討。〔註30〕關於詞人喜於詠梅表達慶壽之因，莫過於梅花的自然生長
特徵，正能切合壽詞所要表達者，兩宋與金元都是如此，本論文第三
章已經闡述，此處不再贅述。

　　至於慶壽的內容，兩宋與金元都以以祝福對方長命百歲、官運亨
通、或稱頌對方品德清高爲主。詞人寫作的表達呈現就各自不同、各
有巧妙。比如都是爲女性祝壽，試比較宋人管鑑〈鷓鴣天〉（爲妻壽）：
「前日新冬舉壽觴。今朝喜色又非常。一陽生後逢生日，日漸舒長壽
更長。　　　移晚宴，慶新堂。堂前高竹早梅花。年年一爲梅花醉，醉
到千回鬢未霜。」與元人沈禧〈鷓鴣天〉（詠紅梅壽守節婦）：「萼綠
仙妹賀誕辰。酡顏暈酒粲朱脣。霞綃剪袂雲裁佩，絳雪爲肌玉作神。

　　超俗態，斷凡塵。飄然風韻奪天眞。能堅北嶺冰霜操，不競南園
桃李春。」（頁1039）前者語句淺顯自然，著重在以梅花年年綻放，
祝福妻子也能長壽；後者語句雕琢精鍊，描寫兼重紅梅外在形態與精
神標致，以祝福節婦延年益壽與稱頌懿德高潔。

　　祝壽的對象，廖雅婷分析有贈予女性、親友長輩、仕宦、交遊，
〔註31〕至於金元，另外還有爲梅慶壽，如周權〈滿江紅〉（葉梅友八
十）：「試問梅花，自逋仙後知音多少。還又向、石林深處，結清邊友。
心事歲寒元不改，一生清白堪同守。歷冰霜、老硬越孤高，精神好。

　　心太極，天機早。閒共索，巡簷笑。只消他香影，都吟不了。五

〔註30〕廖雅婷《宋代梅花詞研究》，頁438～448；賴慶芳《南宋詠梅詞研究》，
　　　　頁243～247。
〔註31〕廖雅婷《宋代梅花詞研究》，頁439～448。

蕊三花纏衍數，從頭祇數花爲壽，管年年、南極照南枝，杯中酒。」
（頁 879）、沈禧〈風入松〉（紅梅慶六十壽）：「陽回潛谷起頹虬。萬
斛燦琳球。芳姿占得先春意，冰霜操、甘抱清幽。野店溪橋託質，蒼
松翠竹爲儔。　　壽筵開處接瀛洲。彷彿見羅浮。朱幢絳節參差下，
香風靄、共集南樓。爲慶人間甲子，來添海屋仙籌。」（頁 1040）兩
人都是爲梅慶壽，不同的是周權形容眼前的梅花不畏霜雪，具有隱士
清高脫俗的風標，沈禧眼前的梅花猶如羅浮仙子獨處清幽，不染纖
塵，使得仙人同來祝壽。

　　此外，廖雅婷舉出兩宋詠梅詞中還有祝賀新婚或得子之作。詞作
內容以梅花的美麗比喻新婦的容貌姣好、以梅花冰清玉潔的形象讚美
新婦德性堅貞不移、以梅樹結子祝福新人早日傳宗接代；或是以梅樹
結實賀人得子、更以鹽梅和羹預祝對方孩子成爲治世之才。﹝註32﹞此
類賀新婚、賀得子，呈現一片喜洋洋的詞作，未見於金元詠梅詞。

第三節　藝術表現上的比較

　　兩宋與金元的詠梅詞藝術表現比較，主要從語詞使用、典故使
用、意象類型三方面進行探討。關於宋代詠梅詞藝術表現的相關研究
成果，本論文多偏向製作成表格以清楚明白兩宋詠梅詞的藝術表現情
形。再者，本論第四章論述金元詠梅詞的藝術表現中，還有探討金元
詠梅詞的風格表現，然而廖雅婷與賴慶芳並沒有從此一角度去探討宋
代詠梅詞，因此本節對於風格表現方面的比較，就捨之不論。

一、金元詠梅詞承襲慣用語詞

　　關於兩宋詠梅詞，詞人描寫梅花花蕊、花容、姿態等所使用的語
詞，廖雅婷有詳盡的分析，依其分析結果，列表如下：﹝註33﹞

﹝註32﹞同上註，頁 436～438。
﹝註33﹞廖雅婷《宋代梅花詞研究》，其中第五章爲「宋代梅花詞語彙分析」，共
　　　　分五節，如第二節分析描寫梅花花容的詞語，又細分爲以雪、冰、豔、

以顏色或氣質呈現	英	瓊英、素英等
	蕊	金蕊、寒蕊等
	萼	綠萼、紅萼等
	苞	寒苞、素苞等
以芳香呈現	英	香英、芳英等
	蕊	芳蕊、香蕊等
	苞	香苞、芳苞等
以疏密開落表現	英	疏英、嫩英等
	蕊	纖蕊、細蕊等
	萼	微萼、孤萼等
描寫梅花花容	以雪字形容	玉雪、香雪、紅雪等
	以冰字形容	冰肌、冰膚、冰容等
	以豔字形容	冷豔、素豔、幽豔等
	以淡字形容	疏淡、冷淡、雅淡等
描寫梅花姿態	以姿字形容	冰姿、幽姿、清姿等
	以態字形容	雅態、雪態、閒態等
	以骨字形容	玉骨、秀骨、冰骨等
	以枝字形容	南枝、橫枝、纖枝等
	以梢字形容	香梢、芳梢、青梢等
	以影字形容	疏影、斜影、弄影等
描寫梅花花香	以香字形容	暗香、幽香、浮香等
	以芳字形容	幽芳、瓊芳、瑤芳等
描寫梅花果實	從滋味形容	微酸
	從外觀形容	如豆
描寫梅花品格與神韻	以格字形容	仙格、高格、天上格等
	以標字形容	孤標、高標、清標等
	以韻字形容	清韻、幽韻、孤韻等

淡四類，因此本表格分類的依據係依從各節的標題。並將各節的小結，從純粹的文字表達，濃縮重點，製成一表格。參見廖雅婷《宋代梅花詞研究》，頁238～239、262～265、310～313、331～332、349～351。

　　本論文並沒有依照列廖雅婷的研究方式，逐一地從花苞、花蕊等，細部分析金元詠梅詞的語詞使用狀況，不過透過本論文第三章第一節修辭技巧的運用，其中對摹寫、借代等的探討，也是可以了解金元詠梅詞的用字遣詞情形。就花香而言，在嗅覺摹寫中，詞人就用了天香、幽香、清香、凍香、馥郁、鬱鬱等字，其中暗香最為廣泛使用，可說是成為用以借代梅花的語詞，如李俊民〈洞仙歌〉（謝楊成之寄梅）：「暗香無恙否，月落參橫，惆悵羅浮夢痕短。」（頁 59）、李俊民〈謁金門〉（夢梅）：「費盡西湖多少句，暗香留不住。」（頁 64）等。就枝幹而言，在視覺摹寫中，詞人就用了雪肌、玉肌膚、瓊瑤樹等，其中南枝一詞，也是常用以借代為梅花的語詞，凡是稱南枝者，就是指梅花，如劉秉忠〈點絳唇〉（梅）：「句成梅許，折得南枝去。」（頁 620）、邵亨貞〈感皇恩〉（憶梅）：「客裏訪南枝，幾番愁惱。」（頁 1100）等。又如橫枝、疏影，宋代詞人經常慣用，〔註 34〕金元詠梅詞也是如此，如洪希文〈蝶戀花〉（蠟梅）：「千古詩人，總被橫斜惱。」（頁 945）、許有壬〈清平樂〉（和可行梅竹韻三首）之三：「可憐月墮霜飛，不知疏影來時。」（頁 980）等。

　　總之，暗香、疏影、橫斜、南枝這些語詞，都是常見於宋代詠梅詞，金元詠梅詞也是繼續承襲。就暗香、疏影、橫斜而言，源於林逋詠梅；至於南枝一詞，更早出現，前文論述金元詠梅詞的借代修辭，就提過唐代如觀梅女仙〈題壁〉（蜀州郡閣有紅梅數株，方盛開。有二婦人，高髻大袖，倚闌而觀，題詩於壁）：「南枝向暖北枝寒，一種春花有兩般。」、李嶠〈梅〉：「大庾斂寒光，南枝獨早芳。」〔註 35〕都有使用南枝一詞。後人用南枝、北枝，並不受限於梅花生長地方的南北差異，而是多用以指時間早晚綻放的不同，換言之，南枝用以代表早開的梅花；甚至就是直接以南枝稱梅花，不用刻意

〔註 34〕廖雅婷《宋代梅花詞研究》，頁 283、305。
〔註 35〕清聖祖御定《全唐詩》，卷 863，頁 9763、清聖祖御定《全唐詩》，卷 60，頁 718。

區別南方或是早開的梅花，才能稱南枝。因此，金元處於北方，也常以南枝稱梅花。

二、金元詠梅詞承襲常見典故

關於宋代詠梅詞的典故運用情形，廖雅婷《宋代梅花詞研究》與賴慶芳《南宋詠梅詞研究》都有分析，只是各家強調的重點不同，廖雅婷偏重於事典的探討，賴慶芳則是兼具事典與語典，以下就上述二人的研究結果，以及金元詠梅詞典故運用情形，列表如下：

《宋代梅花詞研究》〔註36〕	常見典故
	鹽梅和羹
	壽陽梅妝
	折梅寄驛
	何遜官梅
	羅浮夢
	廣平心腸
	孤山林逋

《南宋詠梅詞研究》〔註37〕	事　典	語　典
	何遜揚州	何郎傅粉
	壽陽妝顏	暗香疏影
	孤山處士	暗蕊

〔註36〕廖雅婷《宋代梅花詞研究》，其中第六章爲「宋代梅花詞常見典故」
共分七節，未分事典或語典，本表格所列的七個常見典故，即依照
各節標題。參見廖雅婷《宋代梅花詞研究》，頁352～381。

〔註37〕賴慶芳《南宋詠梅詞研究》的第五章第一節「表現手法」中，其中
第二點爲「用事用典」，有事典與語典之分，本表格依照原書標題製
表，並且每個典故的排列順序，都是依照原書的順序，而沒有更動。
賴慶芳論述典故的順序，並沒有依照時間先後，如語典中一枝竹外
斜更好，出於蘇軾詩；江南驛使，出於陸凱〈贈范曄〉詩，一聲羌
管，出於李白詩；玉奴不負東君約，出於蘇軾詩，其中時代排列並
無一定順序。參見賴慶芳《南宋詠梅詞研究》，頁258～280。

鹽梅和羹	斂蛾媚
望梅止渴	一枝竹外斜更好（竹外一枝斜）
羅浮夢事	江南驛使（江路梅花、驛傳梅信寄與路遙　一枝春）
萼綠華	一聲羌管（一聲羌笛　羌管一聲摧笛聲吹落盡）
宋廣平	玉奴不負東君約
江妃	玉笛吹
庾郎	東風一夜吹
蜀城高髻	東閣詩興
吳苑雙身	巡檐索笑（索盡梅花笑）
紙帳梅花	返魂香
	忽到窗前（昨夜應是梅花發　梅窗夜月見修妍　疑是梅花）
	重閣佳麗
	探盡江梅無消息

《金元詠梅詞研究》[註38]	常見的事典	常見的語典	其　他
	藐姑真仙	和羹鹽梅。	司花女
	壽陽妝	折花逢驛使	蠟貌梔言
	萼綠仙子	黃鶴樓中吹玉笛	雲破月來花弄影
	何遜愛梅	巡檐索共梅花笑	北人初未識
	羅浮夢	天寒翠袖薄	杏、李花不敢承當
	廣平心似鐵	前村深雪裡	
	西湖孤山	疏影橫斜水清淺	

[註38] 本論文第四章第一節，其中「用典廣博」的相關論述。

　　由上述表格，可得知金元詞人詠梅所運用的典故，多有與兩宋詞人有相同之處。此外，廖雅婷與賴慶芳對詠梅詞典故使用的研究結果中，其中關於蕚綠華此一典故，值得注意。首先，就研究範圍而言，賴慶芳是專就南宋詠梅詞爲主，並且說宋廣平之前〔註 39〕的典故，是常見的典故，因此推論蕚綠華這個典故，應該也要出現在廖雅婷《兩宋梅花詞》的典故研究結果中，但是卻沒有。再者，借助羅鳳珠網路展書讀電子檢索系統，以蕚綠、綠華、蕚綠華爲關鍵字，檢索全宋詞是否出現此一詞語。檢索顯示雖然有出現在北宋詞中，但不是以詠梅爲主。此外，范成大《梅譜》曰：「京師艮嶽有蕚綠華堂，其下專植此本，人間亦不多有，爲時所貴重。」〔註 40〕因此推論蕚綠梅並不多見，將蕚綠華此一典故用於詠梅詞中，或許始於南宋詠梅詞。

　　再者，賴慶芳提到南宋詠梅詞的特色之一是大量運用與梅花有關的典故。〔註41〕金元詠梅詞當然也運用了許多與梅花有關的典故，如羅浮夢、折花逢驛使、北人渾未識等。此外，值得留意的是金元詠梅詞所運用其他原本不是與梅花無關的典故，詞人轉而都能適切地用於詠梅，如上述表格中「天寒翠袖薄」此一語典，出於杜甫〈佳人〉，延伸有女子品格高潔之意，與梅花耐得霜雪正能相應，因此詞人常用於詠梅詞中，如張埜〈江城子〉（和元復初賦玄圃梅花）：「惟有天寒，翠袖伴朝昏。」（頁 902）、張翥〈六州歌頭〉（孤山尋梅）：「空谷佳人，獨耐朝寒峭，翠袖籠紗。」（頁 997）。關於典故原典出處與詠梅詞詞例，詳見本論文第四章第一節修辭技巧運用中，關於用典的論述，此處不再重複說明。

〔註39〕並非指典故出現的時代，而是指自訂的順序。參見上一頁表格中從
　　　　何遜揚州以下的順序。
〔註40〕宋・范成大撰，孔凡禮點校《范成大筆記六種》，頁 255。
〔註41〕賴慶芳以爲南宋詠梅詞特色有：「一、大量運用與梅花有關的典故；
　　　　二、引用典故時，有明用與暗用之分；三、一首詞之中甚至有多個
　　　　與梅花有關的典故。」，頁 279。

三、金元詠梅詞偏重隱士意象

　　宋代詠梅詞的梅花意象，後人研究多半承自顏崑陽的分析，分爲美人、隱士、貞士。關於金元詠梅詞的梅花意象，本論文第四章第二節分成美人風韻、隱士標格、報春使者三種，對於各種意象的形成、意象的表現、意象的拓展都有探討。並且在論述美人風韻中，提過金元詠梅詞有三類美人意象，一是神仙美人；二是歷史美人；三是一般佳人，其中歷史美人只有壽楊公主與徐妃，遠不及兩宋詠梅詞中所表現的眾多歷史美人。

　　再者，顏崑陽區分隱士意象與貞士意象，說道：「任何一種物象，經過吾人主觀情意的觀照和詮釋，都可能產生多種的象徵意義。所以象徵式的文學作品，幾乎都具有多義性。就以梅花而論，它存在的特殊時空背景，可以詮釋爲冷寂自處、孤獨不群的隱逸精神，也可以詮釋爲堅貞弘毅、不畏艱苦的君子情操……外在客觀物象是固定的，而所謂象徵義的產生，則取決於個人主觀的認識。主觀的情意，各有懷抱，認識的角度，又各據一面，因此象徵義也就各從其心，只要順合物理，而本乎人情，則必能得到普遍的認同。」〔註42〕換言之，梅花本身具有生長於山間水濱、以及凌霜傲雪的自然植物特徵，可視爲隱士高潔與孤寂，也可視爲貞士的不畏強權、忠誠堅貞。若是將詞人自身的風範與詞作的表達相互配合，則更可以明瞭其中較爲具體的區別，比如顏崑陽一文中，就是以林逋與陸游的詠梅詞區別梅花隱士與貞士意象。

　　林逋是隱居不仕，陸游是懷才不遇，正如顏崑陽所言「各有懷抱」，因此不同的襟懷抒發在詠梅詞中，便形成不同的意象，一是隱者風標，一是貞士情操。試看陸游〈卜算子〉（詠梅）：「驛站斷橋邊，寂寞開無主。已是黃昏獨自愁，更著風和雨。　　無意苦爭春，一任群芳妒。零落成泥碾作塵，只有香如故。」顏崑陽以爲前二句感慨自己懷才而不被重用，故寂寞無主；三四句則是寫出自己獨抱憂時之

〔註42〕顏崑陽《古典詩文論叢・試論宋詞中三個梅花意象》，頁132。

心，然而奸臣當道，猶如狂風暴雨襲擊；五六句表明自己無意與人爭權奪勢，任由小人妒恨；最後兩句表明即使身死體滅，也要堅持自己的情操。〔註43〕此番情操絕不是避世隱居，而是始終抱持著忠君報國之志。相較於林逋詠梅就不會表現這樣的心志。

並且賴慶芳提到宋代之後，詠梅詞中貞士意象才逐漸明顯，〔註44〕廖雅婷更舉出貞士意象尤以北宋後迄至南宋居多，與宋代時局有關。〔註45〕由此又可推論詠梅詞的藝術表現，也與時代環境之間，有著密不可分的關係。正如前文對金元與兩宋詠梅詞的思想內容比較中，提出金元詠梅詞少見故國之思、少有熱衷求仕之心，是緣於時局的改變、異族的統治，導致隱逸之風盛行，無論出仕與否，都嚮往歸隱。同樣地，在金元詠梅詞的藝術表現中，也是受到相同因素的影響，多以隱士意象為主，少見如陸游詠梅詞所表達的貞士意象，懷才不遇之嘆。

小　結

本章著重在比較兩宋與金元的詠梅詞。首先探討詞人與詞作的數量比較，以及詞調與詞序的使用比較。就詞人與詞作數量而言，金元共有三十七人寫作詠梅詞，總共有一百零一首詠梅詞，至於兩宋詠梅詞，廖雅婷與賴慶芳各有不同的統計數據，不過都是足以顯現兩宋寫作詠梅詞的詞人與詞作數量，明顯多過於金元。

數量上多寡可以作為顯現當代對詠梅的愛好程度，雖然詞人與詞作的數量上，金元與兩宋差異頗大，但是透過本論文第二章論述金元詠梅詞的發展背景，還是足以證明金元文人對梅花的喜愛不減兩宋，而後代詞論家對於金元詠梅詞也多有讚賞之語。至於詞人詞調的選用，原本就不是本論文研究的重點，僅在於說明金元與兩宋詠梅選用

〔註43〕同上註，頁133。
〔註44〕賴慶芳《南宋詠梅詞研究》，頁105。
〔註45〕廖雅婷《宋代梅花詞研究》，頁412。

的詞調並不全然相同，並且對於廖雅婷的相關研究論點，提出另一種看法。因此轉而留意金元詠梅詞寫作詞題、詞序的情形，並發現幾乎篇篇都有詞題，甚至也有詞序，在本論文第四章對金元詠梅詞藝術表現的相關論述中，曾論及蘇軾、姜夔對金元詠梅詞的影響，其中寫作詞題、詞序的普遍，也可以證明受到蘇軾、姜夔的影響。

　　再者，兩宋與金元的詠梅詞思想內容比較，主要在於金元詠梅詞少見故國之思、少見熱衷求仕。造成差異的原因在於金元受到異族統治，文人無論為官與否，多有歸隱之心，因此對於出仕多不感興趣。或是受到詞人生平以及時代差距的影響，詞人對於北宋或南宋並不懷有故國思念。此外，金元詠梅詞詠物抒情中，有一類是詠梅慶壽，與兩宋詠梅詞相同的是這類詞作頗為常見，與兩宋詠梅詞的差異在於金元還有為梅慶壽，足見對梅花的喜愛。至於廖雅婷分析兩宋詠梅詞有祝賀新婚或得子一類，則是未見於金元詠梅詞。對於兩宋與金元的詠梅詞藝術表現比較，金元詠梅詞對於一些固定、常見的宋代詠梅語詞多有承襲，如暗香、疏影、南枝等。在典故的運用上，可參本論文第四章論述金元詠梅詞的修辭運用，足見金元詠梅詞的用典廣博與適宜得當。除了承襲兩宋詠梅詞常運用的典故，金元詠梅詞對於原本不是與梅花有關的典故，也都是運用得當。在意象的表現上，金元詠梅詞美人意象的相關探討，在本論文第四章已經有提過，此處探討的重點在於造成金元詠梅詞缺少貞士意象的原因。

第六章　結　論

　　本論文是以金元詠梅詞爲研究範圍，然而在閱讀相關參考資料時，絕不囿於時代的限定。金元詠梅詞共有一百零一首，關於詠梅詞的分析，當然是本論文研究的重點；此外，也不容忽略政治社會、藝術風氣、其他的文學體裁等方面的探討，以及與兩宋詠梅詞的比較，庶可全面了解金元詠梅詞的發展。

　　首先，在金元詠梅詞的發展背景中，分別從文學、藝術環境進行探討，所得結果足以明瞭宋代詠物詞盛行，開展詠物詞創作的新方向，金元詞壇則繼續承襲宋代喜好詠梅的文學風氣。此外，金元詩壇多盛行同一作者寫作一系列的詠梅詩、詠梅集句詩，或是大量的詠梅唱和詩，這足以說明在詞壇之外，其他的文學體裁也如宋代一樣對梅花有著相當的喜愛，足證金元愛梅、詠梅風氣之興盛。

　　再者，金元文人崇尚水墨花鳥繪畫，尤喜墨竹、墨梅。主要緣於異族統治，文士每好以竹、梅表達個人心志；而朝廷繪畫組織的改變，以及以書入畫強調作畫以筆墨表現等主張，多少都有影響，顯然在繼承宋代墨梅畫法之外，又能別樹一幟。也可見當時無論文學或繪畫都不減對梅花的喜愛。此外，相關的花卉文藝輯錄，數量上明顯不及兩宋，卻都以評論爲主，並非僅止於搜羅而已；藉此亦可了解當時文士對於梅花文學或繪畫必有一番深刻的了解，才能進行評論。如王冕《梅

譜》，即屬於梅花畫法的評論；方回《瀛奎律髓》；即爲收集、評論唐宋以來的詩，當然也包括詠梅詩。至於盆栽園林，也是花卉藝術的一種。漢代出現園林植梅，代表人們已經從實用的角度，轉而趨向從觀賞的角度看待梅花。兩宋園林植梅極爲廣泛流行，上至皇家園林，下至私家園林，隨處可見。至於金元園林植梅，頗爲普及，並且擴及至膽瓶插花、花卉盆栽等花卉藝術。由此可證，金元詞人置身於一個花鳥繪畫、花卉文藝、盆栽園林都對梅花有著高度興趣的時代。

金元詠梅詞的詞作表現，主要在爲探討思想內容、藝術表現。在思想內容方面，詞人詠梅並非只是對客觀物象外在形式予以描寫，還可以透過詠梅表達個人情志。就詠物抒情而言，詞人藉詠梅而表達的情感相當豐富，如睹物懷人的對象，可以包括思念友人或思念良人。其中表達對朋友的思念，可以化用常見的陸凱折梅之典，也可以巧妙運用林逋愛梅之典；可以表達濃濃哀愁的思念，也可以是想要與友人分享春回大地的欣喜。可見不同的詞人即使表達相似的情感，也有不同的表現方式，使得金元詠梅詞絕不落入俗套。他如詠梅慶壽、爲梅申訴、爲梅擔憂、題畫賦梅等，也都表達了祝福慶賀、閒情雅趣等內涵。就託物言志而言，詞人藉由梅花生長在山間水濱、能夠耐得霜雪的自然特徵，寄託了高潔之志、歲寒冰心。

至於金元詠梅詞所呈現的藝術表現，也都足以顯現絕非末流之作。在修辭技巧的運用上，詞人多有不同的表現，如擬物爲人，可以將梅花姿態擬人化、也可以將梅花精神擬人化；使得梅花姿態生動逼眞，活靈活現，梅花精神也能因之化抽象爲具體。並且詞人詠梅，多是融合各類修辭技巧於詠梅詞中。再者，梅花意象的呈現，共有美人風韻、隱士標格、春使者三類。各類意象上，都有各自的成因與擴展。如美人風韻，承襲著自古以來，透過花色、花香，聯繫著花與美人的直接聯想；然而除了廣泛地對美人外貌的描寫外，更著重對美人品格的留意。隱士標格意象的形成，除了是源於梅花的外在自然樣態，還受到當時興盛的隱逸之風所致；並且擴展至梅花與人之間猶如知己般

的關係。報春使者意象的形成，是緣於料峭春寒，梅花綻放，代表著時序早春，萬物即將復甦；而對身處異族統治的詞人而言，這大自然的春天，也包含著人文現實的期待。金元詠梅詞除了修辭、意象的藝術表現外，還有詞篇風格的表現。形成詞篇風格的因素包括師承交游、地理環境、審美風尚等，並且依據金代、元代前期、元代後期的區別，可得知金元詠梅詞計有直抒胸臆，一派自然；新奇成趣，耳目一新；清空含蓄，遺形入神三類風格。如元代後期，居於南方的張翥，由於師承交游的關係，上承姜、張一派，詠梅詞風也就趨於清空含蓄，遺形入神。

藉由思想內容、藝術表現的探討，可知金元詠梅詞確實是有佳作，絕非如後人對金元詞的評價般低落。至於金元與兩宋詠梅詞的比較，比較的目的，是爲深入了解兩宋與金元詠梅詞的實際差異。此中，無論是詠梅詞人或詠梅詞創作的數量，雖然無法與兩宋相比，但在詠梅詞表達思想內容的比較上，可以發現受到金元異族的統治，當時文人無論爲官與否，多有歸隱之心，詠梅詞當然也少見熱衷求仕的內涵，其次，由於詞人生平遭遇以及與兩宋的時代差距，詞人對於北宋或南宋並不懷有故國思念。此外，兩宋與金元都有詠梅慶壽之作的題材，的確特殊。金元詠梅詞還可以見到爲梅慶壽。在藝術表現上，除了有語詞、典故的承襲之外，最大的差異在於金元詠梅詞缺少貞士意象，這是因爲金元隱逸之風盛行，自然罕見如陸游詠梅詞般的貞士意象。陸游在抒發懷才不遇感嘆，還是希望能夠施展抱負，而不是隱居避世，此點與金元文人多有不同。

總之，透過各種角度對金元詠梅詞進行相關研究，足以了解詞人寄託的思想內容，以及詞作的藝術表現，都與文學、藝術、社會因素有著相當的關係；而金元詠梅詞無論是思想內容，或是藝術表現，顯然都有其豐富性，因此後人對金元詞所以持負面的評價，主要在於相關文獻不足，了解不夠全面所致，絕非公評。

參考書目

一、詩詞文集

（一）詞集

1. 《山中白雲詞》，宋‧張炎，北京：中華書局，1991 年。
2. 《全宋詞》 唐圭璋，臺北：明倫出版社，1970 年 12 月。
3. 《全金元詞》，唐圭璋，北京：中華書局，1979 年 10 月。
4. 《稼軒詞編年箋注》 鄧廣銘，上海：上海古籍出版社，1998 年 12 月。
5. 《蘇軾詞編年校註》，鄒同慶、王宗堂，北京：中華書局，2002 年 9 月。

（二）詩集

1. 《杜少陵集詳註》，唐‧杜甫著，清‧仇兆鰲注，北京：北京圖書館出版社，1999 年 4 月。
2. 《梅花百詠》，元‧馮子振、釋明本，引自王雲五主編《四庫全書珍本》，臺北：臺灣商務印書館，1978 年。
3. 《梅花字字香》，元‧郭豫亨，北京：中華書局，1985 年。
4. 《王冕集》，元‧王冕著，壽勤澤點校，杭州：浙江古籍出版社，1999 年 9 月。
5. 《漢魏六朝百三家集》，明‧張溥，臺北：新興書局，1976 年 8 月。
6. 《全唐詩》，清聖祖御定，臺北：文史哲出版社，1987 年 12 月。
7. 《宋詩鈔》，清‧吳之振等輯，上海：三聯書局，1988 年 4 月。

8. 《蘇軾詩集》，清‧王文誥輯註，孔凡禮點校，北京：中華書局，1992年 4 月。

9. 《元詩選》，清‧顧嗣立，北京：中華書局，2002 年 11 月。

10. 《全宋詩》，北京大學古文獻出研究所編，北京：北京大學出版社，1991 年 7 月。

11. 《全金詩》，薛瑞兆、郭明志編，天津：南開大學，1995 年 11 月。

（三）文集

1. 《皮子文藪》，唐‧皮日休，臺北：臺灣商務印書館，1967 年。

2. 《柳河東集》，唐‧柳宗元，臺北：河洛圖書出版社，1974 年 12 月。

3. 《雲溪居士集》，宋‧華鎮，四庫全書珍本初集，上海：商務印書館，1935 年。

4. 《鐵函心史》，宋‧鄭思肖，臺北：世界書局，1965 年 4 月。

5. 《疊山集》，宋‧謝枋得，臺北：臺灣商務印書館，1966 年 10 月。

6. 《蘇軾文集》，宋‧蘇軾著，孔凡禮點校，北京：中華書局，1986 年 3 月。

7. 《遺山先生文集》 金‧元好問，臺北：臺灣商務印書館，1968 年。

8. 《道園學古錄》，元‧虞集，臺北：臺灣商務印書館，1967 年。

9. 《梅花道人遺墨》，元‧吳鎮，臺北：學生書局，1971 年。

10. 《丹邱集》，元‧柯九思，臺北：學生書局，1971 年 8 月。

11. 《宋元學案》，清‧王梓材、馮雲濠、何紹基校，臺北：世界書局，1966 年 2 月。

12. 《金文雅》，清‧莊仲方輯，臺北：成文出版社，1967 年 8 月。

13. 《莊子集釋》，清‧郭慶藩編，王孝魚整理，臺北：萬卷樓，1993 年 3 月。

14. 《歷代賦彙》，清‧陳元龍輯，北京：北京圖書館出版社，1999 年 11 月。

15. 《全唐文新編》，周紹良，長春：吉林文史出版社，2000 年 12 月。

（四）總集

1. 《太平御覽》，宋‧李昉等，臺北：臺灣商務印書館，1992 年 1 月。

2. 《古今圖書集成》，清‧陳夢雷，臺北：文星書店，1964 年 10 月。

3. 《四庫全書總目提要》，清‧永瑢、紀昀等撰，臺北：臺灣商務印書館，1983 年 10 月。

4. 《四庫全書總目》，清‧永瑢，北京：中華書局，1987 年 7 月。

5. 《十三經注疏附校勘記》，清‧阮元，臺北：大化出版社，1989 年 10 月。

6. 《四部叢刊初編》，王雲五編，臺北：商務印書館，1967 年。

7. 《四庫全書珍本》，王雲五編，臺北：臺灣商務印書館，1970 年。

8. 《續修四庫全書》，續修四庫全書編輯委員會，上海：上海古籍出版社，2002 年。

二、詩詞評論

1. 《文心雕龍》，梁‧劉勰著，臺北：臺灣商務印書館，1967 年。

2. 《詩人玉屑》，宋‧魏慶之，臺北：臺灣商務印書館，1973 年。

3. 《詞源注》，宋‧張炎撰，夏承燾校注，臺北：木鐸出版社，1987 年 7 月。

4. 《樂府指迷箋釋》，宋‧沈義父著，蔡嵩雲箋釋，臺北：木鐸出版社，1987 年 7 月。

5. 《詩話總龜》，宋‧阮閱編，周本淳校點，北京：人民文學出版社，1987 年 8 月。

6. 《詞旨》，元‧陸輔之，北京：中華書局，1991 年。

7. 《五代詩話》，清‧王士禛編，鄭方坤補編，臺北：廣文書局，1970 年 1 月。

8. 《清詩話》，清‧王夫之等撰，臺北：西南書局，1979 年 11 月。

9. 《蕙風詞話》，清‧況周頤撰、屈興國輯注，南昌：江西人民出版社，2000 年 10 月。

10. 《詞話叢編》，唐圭璋，臺北：新文豐，1988 年 2 月。

11. 《宋元詞話》，施蟄存、陳如江，上海：上海書店，1999 年 2 月。

12. 《金代文學批評資料彙編》，林明德，臺北：成文出版社，1979 年 1 月。

三、詞律詞譜

1. 《詞牌彙釋》，聞汝賢，臺北：撰者自印，1963 年。

2. 《詞律探源》，張夢機，臺北：文史哲出版社，1981 年 11 月。

3. 《詞律詞典》，潘慎，山西：人民出版社，1991 年 9 月。

4. 《唐宋詞格律》，龍沐勛，臺北：里仁書局，1993 年 9 月。

5. 《康熙詞譜》，清‧陳廷敬主編，長沙：岳麓書社，2000 年 10 月。

四、文學研究專書

1. 《詞曲研究》，盧驥野，臺北：中華書局，1960 年 2 月。

2. 《從詩到曲》，鄭騫，臺北：科學出版社，1961 年 7 月。

3. 《元詩研究》，包根弟，臺北：幼獅文化公司，1978 年 1 月。

4. 《金元詞述評》，張子良，臺北：華正書局，1979 年 7 月。

5. 《錦堂論曲》，羅錦堂，臺北：聯經出版社，1979 年 11 月。

6. 《詞學》，《詞學》編輯委員會，上海：華東師範大學出版社，1981 年 11 月。

7. 《詞史》，劉子庚，臺北：臺灣學生書局，1982 年 8 月。

8. 《古典詩文論叢·試論宋詞中三個梅花意象》，顏崑陽，臺北：漢光文化公司，1983 年 4 月。

9. 《元代史新探》，蕭啓慶，臺北：新文豐，1983 年 6 月。

10. 《散曲叢刊·散曲概論》，任中敏，臺北：臺灣中華書局，1984 年 6 月。

11. 《中文大辭典》，林尹、高明主編，臺北：中國文化大學出版部，1985 年 5 月。

12. 《詩與美》，黃永武，臺北：洪範書店，1985 年 5 月。

13. 《修辭學》，黃慶萱，臺北：三民書局，1986 年 12 月。

14. 《唐宋詞的風格學》，顧俊，臺北：木鐸出版社，1987 年 6 月。

15. 《南宋詞研究》，王偉勇，臺北：文史哲出版社，1987 年 9 月。

16. 《修辭學發凡》，陳望道，臺北：文史哲出版社，1989 年 1 月。

17. 《靈谿詞說》，繆鉞、葉嘉瑩，臺北：國文天地雜誌社，1989 年 12 月。

18. 《詩歌意象論》，陳植鍔，北京：中國社會科學院，1990 年 3 月。

19. 《全宋詞典故考釋詞典》，金啓華，長春：吉林文史出版社，1991 年 1 月。

20. 《中國詩學——思想篇》，黃永武，臺北：巨流圖書公司，1991 年 5 月。

21. 《現代漢語修辭學》，黎運漢、張維狄，臺北：書林出版社，1991 年 9 月。

22. 《全元散曲》，隋樹森，北京：中華書局，1991 年 12 月。

23. 《宋南渡詞人羣體研究》，王兆鵬，臺北：文津出版社，1992 年 3 月。

24. 《唐宋詞十七講》，葉嘉瑩，臺北：桂冠圖書公司，1992 年 4 月。

25. 《修辭通鑑》，成偉鈞、唐仲揚、向宏業主編，北京：中國青年出版社，1992 年 4 月。

26. 《中國詩學——設計篇》，黃永武，臺北：巨流圖書公司，1992 年 5 月。

27. 《金元詞史》，黃兆漢，臺北：臺灣學生書局，1992 年 12 月。

28. 《金代文學史》，詹杭倫，臺北：貫雅文化出版社，1993 年 5 月。

29. 《語言風格學》，張德明，高雄：麗文文化公司，1994 年。

30. 《南宋四大家詠花詩研究》，蕭翠霞，臺北：文津出版社，1994 年 5 月。

31. 《人間詞話新注》，王國維著、滕成惠校注，臺北：里仁書局，1994 年 11 月。

32. 《中國詩詞風格研究》，楊成鑒，臺北：洪葉文化公司，1995 年。

33. 《詩歌與人生：意象符號與情感空間》，吳曉，臺北：書林出版社，1995 年 3 月。

34. 《詞學通論》，吳梅，據《民國叢書》第 5 編，第 54 冊影印本，上海：上海書店，1996 年。

35. 《雅美風俗之金元俗趣・一代儒士的倫落》，苟人民，臺北：雲龍出版社，1996 年 1 月。

36. 《元代社會生活史》，史魏民，北京：中國社會科學院，1996 年 1 月。

37. 《宋代文學史》，孫望、常國武主編，北京：人民文學出版社，1996 年 9 月。

38. 《中國詞學大辭典》，馬興榮、吳熊和、曹濟平，杭州：浙江教育出版社，1996 年 10 月。

39. 《修辭學》，沈謙，臺北：國立空中大學，1996 年 11 月。

40. 《全宋詞典故辭典》，范之麟主編，武漢：湖北辭書出版社，1996 年 12 月。

41. 《元代散曲論叢》，王忠林，臺北：文津出版社，1997 年 1 月。

42. 《中國文學史》，葉慶炳，臺北：臺灣書局，1997 年 6 月。

43. 《宋詞藝術技巧辭典》，宋緒連、鐘振振主編，長春：吉林文史出版社，1998 年 1 月。

44. 《中國風格學源流》，李伯超，湖南：岳麓書社，1998 年 4 月。

45. 《中國古代文學史・宋遼金元》，馬積高、黃鈞，臺北：萬卷樓，1998 年 7 月。

46.《實用修辭學》，黃麗貞，臺北：國家出版社，1999 年 3 月。

47.《漢語大詞典》，漢語大詞典編輯委員會，上海：漢語大詞典出版社，1999 年 11 月。

48.《唐宋詞通論》，吳熊和，杭州：浙江古籍出版社，1999 年 12 月。

49.《唐宋詞社會文化學研究》沈松勤，杭州：浙江大學出版社，2000 年 1 月。

50.《金元明清詩詞理論史》，丁放，合肥：安徽大學出版社，2000 年 2 月。

51.《漢語風格學》，黎運漢，廣州：廣東教育出版社，2000 年 2 月。

52.《金代文學研究》，周惠泉，臺北：文津出版社，2000 年 4 月。

53.《中國花文化辭典》，聞銘、周武忠、高永青主編，合肥：黃山出版社，2000 年 8 月。

54.《金元詞論稿》，趙維江，北京：中國社會科學出版社，2001 年 1 月。

55.《姜夔與南宋文化》，趙曉嵐，北京：學苑出版社，2001 年 5 月。

56.《金元詞通論》，陶然，上海：上海古籍出版社，2001 年 7 月。

57.《詩詞曲語辭匯釋》，張相，北京：中華書局，2001 年 8 月。

58.《元代文化研究》，北京師範大學古籍所編，北京：北京師範大學出版社，2001 年 11 月。

59.《20 世紀中國文學研究·遼金元文學研究》，李修生等編，北京：北京出版社 2001 年 12 月。

60.《宋代文學研究叢刊》第 6 期， 張高評，高雄：麗文文化公司，2002 年。

61.《宋金詞論稿》，劉鋒燾，北京：中國社會科學出版社，2002 年 4 月。

62.《金元詞學研究》，丁放，北京：中國社會科學出版社，2002 年 5 月。

63.《唐宋詞與人生》，楊海明，石家莊：河北教育出版社，2002 年 5 月。

64.《宋韻——宋詞人文精神與審美形態探論》，孫維城，合肥：安徽大學出版社，2002 年 5 月。

65.《唐詩宋詞的藝術》，譚德晶，上海：學林出版社，2002 年 8 月。

66.《中國詩學史·詞學卷》，陳伯海、蔣哲倫，廈門：鷺江出版社，2002 年 9 月。

67.《詞學專題研究》，王偉勇，臺北，文史哲出版社，2003 年 4 月。

68.《宋詞與唐詩之對應研究》，王偉勇，臺北：文史哲出版社，2003 年 6 月。

69.《南宋詠梅詞研究》，賴慶芳，臺北：臺灣學生書局，2003 年 8 月。

70.《中國分體文學史·詩歌卷》，趙義山、李修生主編，上海：上海古籍出版社 2004 年。

71.《修辭學》，黃慶萱，臺北：三民書局，2004 年 1 月。

五、繪畫、造園

1.《歷代名畫記》，唐·張彥遠，臺北：臺灣商務印書館，1966 年 3 月。

2.《宣和畫譜》，宋·宣和殿御製，臺北：臺灣商務印書館，1966 年 6 月。

3.《艮嶽記》，宋·張淏，北京：中華書局，1985 年。

4.《洛陽名園記》，宋·李格非，北京：中華書局，1985 年。

5.《吳興園林記》，宋·周密，引自陶宗儀《說郛三種》，上海：上海古籍出版社，1989 年 1 月。

6.《圖畫見聞志》，宋·郭若虛、鄧椿著、米田水譯注，長沙：湖南美術出版社，2000 年 4 月。

7.《圖繪寶鑑》，元·夏文彥，臺北：臺灣商務印書館，1956 年。

8.《古今畫鑑》，元·湯垕，北京：中華書局，1985 年。

9.《洞天清錄集》，宋·趙希鵠，北京：中華書局，1985 年。

10.《梅譜》，元·王冕，引自明·姚廣孝等，《永樂大典》，臺北：世界書局，1962 年。

11.《鐵網珊瑚》，明·朱存理，臺北：國立中央圖書館，1970 年 7 月。

12.《清河書畫舫》，明·張丑，臺北：學海出版社，1975 年 5 月。

13.《汴京遺蹟志》，明·李濂，臺北：臺灣商務印書館，1981 年。

14.《畫梅題記》，清·朱方靄，北京：中華書局，1985 年。

15.《南宋古蹟考》，清·朱彭，北京：中華書局，1985 年。

16.《芥子園畫譜全集》，清·王概等編，臺北：文化圖書公司，1986 年。

17.《中國畫史研究續集》，莊申，臺北：正中書局，1974 年 10 月。

18.《藝術叢考》，翁同文，臺北：聯經出版社，1977 年 6 月。

19. 《中國畫學全史》，鄭旭，臺北：臺灣中華書局，1982 年 4 月。

20. 《中國畫論類編・松雪論畫竹》，俞崑，臺北：華正書局，1984 年 10 月。

21. 《畫論叢刊》，于安瀾，臺北：華正書局，1984 年 10 月。

22. 《繪畫》　王耀庭，臺北：幼獅文化公司，1988 年 11 月。

23. 《中國美術辭典》，沈柔堅等編，上海：上海辭書出版社，1988 年 12 月。

24. 《中國宮苑園林史考》，岡大路，臺北：地景出版部，1990 年 3 月。

25. 《中國園林史》，孟亞男，臺北：文津出版社，1993 年 8 月。

26. 《中國古代園林》，耿劉同，臺北：臺灣商務印書館，1993 年 12 月。

27. 《中國元代藝術史》，李福順，北京：人民出版社，1994 年 1 月。

28. 《中國宋遼金夏藝術史》，天琪、周岩，北京：人民出版社，1994 年 4 月。

29. 《中國元代藝術史》，李福順，北京：人民出版社，1994 年 4 月。

30. 《梅譜》，周士心，臺北：藝術圖書公司，1994 年 7 月。

31. 《宋畫思想探微》，高木森，臺北：北市美術館，1994 年 8 月。

32. 《園林美學》，周武忠，北京：中國農業出版社，1996 年 9 月。

33. 《園林美學》，周武忠，北京：中國農業出版社，1996 年 9 月。

34. 《中國繪畫史》，張朝輝、徐琛，臺北：文津出版社，1996 年 10 月。

35. 《中國古代畫論類編》，俞建華，北京：人民美術出版社，2000 年 3 月。

36. 《插圖本中國繪畫史》，潘公凱等著，上海：上海古籍出版社，2002 年 4 月。

37. 《中國美術・五代至宋元》，薛永年等，北京：中國人民大學出版社，2004 年 10 月。

六、史傳典籍

1. 《新校本南史附索引》，唐・李延壽撰，楊家駱編，臺北：鼎文書局，1981 年 1 月。

2. 《梁書》，唐・姚思廉，北京：中華書局，1992 年 11 月。

3. 《大金國志》，宋・宇文懋昭，臺北：廣文書局，1968 年 5 月。

4. 《新校本金史并附編七種》，元・脫脫等撰，楊家駱編，臺北：鼎文書局，1985 年 6 月。

5. 《新校本元史并附編二種》，明・宋濂等撰，楊家駱編，臺北：鼎文書局，1981 年 3 月。

6. 《元史類編》，清・邵遠平，臺北：廣文書局，1970 年 5 月。

7. 《新元史》，清・柯邵忞撰，臺北：成文出版社，1971 年 10 月。

8. 《新校本明史并附編六種》，清・張廷玉等撰，楊家駱編，臺北：鼎文書局，1975 年 6 月。

9. 《宋人傳記資料索引》，王德毅、李榮村、潘伯澄編，臺北：新文豐，1975 年 12 月。

10. 《中國歷史紀年表》，華世出版社，臺北：華世出版社，1978 年 1 月。

11. 《宋遼金元史》，王明蓀，臺北：長橋出版社，1979 年 3 月。

12. 《元人傳記資料索引》，王德毅、李榮村、潘伯澄編，臺北：新文豐，1989 年 11 月。

13. 《女眞史論》，陶晉生，臺北：稻鄉出版社，2003 年 11 月。

七、筆記雜錄

1. 《西京雜記》漢・劉歆，臺北：臺灣商務印書館，1979 年。

2. 《博物志》，晉・張華，北京：中華書局，1985 年。

3. 《眞誥》，梁・陶宏景，臺北：廣文書局，1989 年 12 月。

4. 《水經注》，後魏・酈道元撰，清・戴震校，臺北：世界書局，1978 年 5 月。

5. 《隋遺錄》，唐・顏師古，北京：中華書局，1991 年。

6. 《開元天寶遺事》，五代・王仁裕，北京：中華書局，1985 年。

7. 《梅品》，宋・張鎡，臺北：臺灣商務印書館，1965 年 12 月。

8. 《道鄉集》，宋・鄒浩，臺北：漢華文化公司，1970 年 10 月。

9. 《獨醒雜志》，宋・曾敏行，北京：中華書局，1985 年。

10. 《梅花喜神譜》，宋・宋伯仁，北京：中華書局，1985 年。

11. 《劇談錄》，宋・康駢述，北京：中華書局，1991 年。

12. 《武林舊事》，宋・周密，臺北：廣文書局，1995 年 6 月。

13. 《范成大筆記六種》，宋・范成大撰，孔凡禮點校，北京：中華書局，2002 年。

14. 《歸潛志》，金・劉祁，北京：中華書局，1997 年 12 月。

15. 《說郛三種》（宛委山堂本），元・陶宗儀，上海：上海古籍出版，1989 年 1 月。

16. 《南村輟耕錄》，元‧陶宗儀，北京：中華書局，1997 年 11 月。

17. 《學圃雜疏》，明‧王世懋，北京：中華書局，1985 年。

18. 《考槃餘事》明‧屠隆，北京：中華書局，1985 年。

19. 《瓶史》明‧袁宏道，北京：中華書局，1985 年。

20. 《缾花譜》明‧張謙德，北京：中華書局，1985 年。

21. 《草木子》，明‧葉子奇，北京：中華書局，1997，年。

22. 《釋氏疑年錄》，陳援菴，臺北：廣文書局，1975 年 4 月。

23. 《梅花》，漢光文化編輯委員會，臺北：漢光文化公司，1981 年 10 月。

24. 《中國花經》，陳俊愉、程緒珂主編上海：上海文化版社，1990 年 8 月。

25. 《生活與博物叢書‧花卉果木編》上海古籍出社編，上海：上海古籍出版社，1993 年 6 月。

26. 《歷代筆記小說集成》周光培編，石家莊：河北教育出版社，1995 年 2 月。

27. 《花與中國文化》何小顏，北京：人民出版社，1999 年 1 月。

28. 《梅花》，王其超、包滿珠、張行言，上海：上海科學技術出版社，1999 年 2 月。

29. 《詩情花意──中國花卉事典》簡錦玲，臺北：大樹文化公司，2003 年 10 月。

八、學位論文

1. 《兩宋詠物詞研究》，王熙元指導，馬寶蓮撰，臺北：國立臺灣師範大學中國文學研究所碩士論文，1983 年。

2. 《蘇東坡詠物詞研究》，陳滿銘指導，楊麗玲撰，臺北：國立臺灣師範大學中國文學研究所碩士論文，1998 年。

3. 《王冕七言古體詩歌研究》，包根弟指導，宋美灼撰，臺北：臺北市立師範學院應用語言文學所碩士論文，2002 年。

4. 《宋代梅花詞研究》，蔡榮婷指導，廖雅婷撰，嘉義：國立中正大學中國文學研究所碩士論文，2003 年。

5. 《陸游與楊萬里詠梅詩比較研究》，謝海平指導，歐純純撰，嘉義：國立中正大學中國文學研究所博士論文，2003 年。

6. 《白樸及其天籟集研究》，王偉勇指導，卓惠婷撰，臺南：國立成功大學中國文學研究所碩士論文，2004 年。

九、期刊論文

1. 〈談意象的浮現〉，黃永武，《幼獅文藝》第 41 卷第 4 期，1975 年。

2. 〈試論宋代的詠物詩〉，朱德才，《齊魯學刊》第 2 期，1984 年。

3. 〈王冕與墨梅畫的發展（上）〉，嵇若昕，《故宮學術季刊》第 2 卷第 1 期，1984 年秋季。

4. 〈王冕與墨梅畫的發展（中）〉，嵇若昕，《故宮學術季刊》第 2 卷第 2 期，1984 年冬季。

5. 嵇若昕，〈王冕與墨梅畫的發展（下）〉，《故宮學術季刊》第 2 卷第 3 期，1985 年春季。

6. 〈姜夔詠物詞分析〉，趙桂芬，《台南家專學報》第 12 期，1993 年 6 月。

7. 〈元明詞平議〉，黃天驥、李恆義，《文學遺產》第 4 期，1994 年。

8. 〈論詠物詞的歷史流程及藝術特色〉，方曉紅，《武漢大學學報》（哲學社會科學版）第 5 期，1994 年。

9. 〈玉骨冰清──從王冕的畫看元代墨梅兼論中國畫之寫實、寫真與寫意〉，高木森《國立台灣藝術教育館美育月刊》第 52 期，1994 年 10 月。

10. 〈辛稼軒的詠花詞〉，鄧魁英，《文學遺產》第 3 期，1996 年。

11. 〈風雲豪氣，慷慨高歌──簡說金詞〉，王兆鵬、劉尊明，《古典文學知識》第 5 期總第 74 期，1997 年。

12. 〈散曲諧趣論〉，李日星，《中國韻文學刊》總第 15 期，1997 年。

13. 〈元代花卉與元人社會生活〉，張雪慧，《中國文化月刊》第 203 期，1997 年 2 月。

14. 〈元代宮廷繪畫機構初探〉，余輝，《故宮博物院院刊》第 1 期總第 79 期，1998 年。

15. 〈梅花意象及其象徵意義的發生〉，程杰，《南京師大學報》（社會科學版）第 3 期，1998 年。

16. 余輝〈元代宮廷繪畫機構初探〉，《故宮博物院院刊》總第 79 期，1998 年。

17. 〈「歲寒三友」緣起考〉，程杰，《中國典籍與文化》第 3 期，2000 年 3 月。

18. 〈梅與雪──詠梅範式之一〉，程杰，《陰山學刊》第 13 卷第 1 期，2000 年。

19. 〈梅與水、月一個詠梅範式的發展〉，程杰，《江蘇社會科學》總 191 期，2000 年 4 月。

20. 〈別具一格的金元文化與審美趣味〉，杜道明，《新疆大學學報》（社會科學版）第 28 卷第 2 期，2000 年 6 月。

21. 〈試論宋代詠物詞的發展脈絡〉，許伯卿、賀慧宇，《青海社會科學》第 4 期，2001 年。

22. 〈梅花的伴侶、奴婢、朋友及其他〉，程杰，《南京師範大學》第 2 期，2001 年 3 月。

23. 〈梅花象徵生成的三大原因〉，程杰，《江蘇社會科學》總 197 期，2001 年 4 月。

24. 〈梅花的習性、色香、枝幹、品格與德性〉，程杰，《成大中文學報》第 9 期，2001 年 9 月。

25. 〈〈憶秦娥〉蒼茫悲壯的歷史意象〉，林淑貞，《國文天地》，第 19 卷第 2 期，2003 年 7 月。

26. 〈林和靖詠梅詩對後世相關詩題創作的影響〉，歐純純，《東海大學文學院學報》第 44 卷，2003 年 7 月。

十、網路電子資料庫

1. 網路展書讀　http://cls.admin.yzu.edu.tw/QTS/HOME.HTM
2. 中央研究院漢籍電子文獻　http://www.sinica.edu.tw/ftms-bin/ftmsw3
3. 全唐詩電子檢索系統　http://chinese.pku.edu.cn/tang
4. 國家圖書館　http://www2.ncl.edu.tw/